Schulversagen und Verhaltensstörungen in der Leistungsgesellschaft

Aktuelle Pädagogik

Eine Schriftenreihe zur empirischen Erziehungsforschung

Herausgegeben von
Prof. Dr. Hans-Jochen Gamm
in Zusammenarbeit
mit Prof. Dr. Hans Heckel
und Dr. Paul Seipp

Schulversagen und Verhaltensstörungen in der Leistungsgesellschaft

Untersuchungen über die Beziehungen zwischen Schulminderleistung und der Bedürftigkeit für öffentliche Erziehung
Mit 1 Abbildung und 49 Tabellen

von Dr. Egon Pinkert
Professor für Psychologie
Päd. Hochschule Karlsruhe

2., überarbeitete Auflage

Luchterhand

Einband Karl-Heinz Domning.
Gesamtherstellung bei Druck- und Verlags-Gesellschaft mbH,
Darmstadt, August 1974.
ISBN 3 472 54016 8

Inhalt

Vorwort

Die Untersuchung der Beziehungen zwischen Schulminderleistung und der Bedürftigkeit für öffentliche Erziehung zielt darauf, das komplizierte Gefüge der Wechselwirkungen biologischer und sozialer Faktoren in diesem Bereich herauszuarbeiten und in diesem Zusammenhang das Anlage-Umwelt-Geschehen als einen permanenten interaktionalen und modifikatorischen Prozeß darzustellen.

Die vorwiegend statische Methode einer Abschätzung des Anteils von Erbanlagen und Umwelt tritt damit zurück zugunsten einer dynamisch-multifaktoriellen Konzeption der fließenden Abhängigkeiten von Anlage- und Umweltfaktoren. Dieser konzeptionelle Ansatz zieht die Folgerungen aus den in diesem Zusammenhang bedeutsamen Veröffentlichungen unter sozialbiologischem Aspekt, aus Arbeiten der Soziologie sowie aus sozialpsychologischen und sozialpädagogischen Untersuchungen. Auch der medizinische Aspekt wurde dabei berücksichtigt.

Zum Gegenstand unserer Untersuchung liegen sowohl im engeren wie auch im weiteren Feld Veröffentlichungen unter jeweils spezifischer Fragestellung vor, so z. B. hinsichtlich der Zusammenhänge zwischen Verwahrlosung und Kriminalität oder bezüglich des Milieus und der familiären Bedingungen. Auch das Problem der biologischen Stigmatisierungen oder das der jugendlichen Mütter unter 16 Jahren ist hier anzuführen.

Die Bearbeitung der umfangreichen Literatur wurde unter dem Aspekt der ständigen Überprüfung unserer Grundthese vorgenommen. Damit werden besonders auch Arbeiten, die kritische Einwände äußern, selbst wenn sie thematisch stärker am Rande liegen, in die Auseinandersetzung mit dem Gegenstand unserer Untersuchung einbezogen und erhalten von daher ihr Gewicht.

Diese Untersuchung ist entstanden im Rahmen eines interdisziplinären Forschungsprogramms unter der Gesamtleitung von Professor Dr. Dr. Hans W. Jürgens, Universität Kiel.

Egon Pinkert

1. Kapitel
Problemstellung der Untersuchung

1. – Die vorliegende Thematik stellt ein besonders geeignetes Feld für das Studium des komplizierten Zusammenwirkens der beiden Faktorenkomplexe Anlage und Umwelt in ihren vielseitigen Beziehungen und ihrem dynamischen Wechselspiel gegenseitiger Einwirkung dar. Die beiden Schlüsselbegriffe der Schulminderleistung und der öffentlichen Erziehung weisen hin auf deutlich von der Norm abweichende Situationen des Individuums und darüber hinaus gleichzeitig auf institutionalisiert bereitliegende Reaktionen der Gesellschaft auf das Leistungsdefizit und den Mangel an Erziehung. Nun kann das Zusammenspiel von Anlage- und Umweltmomenten gerade in den Fällen deutlich sichtbar gemacht werden, in denen das Individuum vom Durchschnitt abweicht. Die Möglichkeiten, die intimen Wechselbeziehungen der biologischen und sozialen Faktoren in ihrer Feinstruktur aufzudecken, müssen aber dort noch entscheidend erhöht werden, wo die Gesellschaft die spezifischen Normaberrationen eines Individuums als so gravierend erachtet, daß sie diese Abweichungen nicht zuläßt, sondern darauf mit institutionellen Maßnahmen reagiert.

Das Defizit an schulischer Leistung wird, wenn es eine entsprechende Höhe erreicht hat, mit der Herausnahme aus dem bisherigen Leistungsmilieu, d. h. mit Nichtversetzung oder mit Umschulung in eine Sonderschule für Lernbehinderte beantwortet. Dem Mangel an Erziehung wird, wenn er einen entsprechenden Schweregrad erreicht hat, mit der Herausnahme aus dem bisherigen und der Einweisung in ein anderes Erziehungsmilieu begegnet, nämlich durch die Aufnahme in ein Heim der öffentlichen Erziehung.

Beide Maßnahmen sind also institutionalisierte Antworten der Gesellschaft auf spezifische Normabweichungen bestimmter gradueller Schwere. Sie sind aber auch funktionell affin, denn sie stellen zweifellos pädagogisch orientierte Aussiebungsvorgänge dar. Beide Maßnahmen haben das Ziel, durch die optimale Nutzung aller verfügbaren Mittel die das Individuum und die Gesellschaft belastenden Normaberrationen zu beheben, um damit einer endgültigen Aussonderung vorzubeugen. Vergleichbar werden diese phänomenologisch so differenten gesellschaftlichen Reaktionen dadurch, daß sie *prinzipiell* in gleicher Weise ausgelöst werden und sich *prinzipiell* gleich auswirken.

An diese Erkenntnis schließen wir die eine Grundannahme unserer Arbeit an, daß sich in dem komplizierten Beziehungsgefüge zwischen der Schulminderleistung und der Bedürftigkeit für öffentliche Erziehung vergleichbare Ursache-Wirkungs-Strukturen aufdecken lassen.

Eine weitere Vergleichbarkeit dieser beiden Maßnahmen zeigt sich darin, daß sie beide institutionalisiert bereitliegen. Das läßt einerseits erkennen, daß die Gesellschaft ständig mit diesen spezifischen Normabweichungen von der Schulleistung und dem Erziehungsstand rechnet; andererseits macht es deutlich, daß die Gesellschaft beide Aberrationen innerhalb unseres Kulturmusters besonders akzentuiert. Reaktionsintensive und institutionell auf Dauer angelegte Maßnahmen der Gesellschaft lassen aber den Rückschluß zu auf zugrunde liegende schwerwiegende Ursachenkomplexe mit Zustandscharakter. Da beide Maßnahmen in spezifischer Weise aussondern, sind auch hier im Bereich des Wirkungsgefüges deutlich von der Norm abweichende Beziehungsstrukturen zu erwarten.

2. – Damit können wir die allgemeinen Überlegungen zur Begründung der besonderen Eignung der Thematik zur Untersuchung von anlage- und milieutheoretischen Zusammenhängen abschließen und uns der weiteren Analyse unserer Problemstellung zuwenden.

a) In älteren Veröffentlichungen bestand vielfach die Tendenz zur einseitigen Deutung des Schulminderleistungs- oder des Verwahrlosungsphänomens im Sinne erbgenetischer Wirkungen (DUBITSCHER, 41; JUST, 84, 85) oder soziogener Einflüsse (BUSEMANN, 27; MIERKE, 119; MORRISSON, 127; ZULLIGER, 180; ZWEIDLER, 181), oder aber es wurden allgemeine Aussagen über das Kräfteverhältnis von Anlage und Umwelt angestrebt (GREGOR, 65). Dieses Bemühen finden wir auch in neueren Arbeiten (DÜHRSSEN, 42; LEITER, 103). Doch müssen diese Versuche äußerst kritisch aufgenommen werden, da die unter bestimmten Fragestellungen gewonnenen Ergebnisse in vielen Fällen ohne ausreichende Absicherung – die methodisch heute oft noch gar nicht möglich ist – als Gesetzmäßigkeiten formuliert werden.

Ebenso erscheint GOTTSCHALDTS auf der Schichtung des Psychischen aufgebauter Versuch, das Verhältnis der Erbbedingtheit zur Umweltbedingtheit zu berechnen (GOTTSCHALDT, 63), selbst unter der Voraussetzung nicht haltbar, daß die Erfassung des Verhältnisses in Zahlen nur symbolisch aufgefaßt wird. Doch zeichnet sich dieser Versuch dadurch aus, daß GOTTSCHALDT seine Darstellung auf fest umschriebene intellektuelle und endothyme Funktionen bezieht. Unserer Auffassung nach bieten solche differenzierenden Aussagen, die sich auf eng abgegrenzte Bereiche oder Sachverhalte beziehen, ausreichende Gewähr für Zuverlässigkeit und Gültigkeit, wenn sie auch in den Schlußfolgerungen in dem Zusammenhang der spezifischen Fragestellung belassen werden. Daran wird sich unsere Methode orientieren.

b) Unsere Untersuchung läßt sich in zwei große Problemfelder zerlegen, wie die folgende Figur zeigt.

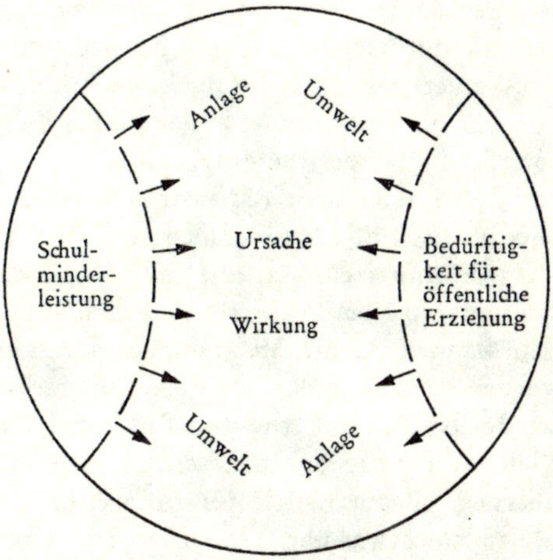

Aus diesem vereinfachten Grundschema lassen sich folgende Aussagen ableiten:

1) Beide Problemfelder sind Defizitfelder (Schulleistungsdefizit und Erziehungsdefizit).
2) Das eine Problemfeld betrifft stärker die rationale (noetische) Leistungsperson, das andere mehr die soziale Leistungsperson.
3) Das Ursache-Wirkungs-Verhältnis wird als ambivalent und sich gegenseitig beeinflussend aufgefaßt.
4) Die beiden Problemfelder sind im Anlage-Umwelt-Geschehen integrativ verknüpft.

Das von uns entwickelte Schema vermag die aus der bisherigen Analyse des Themas für die Problemstellung unseres Vorhabens gewonnenen Folgerungen weiter zu differenzieren. Bei der Interpretation dieser Aussagen auf den folgenden Seiten sollen gleichzeitig die problematischen Flächen dieser schematischen Zerlegung in zwei einander gegenüberstehende Bereiche sichtbar gemacht werden.

Zu 1: Der Tatbestand des Defizits ist im Begriff Schulminderleistung unmittelbar enthalten. Die schulminderleistenden Individuen weichen offensichtlich von einer als durchschnittlich angesetzten Schulvolleistung nach unten ab. Diese Schulminderleistung ist in der vorliegenden Arbeit durch die Nichtversetzung in der Volksschule oder bzw. und die Ein- oder Umschulung in die Sonderschule für Lernbehinderte definiert.

Entscheidend dafür war die Trennschärfe der Abgrenzung, etwa im Gegensatz zur Durchschnittszensur, bei der sich bisher keine einheitliche Berechnungsmethode durchgesetzt hat und bei der außerdem sehr viel eher Beurteilungsverzerrungen durch subjektive Fehler auftreten können. Dagegen ist eine Nichtversetzung in der Volksschule bzw. die Ein- oder Umschulung in die Sonderschule stets einer größeren Anzahl von Kontrollen und damit einer breiteren Beurteilungsbasis unterworfen. Außerdem stellen diese beiden Maßnahmen gegenüber den nach unten abweichenden Durchschnittszensuren eine endgültige und deutliche Zäsur dar, so daß unter diesem Aspekt eine Schulminderleistung nicht mehr strittig sein kann. Einzelne Ausschulungsfälle in unserem Untersuchungsgut wurden ausgeklammert, da sie als Schwachsinnige höheren Grades oder als Individuen mit schweren Psychopathien eine Sondergruppe darstellen und die Ergebnisse dieser Arbeit verfälschen würden.

Die Formulierung „Bedürftigkeit für öffentliche Erziehung“ sagt zwar nicht unmittelbar etwas über ein Defizit aus. Doch läßt sich unschwer folgern, daß diese Bedürftigkeit nur dann besteht, wenn die üblichen Erziehungsmittel und -institutionen nicht mehr genügen, um auf den Minderjährigen erzieherisch ausreichend einzuwirken. Die Kinder und Jugendlichen unseres Untersuchungsgutes weichen offensichtlich von einem als durchschnittlich angesetzten Verhalten, das als Resultat der elterlichen (und schulischen) Erziehung in einem bestimmten Alter erwartet wird, nach unten ab. Nach unserer Definition ist Bedürftigkeit für öffentliche Erziehung dann eindeutig gegeben, wenn die zuständigen amtlichen Stellen (Jugendamt bzw. Gericht) diese Maßnahme beschlossen haben und wenn sie tatsächlich zum Tragen gekommen ist.

Mit diesen scharfen Abgrenzungen ist gesichert, daß die Untersuchung an einer fest umschriebenen Siebungsgruppe vorgenommen wurde. Der thematische Ansatz zielt dabei auf das Aufdecken differenzierter defizitärer Strukturen innerhalb des jeweiligen Problemfeldes, deren Bezugspunkte die Sachverhalte „Schulminderleistung“ und „Bedürftigkeit für öffentliche Erziehung“ darstellen.

Zu 2: Vereinfacht können wir so formulieren, daß im Problemfeld „Schulminderleistung“ der Akzent auf der rationalen Leistungsperson liegt. Hier sind also offenbar stärker intellektuelle Mängel wie Schwachbegabung und Debilität in ihrer Auswirkung kritisch zu untersuchen.

Im Problemfeld „Bedürftigkeit für öffentliche Erziehung“ dagegen haben eindeutig soziale Minusvarianten wie Schulschwänzen, Herumtreiben, Delinquenz u. ä. stärkeres Gewicht. In diesem Bereich treten ganz offenkundig Mängel der sozialen Leistungsperson in den Vordergrund der Betrachtung.

Damit sind die verschiedenen Inhalte und die unterschiedlichen Akzente der Untersuchung in ihren großen Umrissen angegeben. Die Erörterung selbst wird zeigen, wie problematisch der Versuch einer solchen schematischen Abgrenzung ist. Daß die Verhältnisse auch innerhalb des jeweiligen Problemfeldes durchaus nicht immer so einfach und durchschaubar sind, darauf weist schon die Notwendigkeit hin, im Problemfeld „Schulminderleistung“ neben den intellektuellen Funktionen auch das charakterologische Umfeld in die Überlegungen einzubeziehen.

Zu 3: Es entspricht der Tendenz menschlichen Denkens, die komplexen Zusammenhänge innerhalb problematischer Felder und ihre gegenseitigen Beziehungen auf einfache Grundverhältnisse zurückzuführen. Unter diesem Aspekt der primären Strukturen und Radikale sind auch die immer wieder unternommenen Versuche zur Herausarbeitung einfacher linearer Ursache-Wirkungs-Verhältnisse zu verstehen.

Dieses vereinfachende Verfahren läßt sich bei der Untersuchung der Zusammenhänge zwischen Schulminderleistung und der Bedürftigkeit für öffentliche Erziehung nicht anwenden, da die Beziehungen zwischen beiden Bereichen in keinem Falle als einwegige Ursache-Wirkungs-Ketten aufgefaßt werden können. Vielmehr handelt es sich innerhalb der einzelnen Problemfelder wie auch in den Beziehungen zwischen ihnen um komplexe ambivalente und sich gegenseitig beeinflussende Vorgänge. Die qualitativen Divergenzen in der Ätiologie der Schulminderleistung bzw. der Bedürftigkeit für öffentliche Erziehung und die fließenden Ungleichgewichte in den Verlaufsprozessen schaffen neuartige faktorielle Konstellationen und wechselnde Felddominanzen, die jeweils andersgerichtete Ursache-Wirkungs-Abhängigkeiten auslösen können. Die Interpretation der Untersuchungsergebnisse trägt diesem Sachverhalt insofern Rechnung, als sie einwegige Ableitungen im Sinne linearer Ursache-Wirkungs-Verhältnisse in der Regel ausschließt.

Zu 4: Die Überlegungen zu den beiden Problemfeldern der Schulminderleistung und der Bedürftigkeit für öffentliche Erziehung unter dem Aspekt des Defizits, der Leistungsperson und des Ursache-Wirkungs-Zusammenhangs erhalten ihr besonderes Gewicht im Hinblick auf das Ziel unserer Arbeit, das komplizierte Gefüge der Wechselwirkungen biologischer und sozialer Faktoren der beiden Problemkreise herauszuarbeiten. Zwischen diesen differenzierten und vielschichtigen Phänomenen spielt sich das Anlage-Umwelt-Geschehen als permanenter Prozeß ab. Seine modifikatorische Dynamik bewirkt eine integrative Verknüpfung der beiden Problemfelder und schafft eine Vielzahl enger Beziehungen und wechselseitiger Abhängigkeiten.

Die Ausgliederung bestimmter, eng umschriebener Faktorenkonstellationen ist dabei durchaus möglich und im Zusammenhang damit ebenso die Interpretation der vorliegenden Verhältnisse unter der Voraussetzung, daß der Bezug zur spezifischen Fragestellung gewahrt bleibt. Wir haben darauf bereits oben nachdrücklich hingewiesen (vgl. S. 3).

Unsere Darlegungen können somit die Auffassung von JÜRGENS stützen, daß ausschließlich eine dynamisch-multifaktorielle Konzeption unter Verzicht auf einseitige anlage- oder milieutheoretische Vorentscheidungen die Befunde sachlich deuten kann (JÜRGENS, 79).

3. – Nach diesen grundsätzlichen Erörterungen ergeben sich für die Bearbeitung der umfangreichen Unterlagen im Hinblick auf die Problemstellung unserer Untersuchung im wesentlichen folgende Hauptziele:

1) Das Verwahrlosungsphänomen ist einer kritischen Prüfung zu unterziehen, und zwar insbesondere im Hinblick auf die ätiologischen und integrativen Zusammenhänge mit der Schulminderleistung. Uns geht es dabei primär um Einsichten in die Prozeßhaftigkeit des komplizierten Zusammenwirkens der Faktorenkomplexe Anlage und Umwelt und um die Aufdeckung der wechselseitigen Bedingtheiten der beiden defizitären Bereiche in ihrer Feinstruktur. Unser Interesse

gilt erst in zweiter Linie der Herausarbeitung von Milieu- und Anlagedominanzen.

2) In bezug auf den Schulleistungsbereich ist zu untersuchen, ob und inwieweit sich zwischen den Individuen mit Volksschulabschluß und denen mit Schulminderleistung relevante Unterschiede in der Art oder dem Zeitpunkt der Verhaltensaberrationen nachweisen lassen.

3) Für die differenzierte Analyse der Probleme messen wir der geschlechtsspezifischen Betrachtung eine erhebliche Bedeutung zu. Wir haben zu prüfen, welche Differenzen oder welche Ähnlichkeiten sich hinsichtlich der Bedürftigkeit für öffentliche Erziehung und des Schulleistungsverhaltens zwischen dem männlichen und dem weiblichen Geschlecht zeigen.

4) Schließlich werden wir die Beziehungen zwischen der Schulminderleistung und der Bedürftigkeit für öffentliche Erziehung im Hinblick auf charakteristische sozialbiologische Zusammenhänge einer speziellen Prüfung unterziehen.

2. Kapitel
Problematik und Diskussion verschiedener Fachbegriffe

Wir werden die Erörterung der Fachbegriffe auf die zentralen Schlüsselbegriffe dieser Untersuchung begrenzen. Dabei kann kein chronologischer und vollständiger Abriß der verschiedenen Definitionsversuche gegeben werden, sondern unsere Diskussion der Begriffe soll vor allem die problematischen Stellen aufdecken und die bisher wissenschaftlich nicht ausgetragenen Widersprüche in den gegensätzlichen Auffassungen der einzelnen Autoren deutlich machen. Denn auch gerade diese konfliktähnlichen Spannungen erweisen sich als fruchtbar bei der analytischen Durchdringung des Gegenstandes und der Deutung der empirischen Ergebnisse.

1. – Zunächst wollen wir den Sachverhalt der *Schulminderleistung* im einzelnen diskutieren.

Jedes Mitglied der menschlichen Gemeinschaft ist Erwartungsnormen unterworfen. In diesem Sinne wird vom schulpflichtigen Individuum unserer Gesellschaft auf der Basis einer Durchschnittsnorm die Fähigkeit erwartet, dem in bestimmten Schwierigkeiten fortschreitenden Unterricht in der Volksschule („Normalschule") folgen zu können. Die Erwartung bestimmter schulischer Durchschnittsleistungen stellt die wesentliche Bedingung dafür dar, daß sich aus der Gesamtgruppe der Schulpflichtigen ein Teil ausgliedert, der durch unzureichende Leistungen auffällt und sich damit als Siebungsgruppe mit geringer Schultüchtigkeit ausweist.

Das erfolgreiche Durchlaufen der Volksschule (= Volksschulabschluß) ist damit als Normalleistung bestimmt. Die Verwendung des Kriteriums „Schulerfolg" haben wir bereits oben eingehend begründet (vgl. S. 4). Ergänzend ist darauf hinzuweisen, daß für jedes einzelne der 528 Individuen unseres Untersuchungsgutes der Grad der schulischen Leistungsfähigkeit festgestellt werden konnte, und zwar gemessen am (nicht) erreichten Abschluß der Volksschule oder am Besuch der Sonderschule für Lernbehinderte.

Die Beantwortung der Frage nach der Schulvoll- bzw. Schulminderleistung eines Probanden bietet demnach keine methodischen Schwierigkeiten. Dagegen ist die Erörterung der Ätiologie der Schulminderleistung äußerst problematisch, ebenso wie die Diskussion der Wirkungen, die mit Schulminderleistungen verbunden sein können.

In vielen psychologisch und sozialpädagogisch orientierten Veröffentlichungen zu diesem Thema wird die Bedeutung der Minderbegabung als Ursache für die niedrige konkrete Leistungshöhe hervorgehoben (BERNART, 13, 14). Dabei werden die Begabungen entweder als Ausdruck der ihnen zugrunde liegenden biologischen Substrate aufgefaßt im Sinne einer anlagemäßigen intellektuellen Ausstattung von bestimmter Breite und spezifischem Reichtum (GOTTSCHALDT, 63; JUDA, 78), zum Teil stärker als Ergebnis eines Lernprozesses bewertet im Sinne eines dynamischen Begabungsbegriffes[1] (CORRELL, 38; ENGELMAYER, 45), oder aber die Autoren suchen den Grund für bestimmte schulische bzw. intellektuelle Leistungen in beiden Faktorenkomplexen (MIERKE, 120).

Intellektuelle Subnormalität aber ist weder eine psychologische noch eine medizinische Einheit. Nach WEGENER ist „‚Minderbegabung' . . . . nicht durch ein geschlossenes Krankheitsbild oder durch ein klar erkennbares psychologisches Profil zu definieren, sondern nur durch die Feststellung zahlreicher Ausfälle und Normabweichungen, die zu unterschiedlichen Bildern bei dem Betroffenen führen können" (WEGENER, 174, S. 9).

Neben den individuellen Intelligenz- und Begabungsstrukturen werden als die Schulleistung nachteilig beeinflussende Faktoren genannt: endothyme Aberrationen wie Asthenie und geringe Vitalität (BUSEMANN, 32; MIERKE, 120), langsames persönliches Tempo (CORRELL, 38), Temperamentsstörungen (WEGENER, 174), Störungen im Antriebsleben (BUSEMANN, 32), Depressivität mit Intelligenzhemmung (BUSEMANN, 32; ENGELS, 46), Neigung zu extremen Stimmungslagen und Affektlabilität (KÄTNER und WEGENER, 87), affektive Denkstörungen (BUSEMANN, 32) und Charakterstörungen im Sinne psychopathischer Dauerhaltungen (ASPERGER, 3; KÄTNER und WEGENER, 87). Andere Autoren heben als besonders gravierend hervor: Störungen im Willensleben (RANK, 145), in der Aufmerksamkeit und Konzentration und eine Beeinträchtigung der außerintellektuellen Stützfunktionen des Gedächtnisses und des Vorstellungsablaufes (MIERKE, 120).

1 „Die Begabung formiert sich entsprechend den Aufgaben, die der Mensch zu bewältigen hat" (CORRELL, 38, S. 83).

In anderen Veröffentlichungen wird als Grundlage intellektueller und damit auch schulischer Leistung stärker der motivationsbetonte Aspekt herausgearbeitet. Danach sind Leistungsbedürfnisse, Leistungsstreben und Leistungsbereitschaften das primäre Agens für die Aktivierung und Aktualisierung des verfügbaren Leistungspotentials (BERNART, 14; HELLBRÜGGE, RUTENFRANZ und GRAF, 73; KLAUER, 90; MIERKE, 118).

Außerdem werden exogene Noxen als schulleistungsmindernde Faktoren genannt. Neben Krankheiten (FROMMBERGER, 54), gestörten familiären Verhältnissen (DESTUNIS, 39; V. HARNACK, 70; WEGENER, 173), Kulturarmut und Bildungsfeindlichkeit der Familie (BERNART, 14; BUSEMANN, 32; ENGELS, 46) werden als besonders leistungsbeeinträchtigende Milieufaktoren erzieherische Fehlformen betont (BERG, 10; DESTUNIS, 39; RÖSLER, 147; WEGENER, 174). Dabei wird besonders hingewiesen auf Verwöhnung, overprotection und Gleichgültigkeit (ASPERGER, 2; BERNART, 14), affektive Vernachlässigung und Hospitalismus (KÄTNER und WEGENER, 87; WEGENER, 174).

Wenn andere Autoren die Schulminderleistung auf Erziehungsschwierigkeiten, Schwererziehbarkeit und auf Verwahrlosung zurückführen (ASPERGER, 4; CORRELL, 38; DOHRMANN, 40; GÖBBELS, 62; HESSE, 74; HOCHHEIMER, 76), so lassen sich hier unschwer Zusammenhänge aufweisen zu den oben erwähnten, die Schulleistung negativ beeinflussenden Faktoren der Charakteranomalien, der Antriebs-, Temperaments- und Affektivitätsstörungen und der Asthenie.

Bekanntlich gibt es für jedes Individuum eine obere Grenze der Leistungsfähigkeit. Wenn ein Schulpflichtiger die durchschnittlichen Leistungsansprüche in der Volksschule als dauernde Grenzbelastung erlebt und keine normalen Leistungen erreicht, ist es naheliegend, nach den möglichen Auswirkungen dieser permanenten Frustration zu fragen. So werden in einer Gruppe von Veröffentlichungen vor allem die Folgen dieser Mißerfolgserlebnisse herausgestellt, nämlich u. a. Entmutigung, geschwächtes Selbstvertrauen und gemindertes Selbstwertgefühl, das sich bis zum chronischen Minderwertigkeitsgefühl[2] und zur Selbstverachtung steigern kann (BRÜCKNER, 24; BUSEMANN, 32, 33; RÖSLER, 147), und das damit verbundene Absinken des Anspruchsniveaus (CORRELL, 38).

2 Nach PRESTEL ist „das Selbstgefühl der allgemeinen Schulleistung umgekehrt proportional" (PRESTEL, 144, S. 287).

Der minderleistende Schüler ist aufgrund seiner Leistungsmängel in der Klassengemeinschaft und vor der Öffentlichkeit durch sein Sitzenbleiben oder die Umschulung in die Sonderschule sehr schnell als Außenseiter diffamiert und damit isoliert (BORNEMANN, 20; CORRELL, 38; GEHRECKE, 59; KIRCHHOFF, 89). Von dieser Selbstwertproblematik wird dann sein Kompensationsbedürfnis abgeleitet (WEGENER, 174). Er reagiert auf den Selbstwertverlust entweder aggressiv durch verbales Renommieren, durch Stören, Beweise seiner körperlichen Überlegenheit, Tyrannisieren und Drangsalieren der körperlich Schwächeren (ASPERGER, 4; BERNART, 13; V. HARNACK, 70) oder regressiv durch Flucht in Tagträume und Pseudologien bei neurotischer Charakterveränderung (BERNART, 13; KIRCHHOFF, 89). Damit wird von diesen Autoren die Schulminderleistung hervorgehoben als eine mögliche Bedingung für negative Änderungen individueller Eigenschaften sowie für schwere Persönlichkeitsbeeinträchtigungen (BERNART, 14; CORRELL, 38; FROMMBERGER, 54) und das Entstehen von auffälligen Verhaltensweisen, Schwererziehbarkeit und Verwahrlosung (BERNART, 13; V. BRACKEN, 22; BUSEMANN, 33; GREGOR, 65; V. HARNACK, 70; WEGENER, 174).

2. – Wir stehen damit in der Nähe des Problemkreises *„Bedürftigkeit für öffentliche Erziehung"* und wollen uns jetzt der Erörterung dieses Sachverhalts und seines Umfeldes zuwenden.

Am 11. August 1961 wurde das neue Jugendwohlfahrtsgesetz erlassen, das die heutige Grundlage für die Erziehung auf öffentlicher Ebene bildet. Nach seinem § 62 ist einem Minderjährigen, der das 20. Lebensjahr noch nicht vollendet hat, Freiwillige Erziehungshilfe (= FEH) zu gewähren, wenn dessen leibliche, geistige und seelische Entwicklung gefährdet oder geschädigt ist und wenn diese Maßnahme zur Abwendung der Gefahr oder zur Beseitigung des Schadens geboten erscheint, und nach seinem § 64 Fürsorgeerziehung (= FE) anzuordnen, wenn der Minderjährige zu verwahrlosen droht oder verwahrlost ist und keine ausreichende andere Erziehungsmaßnahme gewährt werden kann (Gesetz für Jugendwohlfahrt vom 11. August 1961, BGBl. I S. 1193). Diese öffentlichen Erziehungsmaßnahmen leiten sich ab aus dem Recht jedes Minderjährigen auf Erziehung zur leiblichen, seelischen und gesellschaftlichen Tüchtigkeit (JWG, § 1).

Die Formulierung des Gesetzgebers erweckt den Eindruck, als ließen sich die Tatbestände Entwicklungsgefährdung oder -schädigung einerseits und drohende oder bereits eingetretene Verwahrlosung andererseits diagnostisch eindeutig feststellen und als wären demnach zwei deutlich unterscheidbare und scharf gegeneinander abgegrenzte Gruppen von Individuen in den beiden Maßnahmen der öffentlichen Erziehung zu erwarten. Ohne die Fragwürdigkeit der oben angeführten Begriffe hinsichtlich ihrer Trennschärfe im Rahmen dieser Arbeit detailliert darlegen zu können, steht für die praktische Durchführung der erwähnten gesetzlichen Bestimmungen – jedenfalls für die Mehrzahl der Bundesländer – fest, daß die Art der Maßnahme, die für den betreffenden Minderjährigen angewandt wird, sich vorwiegend danach richtet, ob die Personensorgeberechtigten bereit sind, die Durchführung der Maßnahme zu fördern (dann kommt der Minderjährige in FEH), und innerhalb welcher Maßnahme für den jeweiligen Erziehungsfall ein geeignetes Heim zur Verfügung steht.

Bei der Frage, ob einem Minderjährigen Freiwillige Erziehungshilfe zu gewähren ist oder ob Fürsorgeerziehung angeordnet wird, ist abzuwägen, ob der Grad der Schädigung (Verwahrlosung) oder die Förderungsbereitschaft der Eltern als Kriterien gelten sollen. Da die Vormundschaftsgerichte im allgemeinen nicht geneigt sind, einen FE-Beschluß zu fassen, wenn die Eltern bereit sind, die Heimerziehung zu fördern, wäre zu erwarten, daß die Kinder und Jugendlichen in den Landesjugendheimen, in denen die Fürsorgeerziehung in der Regel durchgeführt wird, sich im Grad der Dissozialität nicht von denen in Heimen der FEH unterscheiden (in Schleswig-Holstein wird – im Gegensatz zu allen anderen Bundesländern – die Freiwillige Erziehungshilfe grundsätzlich in nicht-kommunalen Heimen und getrennt von der Fürsorgeerziehung durchgeführt, gemäß Ausführungsgesetz vom 7. Juli 1962 zum JWG, § 17).

Tatsächlich aber liegen die Verhältnisse nicht so eindeutig, da die kleineren privaten Heime und die Einrichtungen der freien Wohlfahrtsverbände die Aufnahme sehr schwerer Verwahrlosungsfälle oft ablehnen und da für Minderjährige, deren Förderung sich im Rahmen der FEH als nicht möglich erweist, ein FE-Beschluß und die Verlegung in ein Landesjugendheim erfolgt. So geht in Schleswig-Holstein die Tendenz dahin, daß sich Grenzfälle mit beginnender Gefährdung häufiger in Freiwilliger Erziehungshilfe als dem „Vorfeld der FE" finden und schwerere Fälle in der Fürsorgeerziehung als dem letzten Mittel, der Verwahrlosung eines Minderjährigen vorzubeugen oder sie zu beseitigen.

Es ist anzunehmen, daß sich mit der Zeit die beiden Gruppen weiter in diesem Sinne entwickeln werden und daß sich zwei durch eine klare Differenzierung der Verhältnisse unterschiedene eigentümliche Siebungsgruppen mit kennzeichnenden Merkmalen herauskristallisieren. Da diese Entwicklung erst im Ansatz zu erkennen ist, haben wir auf eine Trennung der beiden Gruppen verzichtet. Die Zusammenfassung von FE- und FEH-Zöglingen erscheint uns in unserer Arbeit auch deshalb geboten, weil damit die Vergleichbarkeit mit früheren Untersuchungen von Individuen gegeben ist, die der öffentlichen Erziehung bedurften. Da zum Zeitpunkt der damaligen Erhebungen die erst in den letzten Jahren durch den Gesetzgeber eingeführte Maßnahme der Freiwilligen Erziehungshilfe aber noch gar nicht existierte, sind in den dort untersuchten Gruppen auch die Minderjährigen enthalten, denen heute möglicherweise FEH gewährt werden würde.[3]

Unabhängig davon, in welche Maßnahme der öffentlichen Erziehung sie eingewiesen wurden, gilt für alle der von uns Untersuchten, daß ihr Verhalten von dem als durchschnittlich angesehenen Verhaltensmuster so auffällig abweicht, daß die Umwelt diese Aberrationen nicht mehr nur registriert, sondern als so schwerwiegend auffaßt, daß ihr zusätzliche pädagogische Mittel als geboten erscheinen, um die drohende negative Entwicklung abzuwenden oder den bereits eingetretenen Schaden zu beheben. So komplex der Tatbestand der Auffälligkeit sich auch darstellt, schließt er in unserem Zusammenhang stets ein negatives Urteil über das Verhältnis des Minderjährigen zu den gesellschaftlichen Normen im Sinne der Feststellung eines Abweichens von den latenten und manifesten Verhaltenserwartungen der Umwelt ein. Daß diese Verhaltensanforderungen altersbezogen sind, bedarf keiner weiteren Erörterung.

Nachdrücklich hinzuweisen aber ist auf den prinzipiellen Sachverhalt ihrer gesellschaftlichen Abhängigkeit, *daß also die Normen für sozialgerechtes Verhalten entscheidend von der Struktur der Gesellschaft bestimmt werden, in der das Individuum lebt.* Normalitätsaussagen dieser Art sind demnach relative Bestimmungen, die sich auf die

3 Die Freiwillige Erziehungshilfe wurde durch § 16 des Ausführungsgesetzes zum RJWG (AG/RJWG) vom 10. Juli 1957 erstmals eingeführt, und zwar mit Wirkung vom 1. April 1958 (Gesetz- und Verordnungsblatt für Schleswig-Holstein, Nr. 18, 1957). Die Richtlinien über die Durchführung der FEH folgten als Erlaß des Kultusministers vom 13. Juni 1958 (Amtsblatt für Schleswig-Holstein, 1958).

jeweilige gesellschaftliche Ordnung beziehen. Da die Ordnung einer sozialen Wirklichkeit niemals normativ, sondern immer nur empirisch verstanden werden darf, ist aber die Bestimmung eines Normalzustandes im konkreten Fall durchweg problematisch. Doch läßt andererseits gerade die Abhängigkeit der sozialen Normen von dem jeweiligen gesellschaftlichen Entwicklungsstand erwarten, daß in jeder Gesellschaft bestimmte Erziehungsaufgaben im Vordergrund stehen und daß der individuellen Entwicklung ein spezifischer Spielraum zugebilligt wird.

Wenn wir Anpassungsfähigkeit und Erziehbarkeit als universale Charakteristika des Menschen auffassen, können wir im allgemeinen davon ausgehen, daß die soziale Einordnung des Individuums und auf ihrer Basis eine positive Lebensbewältigung gelingen.

Nun gibt es aber offenbar Minderjährige, die diesen gesellschaftlichen Mindestanforderungen nicht genügen, sondern negative Verhaltensabweichungen aufweisen. Dieses Verhaltensdefizit äußert sich anfangs meistens in geringeren Anpassungs-, Verhaltens- und Erziehungsschwierigkeiten und in leichteren sozialen Konflikten. Im weiteren Verlauf der kindlichen Fehlentwicklung wachsen die sozialen Schwierigkeiten und führen zu einer erheblichen Belastung und Störung der sozialen Beziehungen. Das Versagen gegenüber den sozialen Forderungen weitet sich immer mehr auf alle Lebensbereiche aus und läßt den Minderjährigen schließlich aus der sozialen Ordnung und den sozialen Bindungen entgleiten und zuletzt sozial scheitern. Die Unangepaßtheit an die Normen und Regeln der Ordnung erhält chronische Züge, und die Verhaltensabweichungen und der Widerstand gegen Erziehungsmaßnahmen sind erheblich, hartnäckig und von relativer Dauer.

Dabei kann es auch zu Rechtsbrüchen und kriminellen Akten kommen. Straffälliges Verhalten ist bei den von uns untersuchten dissozialen und verwahrlosten Individuen durchaus vorhanden, und sein Auftreten zeigt, daß zwischen Kriminalität und Verwahrlosung keine scharfe und klare Abgrenzung möglich ist. Doch bedeutet das keineswegs eine Identifizierung der beiden Sachverhalte. Ein krimineller Jugendlicher braucht nicht verwahrlost zu sein, und umgekehrt braucht ein verwahrloster Minderjähriger nicht kriminell zu werden. Die Verwahrlosung ist im Gegenteil forensisch von geringerer Bedeutung, da Verstöße gegen Rechtsnormen hier gerade nicht im Vordergrund stehen. Es macht, können wir sagen, geradezu ihr Wesen aus, daß die sozialen Belastungen und Störungen, die sie phänomenologisch kennzeichnen, in den meisten Fällen unterhalb der Straffälligkeit und Strafbarkeit bleiben und daß die kriminellen Handlungen in ihrem Erscheinungsbild eher randständigen Charakter haben und vorwiegend situationsbedingte Begleitphänomene der Verwahrlosung darstellen.

Dabei bestehen andererseits durchaus gewisse innere Beziehungen zwischen Verwahrlosung und Kriminalität. So stellt FREY in einer Gruppe Krimineller fest, daß die Mehrzahl aller späteren Rückfallverbrecher vom frühesten Jugendalter an durch spezifische Formen der Schwererziehbarkeit und zugleich durch spezifische Formen der Frühkriminalität auffällt (FREY, 53).

Dem prozeßhaften und progressiven Charakter der personalen und sozialen Fehlentwicklung entspricht die Tatsache, daß es in der Erziehungswirklichkeit keine festen Grenzen zwischen sozialem und dissozialem Verhalten gibt, sondern daß die Übergänge fließend und kontinuierlich sind. Da das Fehlen eines festen und sicheren Maßstabes und die vielen Übergangsstufen während des dissozialen Prozesses die Festlegung des Zeitpunktes erschweren, wann Verwahrlosung einsetzt oder zumindest droht, bietet sich als zuverlässiges Kriterium der Bedürftigkeit für öffentliche Erziehung die tatsächliche Durchführung der Maßnahme in Form der Heimeinweisung und eines Heimaufenthaltes an. Denn dann hält die Gesellschaft die anomale Entwicklung des Minderjährigen für so weit fortgeschritten, daß ihrer Auffassung nach das Individuum diesen Prozeß nicht mehr aus eigener Kraft korrigieren kann und daß er mit den üblichen selbstverständlichen pädagogischen Mitteln nicht mehr reparabel erscheint. Wir haben darauf bereits an früherer Stelle hingewiesen (1. Kap. S. 4).

Die Übernahme des Minderjährigen in die begrenzte Lebensform des Heimes, die das soziale Leben in seiner Breite ausschließt und in der er im Rahmen einer bestimmten Heimordnung lebt, hat das Ziel, durch pädagogisch-therapeutische Maßnahmen, die sich in der Regel über mehrere Monate erstrecken, den ganzen Tag auf ihn einwirken und auf der Basis einer einheitlichen Erziehungskonzeption aufeinander abgestimmt sind, ein soziales Verhalten des Minderjährigen zu erreichen. Seine soziale Integration wird damit zum Kriterium für den Erfolg der öffentlichen Erziehung.

Die Zusammenfassung dissozialer Minderjähriger in Heimen ist andererseits sehr problematisch, da sich durch die Anhäufung solcher Individuen gruppenrelevante Interaktionen infolge der Kumulierung sozialwidrigen Verhaltens gerade im gegenteiligen Sinne auswirken können. Dieser Aspekt kann hier nicht weiter erörtert werden.

Der Zustand extremer Erziehungsbedürftigkeit wirkt sich als eine gleichsam zwingende Aufforderung zu sozialpädagogischem Eingreifen aus, und die Anwendung der öffentlichen Erziehungsmaßnahme stellt eine entscheidende Zäsur im negativen Verlauf der Entwicklung des Individuums und insofern ein eindeutiges Kriterium dar.

Zwischen Verwahrlosung, Erziehbarkeit und Erziehungsbedürftigkeit besteht offenbar ein enger Zusammenhang. Der Mensch ist, wie wir durch die vergleichende Verhaltensforschung und die Erkenntnisse der biologisch-naturwissenschaftlichen Anthropologie wissen, in seinem sozialen Verhalten nicht so festgelegt wie das Tier. Aus der Plastizität seiner Anlagen und dem daraus folgenden Reichtum an Gestaltungsmöglichkeiten ergeben sich jedoch auch eine gewisse Labilität und das Risiko von Fehlentwicklungen. Soziologische, tiefenpsychologische und pädagogische Einsichten haben auf die Bedeutsamkeit der sozialen Grundlegung des Menschen in der Familie als Stätte des elementaren sozialen Lernens durch die Befriedigung primärer sozialer Bedürfnisse und die Ausbildung und Einübung grundlegender sozialer Verhaltensbahnen hingewiesen. Damit wurde gleichzeitig die Gefahr der Nicht- oder Fehlaktivierung menschlicher Möglichkeiten sichtbar gemacht, wenn die soziale Integrationskraft der Primärgruppe zu gering ist und die Vorbereitung und Unterstützung aus dem Primärbereich wegen mangelnder Gelegenheiten für die Einübung differenzierter sozialer Verhaltensformen nicht ausreichen oder wenn die im Feld der primären Erfahrungen herausgebildeten Verhaltensmuster die spätere Integration in die sekundären gesellschaftlichen Strukturen infolge der andersartigen oder gegensätzlichen partikulären Gruppennormen verhindern.

Die Zurückführung dissozialer Verhaltensweisen auf frühe und fortwährende soziale Frustrationen und darauf, daß die Breite der Lernfähigkeit sich durch die Kanalisierung der Aufnahmebereitschaft entlang „unpassender", asozialer oder auch antisozialer frühkindlicher Verhaltensmuster in entscheidender Weise verengt, geht davon aus, daß die soziale Erziehungsmöglichkeit des Individuums im Grunde ausreicht, daß aber für die Entwicklung der sozialen Fähigkeiten bestimmte soziale Bedingungen erforderlich sind. Die allgemeine menschliche Plastizität und die prinzipiell hochgradige Lernfähigkeit auch im Bereich der sozialen Erziehung bleiben hier unbestritten. Sobald wir uns aber über die Erziehungsbedürftigkeit des Menschen hinaus seiner individuellen *Erziehbarkeit* zuwenden, stellt sich sofort die Frage nach den Grenzen des Modifikationsbereiches, innerhalb derer er seelisch und sozial affizierbar ist, und welche individuellen Möglichkeiten der Mensch hat, die von außen offerierten Werte und Normen in die eigene seelische Struktur zu integrieren.

Wenn die seelische und soziale Grundausstattung des Individuums der Beeinflußbarkeit im Einzelfall zu enge Grenzen setzt, gelingt es infolge ungenügender personaler Voraussetzungen nicht, im Verlaufe des Sozialisationsprozesses und durch die Erziehung ein relativ stabiles Verhältnis zwischen Person und Gesellschaft herbeizuführen, dessen Kontinuität eine der entscheidenden Bedingungen für die Existenzfähigkeit des Menschen darstellt (WILHELM, 176). Danach finden die Wirkungen der gesellschaftlichen Formungs- und Prägungsprozesse und die der pädagogischen Einflußnahmen ihre Grenze in der individuellen konstitutionellen Affinität.

3. – Auf der Grundlage unserer bisherigen Überlegungen bieten sich nun unterschiedliche Deutungsmöglichkeiten für die Tatsache an, daß von einer Gruppe Minderjähriger das Bündel von Erwartungen, das in unserer Gesellschaft mit ihren komplizierten sozialen Beziehungsverhältnissen an das Verhalten gestellt wird, nicht adäquat erfüllt werden kann.

Eine Gruppe von Autoren mißt den Umwelteinflüssen für die Genese dissozialer Verhaltensformen ein größeres Gewicht zu. Die Ursachen werden in den allgemeinen sozialen Verhältnissen und der Schuld der Gesellschaft und in einer durch die Auflösung der patriarchalischen Ordnung entstehenden Unsicherheit gesucht (BECK, 6; BIERMANN, 15), ferner im Mangel an guten prägenden Vorbildern, der keine oder nur negative Identifizierungen mit sexuell verwahrlosten, kriminellen, trunksüchtigen und asozialen Eltern zuläßt (BENJAMIN, ISSERLIN, HANSELMANN u. a., 9; BIERMANN, 15), außerdem in Erziehungsmängeln im Sinne erzieherischer Vernachlässigung und Gleichgültigkeit und in Erziehungsfehlhaltungen wie Verwöhnung, übermäßiger Strenge und Härte und Inkonsequenz, die besonders problematisch durch sie verstärkende soziale Konstellationen wie Vaterlosigkeit, Mutterlosigkeit oder Scheidung werden (BENJAMIN, ISSERLIN, HANSELMANN

u. a., 9; BRAUNECK, 23; CARSPECKEN, 35; GOTTSCHALDT, 64; GREGOR, 65; KLINK, 92).

Als weitere nicht-hereditäre Faktoren, die die individuelle Entwicklung negativ beeinflussen können, werden häufiger Wohnungs- und Umweltwechsel in den ersten Lebensjahren, instabile Lebensbedingungen überhaupt und eine ungünstige Wohnumgebung genannt, und zwar besonders Rückzugsgebiete der untersten Sozialschichten wie Wohnwagen und Barackenlager, die den dort aufwachsenden Minderjährigen ausgeprägte sozialwidrige Lebensstilformen und asoziale Leitbilder vermitteln (BADER, 5; BENNETT, 8; BENJAMIN, ISSERLIN, HANSELMANN u. a., 9; BUSEMANN, 26; DESTUNIS, 39; DÜHRSSEN, 42).

Die tiefenpsychologisch orientierten Autoren verweisen vor allem auf die pathogene Wirkung unangemessener frühkindlicher Frustrationen einerseits (wie Liebesentzug, Ablehnung, Mutter-Kind-Trennung, Hospitalismus u. a.), auf die ungenügende Erziehung zu einer altersadäquaten Frustrationstoleranz mit der Überwindung des reinen Lustprinzips zugunsten der Anpassung an die Realität andererseits und auf die mangelhafte Gewissensbildung (AICHHORN, 1; BONDY, 18; MITSCHERLICH, 126; u. a.).

Unter soziologischem Aspekt wird abweichendes soziales Verhalten dagegen immer erst als Folge eines umwegreichen Lernprozesses entwickelt, und die negativen Verhaltensmuster sind in einem relativ lange währenden Prozeß ausgebildet worden, in dessen Verlauf sich feste Weisen der Bewältigung der sozialen Schwierigkeiten herausbilden, die meistens inadäquat auf die entsprechende Situation bezogen sind und die Tendenz zu weiterer Verfestigung in sich tragen (KÖNIG, 95).

Die Ätiologie dieses Prozesses können wir danach nur durch die umfassende Kenntnis des Sozial- und Erziehungsfeldes, also durch die detaillierte Erhebung der einzelnen Sozialdaten und der belastenden Milieukonstellationen und durch die Aufdeckung der vielschichtigen und dynamischen sozialen Bedingungen erschließen. Nach dieser These entscheiden äußerlich feststellbare Indikatoren über das Gelingen der zweiten, „sozio-kulturellen" Geburt des Menschen. Der pädagogische Optimismus hinsichtlich der Erziehbarkeit entwicklungsgeschädigter Kinder und von Verwahrlosungsfällen ist dabei in der Tendenz relativ groß.

Eine Sondergruppe stellen die Individuen mit exogen bedingten Hirnschädigungen dar, die prä-, peri- oder postnatal durch endokrine

Störungen, durch mechanische oder infektiöse Einwirkungen, z. B. im Zusammenhang mit Encephalitis epidemica, erworben werden. Auf der Basis dieser hirnorganischen Veränderungen entstehen in einer Anzahl von Fällen gravierende Persönlichkeits- und Charakterveränderungen, verbunden mit schweren Verhaltensaberrationen, die zu Schwierigkeiten in der Bewältigung der sozialen Umwelt führen, therapeutisch aber wenig Ansatzmöglichkeiten bieten und prognostisch ungünstig beurteilt werden (ASPERGER, 3; BENJAMIN, ISSERLIN, HANSELMANN u. a., 9; CORRELL, 38; KLINK, 92). In unserem Untersuchungsgut hat diese Gruppe kein Gewicht, da sie wegen der geringen Anzahl keine gesicherten Aussagen ermöglicht. Ein Teil dieser Fälle wurde außerdem bei der Bearbeitung des Materials ausgeschieden (s. dazu 3. Kap. S. 24).

In einer großen Gruppe von Veröffentlichungen werden primär konstitutionelle Bedingtheiten als verursachende Faktoren für die aberrative Entwicklung und die Verwahrlosung des Individuums angesehen. Wenn zwischen Erbanlagen und allgemeinem Verhalten ein enger Zusammenhang besteht und wenn im Rahmen der sozialen Entwicklung Anlagemomente dominieren, dann müssen Mängel und Störungen im Erbgefüge und Unzulänglichkeiten der anlagemäßigen Anpassungsausrüstung sich im Sinne eines dissozialen Prozesses und eingeschränkter Erziehbarkeit auswirken, insbesondere in den Fällen, in denen sich die Anlage infolge hoher Durchschlagskraft stark gegenüber den entgegenwirkenden äußeren Einflüssen durchsetzt (BRAUNECK, 23; EXNER, 47; FREY, 53; VILLINGER, 171).

Als endogene Ursachen werden genannt: Haltlosigkeit im Sinne einer hochgradigen Bestimmbarkeit durch Umwelteinflüsse (ASPERGER, 4; BENJAMIN, ISSERLIN, HANSELMANN u. a., 9; GOTTSCHALDT, 64; STUTTE, 162), Anomalien der Gemütslage, Undifferenziertheit und Armut des Gefühllebens (BECK, 6; STUTTE, 162), Affektlabilität, abnorme Erregbarkeit und allgemeine Unbeherrschtheit der Affekte (BENJAMIN, ISSERLIN, HANSELMANN u. a., 9), Antriebsstörungen und Spannungsarmut der vitalen Antriebslage (GOTTSCHALDT, 64), extreme Geltungssucht (BECK, 6; STUTTE, 162) und übersteigerte triebhafte Tendenzen (ASPERGER, 4; BONDY, 18; MEINERTZ, 113). Besonders während der biologisch determinierten Krisenperiode der Pubertät mit ihren erhöhten Reifespannungen aufgrund des seelischen Umbruchs, der phasenbedingten Unausgeglichenheit und erhöhten Bereitschaft zu abnormen seelischen Erlebnisreaktionen könnten auf sexuellem Gebiet übermächtige Triebdurchbrüche im Sinne geschlechtlicher Begierde das personale Gesamtgefüge existentiell erschüttern und den Verwahrlosungsprozeß einleiten (BENJAMIN, ISSERLIN, HANSELMANN u. a., 9; SCHÜLER-SPRINGORUM und SIEVERTS, 154).

Bei vielen dieser Autoren, die dem konstitutionellen Anteil in der Ätiologie der Verwahrlosung ein deutliches Übergewicht zumessen, wird außerdem auf den Schwachsinn leichten Grades (= Debilität) als wichtigen Bedingungsfaktor hingewiesen, und in älteren Veröffentlichungen wird die Ursache in einer konstitutionell begründeten abnormen psychischen Dauerverfassung im Sinne einer Psychopathie gesehen: „Die Hauptmenge der Verwahrlosten liegt ... bei der Psychopathie." „... Analysen ... zeigen, daß in weitaus der Mehrzahl der Fälle dieses Verhalten sich aus der psychopathischen Anlage herleitet und Psychopathie nur selten einen Nebenbefund bei Verwahrlosten bildet" (GREGOR, 65, S. 1197 f).

Die Vertreter der Auffassung, daß nicht Umweltnoxen die Ursachen des negativen individuellen Entwicklungsprozesses darstellen, sondern nach deren Meinung das Schwergewicht auf seiten der konstitutionellen Bedingtheiten liegt, sind folgerichtig bezüglich der Erziehbarkeit der von Verwahrlosung bedrohten oder verwahrlosten Individuen und hinsichtlich pädagogischer Einwirkungen relativ pessimistisch.

Wir werden im Hinblick auf die Ursachenfrage keine prinzipiell milieu- oder anlagetheoretisch orientierte Position einnehmen, sondern davon ausgehen, daß Dissozialität polyätiologisch im Sinne eines engen Zusammenwirkens charakterologischer, entwicklungsbiologischer, erlebnismäßiger, soziologischer und gegebenenfalls krankhafter Faktoren begründet ist. Diese Berücksichtigung der gegenseitigen Bedingtheit peristatischer Prägungseinflüsse, pädagogischer Einwirkungen, erblicher Dispositionen und reifungsbiologischer, konstitutioneller und charakterologischer Gegebenheiten im Zusammenspiel der individuellen Anlage- und Umweltmomente, die wir vor allem auch in den Untersuchungen von JÜRGENS und STUTTE finden, legt der Verwahrlosung nicht nur ein Bündel verschiedener Ursachen zugrunde, sondern vermag unserer Meinung nach mit der dynamischen Auffassung des Verhältnisses von Persönlichkeit und Umwelt im Sinne eines komplizierten Kräftespiels der verschiedenen Faktorenkomplexe das alte, inflexible und enge Anlage-Umwelt-Schema zu sprengen. Die Entscheidung über den Weg der individuellen Entwicklung fällt danach im lebendigen

Prozeß, und für die definitive Gestaltung der Persönlichkeit und des sozialen Verhaltens sind immer wechselnde und sich umstrukturierende Bedingungsgefüge ausschlaggebend.

3. Kapitel
Untersuchungsgut und Methode

A) Das Untersuchungsgut

1. Allgemeine Angaben

Die vorliegende Untersuchung an 528 männlichen und weiblichen Kindern und Jugendlichen der Geburtsjahrgänge 1941 bis 1957 basiert auf Aktenstudien im Jugendamt der Stadt Kiel, in 17 Heimen der öffentlichen Erziehung und an über 100 Volks-, Sonder- und Realschulen des Landes Schleswig-Holstein und der Stadt Kiel. Es handelt sich ausschließlich um Individuen, die in den Jahren 1961 bis 1965 in Einrichtungen der öffentlichen Erziehung eingewiesen wurden. Jeder Proband wurde anhand der Aktenunterlagen in den verschiedenen Stationen seines Lebenslaufes verfolgt. Es erwies sich dabei als erforderlich, für jeden einzelnen Untersuchten Daten an verschiedenen Stellen (Jugendamt, Schulen, Heimen) zu erheben. Jeder Proband wurde auf 120 Einzelmerkmale hin überprüft. Die Gewinnung des Materials erstreckte sich über insgesamt vier Jahre.

Von den ursprünglich 712 Fällen mußten über 100 ausgeschieden werden, bei denen die Unterlagen aus unterschiedlichen Gründen nur lückenhaft vorhanden waren. Zu ihnen gehören vor allem diejenigen, die nicht im Verwaltungsbezirk des Jugendamtes Kiel oder nicht einmal in Schleswig-Holstein beheimatet waren, sondern nur im Raum Kiel aufgegriffen, dann vorübergehend in einem Heim der öffentlichen Erziehung aufgenommen und später in ihre Heimatorte zurückgebracht wurden, und auch solche, die zwar in den Jahren 1961 bis 1965 durch das Kieler Jugendamt in öffentliche Erziehung eingewiesen wurden, aber zum Zeitpunkt der Erhebung bereits in den Verwaltungsbereich einer anderen Jugendbehörde verzogen waren. Einen Teil dieser Gruppe bilden auch die wenigen Fälle, deren Schullaufbahn infolge mangelhafter Aktenunterlagen nicht vollständig erhoben werden konnte.

Außerdem haben wir die fünf Individuen aus unserem Untersuchungsgut eliminiert, bei denen die schon gewährte oder angeordnete öffentliche Erziehung wegen noch vor der Heimeinweisung begangener schwerer Straftaten nicht zum Tragen kam und über die statt dessen Jugendstrafe verhängt wurde, weil bei ihnen nach der Urteilsbegründung des Jugendrichters kriminelle Neigungen vorlagen und weil damit die Kriminalität als dominanter Faktor hervortrat.

Ebenfalls nicht berücksichtigt wurden alle Ausschulungsfälle (n = 7), bei denen schwere Persönlichkeitsanomalien, hochgradige Intelligenzstörungen oder erhebliche organische Hirnschädigungen vorlagen und die versuchsweise in Heime der öffentlichen Erziehung aufgenommen wurden, dort aber nur kurzfristig blieben, da wegen medizinischer Unerziehbarkeit keine pädagogische Einflußnahme möglich war (vgl. dazu 1. Kap. S. 4 und 2. Kap. S. 19 f).

Schließlich wurden diejenigen nicht in die Untersuchung einbezogen, für die zwar die öffentliche Erziehung beantragt war, bei denen sie aber wegen Einwendungen der Eltern dann nicht durchgeführt wurde.

So blieb die vorliegende Siebungsgruppe von 528 Individuen übrig. Sie stellt einen repräsentativen Querschnitt der Kinder und Jugendlichen dar, die das Jugendamt in öffentliche Erziehung einweist.

II. Spezifische Analyse der Untersuchten

1. – *Gruppen der öffentlichen Erziehung*

Das gesamte Untersuchungsgut von 528 Individuen besteht hinsichtlich des Faktors „Bedürftigkeit für öffentliche Erziehung“ aus drei Gruppen:

FEH-Zöglinge	n = 259 (49%)
FE-Zöglinge	n = 206 (39%)
FE-Zöglinge, die vorher in FEH waren	n = 63 (12%)

Wir haben die Untersuchten aus methodischen Gründen zu einer einzigen Siebungsgruppe „Individuen in öffentlicher Erziehung“ zusammengefaßt (vgl. dazu S. 29 und 2. Kap. S. 13 f).

2. – *Der Anteil der Geschlechter*

Eine Aufteilung der Untersuchten nach der Geschlechtszugehörigkeit ergibt folgendes Bild:

Jungen:	n = 367 (70%)
Mädchen:	n = 161 (30%)

In unserer Erhebung stellen die männlichen Individuen also mehr als zwei Drittel aller Untersuchten, d. h. auf 100 Jungen kommen 43 Mädchen. Im Gegensatz dazu kommen innerhalb der schleswig-holsteinischen Gesamtbevölkerung nach den Angaben des Statistischen Landesamtes Schleswig-Holstein bei den Individuen der gleichen Geburtsjahrgänge (1941 bis 1957) 90 Mädchen auf 100 Jungen. Damit bestätigt sich die bekannte Tatsache, daß Jungen mit ihren Verhaltensaberrationen die Öffentlichkeit stärker belasten und daher eher negativ auffallen. Jungen werden deshalb auch im allgemeinen häufiger als Mädchen der öffentlichen Erziehung unterstellt.

3. – Die Schulleistungsgruppen

Das Kriterium für den Faktor „Schulminderleistung“ war, wie wir bereits oben darlegten, die Nichtversetzung in der Volksschule oder der Besuch der Sonderschule für Lernbehinderte. Eine Auswertung der

Tab. 1: Verteilung der Individuen auf die Schulleistungsgruppen (in Prozent)

	n	Individuen mit Volksschulabschluß	Schulminderleistung insgesamt	davon Volksschulrepetenten	davon Sonderschüler
Gesamtes Untersuchungsgut	528	21	79	44	35
Individuen mit Volksschulabschluß	110	100	–	–	–
Individuen mit Schulminderleistung	418	–	100	55	45
Alle Jungen	367	20	80	46	34
Alle Mädchen	161	22,5	77,5	39	38,5
Jungen mit Volksschulabschluß	74	100	–	–	–
Jungen mit Schulminderleistung	293	–	100	58	42
Mädchen mit Volksschulabschluß	36	100	–	–	–
Mädchen mit Schulminderleistung	125	–	100	50	50

Schulakten ergab, daß sich unter den 528 Individuen nur sechs Realschüler und keine Oberschüler befanden. Es war zweckmäßig, diese sechs Individuen der Gruppe der schulisch erfolgreichen Volksschüler zuzuschlagen.

Unterteilt man die 528 Untersuchten einerseits in solche, die ohne Klassenwiederholungen den Abschluß der Volksschule erreicht haben oder voraussichtlich erlangen werden, und andererseits in schulminderleistende Individuen und diese letzteren weiter in Volksschulrepetenten und Sonderschüler, so ergibt sich die aus Tab. 1 ersichtliche Verteilung; vgl. S. 25.

Die Tabelle macht die starke Anreicherung des Untersuchungsgutes mit schulminderleistenden Individuen und darunter wieder mit Sonderschülern sehr deutlich. Beides war nach den übereinstimmenden Hinweisen der Autoren, die vergleichbare Siebungsgruppen untersuchten und immer die Tatsache der Häufung von Schulminderleistung und auch von Sonderschulbedürftigkeit hervorheben, zu erwarten. Diesen Fragenkomplex werden wir eingehend im 4. Kap. Abschn. B unserer Arbeit erörtern.

B) Die Methode

I. Spezifische Fragestellungen

Der Ausgangspunkt der Erhebung war die Bedürftigkeit für öffentliche Erziehung. Aus der Fülle der Aktenunterlagen wurde für jedes Individuum ein Untersuchungsbogen (s. nach S. 32) mit spezifischen Fragestellungen in den folgenden Themenkreisen entwickelt.

1. – Familiäres Milieu
Dazu gehören: Eheliche bzw. nichteheliche Geburt des Untersuchten, Stellung in der Geschwisterreihe, Familiensituation, Reihenfolge der Beziehungspersonen, Belastung durch die Eltern in bezug auf Kriminalität, Schulminderleistung, Suchtneigung, Bedürftigkeit für öffentliche Erziehung, pathologische Verhaltensauffälligkeiten; ferner Sozialschicht und Berufe der Eltern; Belastung der leiblichen Geschwister in

bezug auf Schulminderleistung, Bedürftigkeit für öffentliche Erziehung, pathologische Verhaltensauffälligkeiten; ferner Wohnverhältnisse, körperliche Entwicklung des Probanden.

2. – Schul- und Berufslaufbahn

Als besonders zeitraubend erwies sich die Ermittlung der Schullaufbahn der 528 Individuen und die Sichtung des umfangreichen Aktenmaterials an den Schulen, um mögliche Beziehungen zwischen der – bisher bekannten – Bedürftigkeit für öffentliche Erziehung und der Schul(minder)leistung festzustellen.

Um vollständige und detaillierte Angaben zu bekommen, mußte der schulische Weg jedes Probanden an allen von ihm besuchten Schulen verfolgt werden. Jeder Minderjährige war durchschnittlich an vier verschiedenen Schulen, und 24 dieser Kinder wechselten die Schule über siebenmal. Zudem verfügen nur die Landesjugendheime und die größten FEH-Einrichtungen über heimeigene Schulen, während die Kinder von den über das ganze Land Schleswig-Holstein verstreuten kleineren FEH-Heimen aus die ortseigenen Volks-, Sonder- und Realschulen besuchen (und dort werden sie, um einzelne Klassen nicht zu stark mit ihren Verhaltensauffälligkeiten zu belasten, nach Möglichkeit außerdem noch auf mehrere Schulen verteilt). Somit bedeutete die Erfassung dieser Daten einen beträchtlichen Aufwand an Zeit.

Folgende Merkmale wurden dabei erhoben: Zurückstellungen, Besuch der Volksschule, Besuch der Sonderschule für Lernbehinderte oder einer weiterführenden Schule (Realschule oder Gymnasium), Anzahl der Klassenwiederholungen, Häufigkeit des Schulwechsels, der Zeitpunkt der Umschulung in die Sonderschule und die Art des Schulabschlusses; ferner dissoziales oder pathologisches Verhalten in der Schule und der Intelligenzquotient (soweit er in den Personalbögen der Sonderschulen und den Unterlagen des Jugendamtes oder der Heime aufgrund erstellter psychologischer oder psychiatrischer Gutachten aktenkundig war).

Der Berufsweg und die Bewährung im Beruf wurden wiederum den Akten des Jugendamtes und der Heime entnommen.

3. – *Dissoziale und pathologische Verhaltensauffälligkeiten und Delinquenz*

Als „dissozial" halten wir vor allem solche Verhaltensaberrationen fest, die vorwiegend die Familie und die Öffentlichkeit stören bzw. Maßnahmen der Umwelt und der öffentlichen Institutionen provozieren, nämlich Delikte (einschließlich der Sittlichkeitsdelikte), Schulschwänzen, Fortlaufen, Entweichen (aus den Heimen der öffentlichen Erziehung), Streunen und Vagabondage, häufig wechselnden Geschlechtsverkehr (= hwG), Suchtneigung, Arbeitsbummeln und Arbeitsscheu, Streitsucht, Aggressivität und Trotz.

Bei der Erfassung der „pathologischen Verhaltensauffälligkeiten" stützen wir uns zur Hauptsache auf die vielen Akten beigegebenen psychologischen und psychiatrischen Gutachten. Diese Merkmale belasten sowohl die Umwelt als auch das Individuum selbst und erfordern sozialpädagogische und heilerzieherische Maßnahmen. Es wurden folgende Symptome erfaßt: Enuresis und Enkopresis, Gewalttätigkeit, Stören in der Schule, Daumenlutschen und Nägelbeißen, Erethismus und Torpidität, Triebhaftigkeit, Affektlabilität, Gefühlsarmut, Depressivität, Konzentrationsstörungen. Es zeigte sich, daß sich bei vielen Untersuchten pathologische Verhaltenssyndrome gebildet hatten, auf die im 4. Kap. Abschn. C unter „Mehrfache pathologische Verhaltensauffälligkeit" noch ausführlicher eingegangen wird.

Wir haben uns dafür entschieden, den kriminellen Anteil der Verwahrlosung der in unsere Untersuchung einbezogenen Individuen aus der Merkmalsanalyse und der statistischen Bearbeitung auszuklammern, und zwar nicht deshalb, weil wir der Delinquenz im Rahmen des dissozialen Verhaltens unserer Probanden überhaupt kein Gewicht beimessen (vgl. dazu auch 2. Kap. S. 15 f), sondern weil es dann unumgänglich notwendig wird, das differenzierte Gebiet der kriminellen Verwahrlosung mit seinen zahlreichen Querverbindungen in seiner ganzen Breite darzustellen, denn nur so könnte ein befriedigender Einblick in die komplizierten Verhältnisse dieses vielschichtigen Bereiches gewährleistet werden. Dadurch müßte aber ein vom Thema der Arbeit her nicht unmittelbar der zentralen Behandlung bedürftiges Teilgebiet ein zu hohes Gewicht erhalten, und das würde außerdem die Geschlossenheit der Arbeit durch inhaltliche Überfrachtung gefährden.

4. – Art und Dauer der öffentlichen Erziehung

Auf dem oben angeführten Untersuchungsbogen war nach der Art der öffentlichen Erziehung – „Freiwillige Erziehungshilfe“ (= FEH) und „Fürsorgeerziehung“ (= FE) – unterschieden worden. Bei der Auswertung aber haben wir die Individuen nicht nach der Art der Maßnahme (FEH, FE und FEH mit späterer Einweisung in FE) getrennt, sondern zu einer einzigen Siebungsgruppe „Individuen in öffentlicher Erziehung“ zusammengefaßt.

Wir haben in anderem Zusammenhang (2. Kap. S. 14) die Notwendigkeit dafür ausführlich begründet und dabei herausgestellt, daß sich das vor allem für Vergleiche mit den Ergebnissen früherer Erhebungen an Individuen in öffentlicher Erziehung als zweckmäßig erwies; denn bis 1957 (die Freiwillige Erziehungshilfe wurde, wie wir bereits erwähnten, erst 1958 eingeführt) wurden alle sozial auffälligen Minderjährigen, die der öffentlichen Erziehung bedurften, in Fürsorgeerziehung eingewiesen.

Im Rahmen unserer methodischen Überlegungen gewinnt im Hinblick auf die statistische Bearbeitung noch ein weiterer Grund erhebliche Bedeutung. Durch die Zusammenfassung unserer Probanden zu *einer* Siebungsgruppe erhalten wir eine größere Zahl von Individuen als Ausgangsbasis, die es uns ermöglicht, auch bei einer Aufgliederung unter leistungs- und geschlechtsspezifischem Aspekt die einzelnen Untergruppen genügend groß zu halten. Es könnte sonst auf der Grundlage zu kleiner Gruppen leicht zu einer Verzerrung der Ergebnisse und zum Fehler der kleinen Zahl kommen. Wir haben also auf die Untergliederung der Individuen nach der Art der Maßnahme der öffentlichen Erziehung vor allem aus Gründen der statistischen Sicherheit und der Vergleichbarkeit der Ergebnisse mit denen anderer Untersuchungen verzichtet.

II. Die statistische Auswertung

Bei der Auswertung der Untersuchungsbögen ergaben sich Kumulationen spezifischer Merkmale in bestimmten Themenkomplexen. Als relevant für die statistische Bearbeitung hoben sich aus der Fülle der Einzeldaten folgende Merkmalsgruppierungen heraus:

A) *Der Merkmalskomplex „öffentliche Erziehung" und die Umweltsituation der Untersuchten*
(Hierunter wurden vor allem solche Faktoren erfaßt, die die individuelle Lebenssituation des Untersuchten maßgeblich mitprägten.)
1. Beginn der öffentlichen Erziehung, bezogen auf das Schulbesuchsjahr
2. Lebensalter bei erster Verhaltensauffälligkeit
3. Qualität der Wohnverhältnisse
4. Häufigkeit des Wohnungswechsels
5. Nichteheliche Geburt

B) *Der Merkmalskomplex „Schulminderleistung" und der Intelligenzquotient*
1. Zugehörigkeit zu bestimmten Schulleistungsgruppen
2. Zeitpunkt der Umschulung in die Sonderschule, bezogen auf das Schulbesuchsjahr
3. Intelligenzprüfung und Intelligenzquotient
4. Schulentlassung aus niedrigeren Volks- und Sonderschulklassen

C) *Der Merkmalskomplex „dissoziale und pathologische Verhaltensformen und -syndrome"*
1. Gewalttätigkeit
2. Streitsucht
3. Stören in der Schule
4. Schulschwänzen
5. Fortlaufen und Streunen
6. Berufsschicksal
7. Arbeitsbummeln und Arbeitsscheu
8. Psychologische und psychiatrische Untersuchung
9. Enuresis und Enkopresis
10. Mehrfache pathologische Verhaltensauffälligkeit

D) *Geschlechtsgebundene Verhaltensaberrationen unter sozialbiologischem Aspekt*
1. HwG und Prostitution der geschlechtsreifen Mädchen
2. HwG und Prostitution der leiblichen Mütter
3. Beziehung zwischen hwG und Prostitution der leiblichen Mütter und der geschlechtsreifen Mädchen

4. Gonorrhoe der geschlechtsreifen Mädchen
5. Beziehungen zwischen hwG, Gonorrhoe und nichtehelicher Mutterschaft der geschlechtsreifen Mädchen

E) *Der Merkmalskomplex „sozialbiologische Zusammenhänge" in bezug auf Bedürftigkeit für öffentliche Erziehung und Schulminderleistung*
1. Kriminalität der leiblichen Eltern
2. Süchtigkeit der leiblichen Eltern
3. Anordnung der öffentlichen Erziehung bei den leiblichen Eltern
4. Anordnung der öffentlichen Erziehung bei leiblichen Geschwistern
5. Gewalttätigkeit der leiblichen Eltern und Beziehung zur Gewalttätigkeit der Kinder
6. Schulleistungsniveau der leiblichen Eltern
7. Schulminderleistung der leiblichen Geschwister
8. Qualität des Arbeitsverhaltens der leiblichen Eltern
9. Psychiatrische und psychologische Untersuchung der leiblichen Eltern

Jedes Merkmal wurde in seiner prozentualen Häufigkeit und Verteilung berechnet und in Beziehung gesetzt zum gesamten Untersuchungsgut, zu den beiden Geschlechtsgruppen und vor allem zu der positiven und negativen Schulleistungsgruppe, deren jede außerdem in sich unter geschlechtsspezifischem Aspekt noch weiter aufgegliedert wurde.

In einzelnen Fällen, z. B. bei besonderer Belastung, wurden die Schulminderleistungsgruppen darüber hinaus nach Volksschulrepetenten und Sonderschülern getrennt, um einen noch differenzierteren Einblick in die vorliegenden Verhältnisse zu gewinnen.

Die Signifikanz der beobachteten Unterschiede zwischen der Häufigkeit und der Verteilung der einzelnen Merkmale innerhalb der verschiedenen Untergruppen wurde in all den Fällen mit dem Chi-Quadrat-Test geprüft, in denen es im Hinblick auf unsere Zielsetzung sinnvoll erschien. Das Signifikanzniveau wurde auf 1 % bzw. 5 % festgelegt (vgl. dazu Anhang, Tab. 48).

Wir wollen unsere methodischen Überlegungen mit einem allgemeinen Hinweis abschließen, der in diesem Zusammenhang entscheidendes Gewicht hat. Vom prinzipiellen Ansatz unserer Arbeit her lehnen wir eine enge kausale Interpretation aufgefundener Korrelationen im Sinne zwangsläufiger Wirkungszusammenhänge und starrer Verlaufsstrukturen nachdrücklich ab. Denn die Vorstellung kausalmechanistischer

Gesetzmäßigkeiten faßt die biologischen, sozialen und psychischen Faktoren im Sinne absoluter Determinanten auf, ohne die lebendige Prozeßhaftigkeit des sich ständig wandelnden Geschehens zu berücksichtigen.

4. Kapitel
Die Ergebnisse der Untersuchung

A) Der Merkmalskomplex „öffentliche Erziehung" und die Umweltsituation der Untersuchten

1. Beginn der öffentlichen Erziehung, bezogen auf das Schulbesuchsjahr

Die erstmalige Übernahme in eine Maßnahme der öffentlichen Erziehung schließt als zeitlich exakt erhebbare Zäsur einen ersten Abschnitt der anomalen Entwicklung des Minderjährigen ab. Sie erfolgt, wie wir bereits an früherer Stelle darstellten (1. Kap. S. 4 u. 2. Kap. S. 16), nur dann, wenn die Schwierigkeiten in der bisherigen Erziehung zum Einweisungszeitpunkt einen solchen Grad erreicht haben und wenn das Kind oder der Jugendliche sich mit seinem Verhalten als so dissozial qualifiziert hat, daß die Gefährdung zu weit fortgeschritten erscheint, als daß sie noch mit den üblichen erzieherischen Maßnahmen behoben werden könnte. Die Entscheidung des Jugendamtes oder des Gerichts für eine öffentliche Erziehungsmaßnahme bestätigt zugleich den Mißerfolg der bisherigen erzieherischen Bemühungen und kennzeichnet das Überschreiten einer von der Gesellschaft gezogenen Toleranzgrenze.

Das heißt aber nicht, daß sich zum Beginn der öffentlichen Erziehung die verschiedenen Probanden in der gleichen defizitären Ausgangsposition befinden. Das widerspräche nicht nur jeder Erfahrung, sondern ergibt sich auch aus der interindividuellen Andersartigkeit und der unterschiedlichen sozialen Lage; in manchen Fällen liegt zum Zeitpunkt der Einweisung in öffentliche Erziehung auch eine weit fortgeschrittene latente Verwahrlosung vor, die erst durch eine Serie von Diebstählen oder durch wiederholte Notzuchthandlungen offenkundig wurde.

Die zeitliche Aufgliederung von Tab. 2 stützt sich auf die neun Pflichtschuljahre, die von der Vorschulzeit und der Zeit nach der Schulentlassung eingegrenzt werden, und ergibt sich überdies aus entwicklungspsychologischen Erwägungen.

Damit es sich bei den jeweils erfaßten Individuen um relativ gleiche Altersgruppen handelt, wurde nicht die Klasse, sondern das Schulbe-

Tab. 2: Verteilung der ersten Einweisung in öffentliche Erziehung, bezogen auf das Schulbesuchsjahr (in Prozent)

		Erste Einweisung					
	n	in der Vor-schul-zeit	im 1./2. Schul-bes.-Jahr	im 3./4. Schul-bes.-Jahr	im 5.–9. Schul-bes.-Jahr	nach der Schul-ent-lassung	%
Gesamtes Untersuchungsgut	528	1	4	10	51	34	100
Individuen mit Volksschul-abschluß	110	1	4	4	33	58	100
Individuen mit Schulminder-leistung	418	1	4	11	55	29	100
Alle Jungen	367	1	4	11	53	31	100
Alle Mädchen	161	1	2	6	46	45	100
Jungen mit Volksschul-abschluß	74	1	5	3	40	51	100
Jungen mit Schulminder-leistung	293	1	4	13	57	25	100
Mädchen mit Volksschul-abschluß	36	–	–	6	22	72	100
Mädchen mit Schulminder-leistung	125	1	3	6	53	37	100

suchsjahr als Bezugsgröße gewählt. Dabei ist eine gewisse Schwankungsbreite zu berücksichtigen, die sich aus der Modifizierung des Einschulungstermins durch den Geburtsmonat und eine mögliche Zurückstellung ergibt.

Bis zum zweiten Schulbesuchsjahr sind vom gesamten Untersuchungsgut nur 26 (= 5 %) Individuen in öffentlicher Erziehung, die sich prozentual annähernd gleichmäßig auf die einzelnen Gruppen verteilen. Es fällt nur auf, daß sich kein Mädchen, das später den Volksschulabschluß erreicht, unter den so früh der öffentlichen Erziehung bedürftigen Probanden befindet.

Wenn wir die drei ersten von uns festgelegten Einweisungsperioden der Vorschulzeit, des 1./2. und des 3./4. Schulbesuchsjahres zusammenfassen, wird aber bereits deutlich, daß vor allem Schüler mit Minderleistungen früher in öffentliche Erziehung eingewiesen werden. Bis zum Ende der Schulzeit werden schon 75 % der Individuen dieser Gruppe öffentlich erzogen. Sie stellen damit auch zahlenmäßig mit 220 Kindern das weitaus größte Kontingent der vor und während der Schulzeit der öffentlichen Erziehung bedürftigen Fälle des Untersuchungsgutes. Alle anderen vor und während der Schulzeit in öffentliche Erziehung genommenen Individuen, die sich aus Schülern mit Volksschulabschluß und aus Schülerinnen beider Leistungsgruppen zusammensetzen, machen nur 126 Fälle aus.

Wenn wir aber berücksichtigen, daß sich unter diesen 126 Individuen 80 schulminderleistende Mädchen befinden, so läßt sich abschließend feststellen, daß von unseren 528 Untersuchten vor und während der gesamten Schulzeit nur 46 schulleistungstüchtige (36 Jungen, 10 Mädchen) der öffentlichen Erziehung bedürfen. Also liegt auch bereits die Anzahl der vor und während der Schulzeit in öffentliche Erziehung eingewiesenen Mädchen mit Schulminderleistungen höher als die der während dieser Zeit in öffentliche Erziehung genommenen Individuen mit Volksschulabschluß. Von diesen letzteren kommt über die Hälfte erst *nach* der Schulentlassung in öffentliche Erziehung. Wenn wir die positive Leistungsgruppe der Probandinnen gesondert betrachten, stellen wir fest, daß hier sogar von zehn Mädchen sieben erst als Jugendliche in öffentliche Erziehung eingewiesen werden.

So können wir feststellen:

1. Die Individuen mit Schulminderleistung werden signifikant häufiger als die schulleistungstüchtigen bereits zu einem früheren Zeitpunkt öffentlich erzogen.
2. Vor und während der Schulzeit bedürfen nur 46 der schulisch erfolgreichen Individuen (36 Jungen und 10 Mädchen) öffentlicher Erziehung; über die Hälfte dieser positiven Schulleistungsgruppe wird nach der Schulentlassung eingewiesen.
3. Jungen ohne Volksschulabschluß kommen am frühesten, Mädchen mit gutem schulischem Leistungsniveau am spätesten in öffentliche Erziehung.
4. Kein Mädchen mit späterem Volksschulabschluß wird vor dem 3. Schulbesuchsjahr öffentlich erzogen.

5. Die männlichen Probanden stellen sowohl absolut als auch prozentual den größten Anteil der vor und während der gesamten Schulzeit in öffentliche Erziehung genommenen Individuen.
6. Von zehn Mädchen mit Volksschulabschluß werden sieben erst als Jugendliche in öffentliche Erziehung eingewiesen.
7. Der Zeitpunkt der ersten Übernahme in eine Maßnahme der öffentlichen Erziehung hängt stärker von der Zugehörigkeit zu einer bestimmten Schulleistungsgruppe ab, weniger von der Geschlechtszugehörigkeit.

II. Lebensalter bei erster Verhaltensauffälligkeit

Alle Probanden des Untersuchungsgutes wurden zu irgendeiner Zeit verhaltensauffällig; denn die Verwahrlosung, die zur Bedürftigkeit für öffentliche Erziehung führt, ist immer von Verhaltensauffälligkeiten begleitet und kann phänomenologisch auch als Syndrom dissozialen Verhaltens von bestimmtem Schweregrad definiert werden. Dabei zeigen sich Unterschiede bezüglich des Beginns, der Dauer und der Form der Verhaltensaberrationen. Hier soll ihr erstes Auftreten erörtert werden.

Die zeitlichen Abgrenzungen (unter 6, zwischen 7 und 10, zwischen 11 und 15 Jahren und über 16 Jahre) wurden sowohl unter entwicklungspsychologischen Gesichtspunkten als auch unter dem Aspekt der Schulbesuchszeitspanne vorgenommen.

Fast 80 % der ersten Verhaltensauffälligkeiten fallen in die Schulzeit. Dafür gibt es mehrere Erklärungen, die in einem integrativen Zusammenhang stehen: In der Schulzeit werden die Kinder über eine längere Zeitspanne hinweg beobachtet. In diesem Zeitraum befindet sich das Kind in bestimmten Entwicklungsphasen mit zunehmendem Aktionsradius (mittlere und späte Kindheit, Vorpubertät, Pubertät). Außerdem werden die Verhaltensauffälligkeiten in den Schulakten fixiert, also aktenkundig. Sie gewinnen durch ihren erhöhten Störwert zugleich an Gewicht und können das schulische Fortkommen der Kinder behindern.

Die Schulpflichtigen werden aber durch erhöhte Leistungsanforderungen (oder auch durch Schulminderleistung) zum Teil erst zu diesen Verhaltensauffälligkeiten veranlaßt. Ebenso kann die Notwendigkeit

Tab. 3: Verteilung der ersten Verhaltensauffälligkeit, bezogen auf das Lebensalter (in Prozent)

		Alter bei erster Verhaltensauffälligkeit				
	n	unter 6	7–10	11–15	über 15 Jahre	%
Gesamtes Untersuchungsgut	528	18	41	36	5	100
Individuen mit Volksschulabschluß	110	10	24	53	13	100
Individuen mit Schulminderleistung	418	20	46	31	3	100
Alle Jungen	367	20	46	30	4	100
Alle Mädchen	161	12	30	49	9	100
Jungen mit Volksschulabschluß	74	15	25	51	9	100
Jungen mit Schulminderleistung	293	22	51,5	24,5	2	100
Mädchen mit Volksschulabschluß	36	–	22	58,5	19,5	100
Mädchen mit Schulminderleistung	125	16	32	46	6	100

einer sozialen oder sachlich gebundenen Anpassung derartige Aberrationen bewirken.

Die Individuen mit Schulminderleistung werden deutlich frühzeitiger verhaltensauffällig als diejenigen mit Volksschulabschluß. Bei einer weiteren Differenzierung der Schulleistungsgruppen nach Jungen und Mädchen zeigen sich entsprechende Verhältnisse. So beträgt der prozentuale Anteil an den bereits vor dem elften Lebensjahr in ihrem Verhalten auffälligen Individuen bei den schulleistungsschwachen Jungen das 1,8fache und bei den schulminderleistenden Mädchen sogar das 2,2fache des Anteils der beiden vergleichbaren schulisch leistungstüchtigen Geschlechtsgruppen. Der Chi-Quadrat-Test ergab in allen drei Fällen (beide Geschlechter mit Volksschulabschluß – beide Geschlechter mit Schulminderleistung; Jungen mit Volksschulabschluß – Jungen mit Schulminderleistung; Mädchen mit Volksschulabschluß – Mädchen mit Schulminderleistung) signifikante Unterschiede (vgl. Anhang, Tab. 48).

Die relativ wenigen schon in der Vorschulzeit verhaltensauffälligen Individuen, die später den Volksschulabschluß erreichen, stellen eine reine Jungengruppe dar. Die Mädchen, die ebenfalls so sehr früh auffallen, zeigen in der Schule ausnahmslos geringe Leistungen.

GREGOR weist darauf hin, daß die Verwahrlosung der Mädchen im allgemeinen relativ spät beginnt, und STUTTE stellt in einer Gruppe unerziehbarer Fürsorgezöglinge analog dazu fest, daß das Durchschnittsalter der Mädchen beim Auftreten der ersten gröberen Verhaltensauffälligkeiten mit 13;2 Jahren um eineinhalb Jahre später liegt als bei den Jungen (GREGOR, 65; STUTTE, 162). Daraus schließen die Verfasser auf eine vorwiegend sexuelle Verwahrlosung der weiblichen Individuen und befinden sich damit in Übereinstimmung mit der Auffassung zahlreicher anderer Autoren.

Wir haben oben festgestellt, daß dieser späte Beginn der Dissozialität nicht für die *gesamte* weibliche Gruppe der von uns Untersuchten zutrifft. Denn wenn wir die Mädchen unter leistungsspezifischem Aspekt aufgliedern, zeigt sich nicht nur, daß die schulminderleistenden Probandinnen signifikant häufiger als ihre schulleistungstüchtigen Geschlechtsgenossinnen früher verhaltensauffällig sind, sondern wir erkennen außerdem, daß bei ihnen die dissozialen Symptome auch früher als bei den meisten der schulisch erfolgreichen Jungen auftreten.

Die Mädchen mit Volksschulabschluß dagegen fallen am spätesten von allen Gruppen auf. Dies wird besonders deutlich an der bereits erwähnten Tatsache, daß die schon im Alter von weniger als sechs Jahren verhaltensauffällige Mädchengruppe sich ausschließlich aus minderleistenden Probandinnen zusammensetzt.

Von den Mädchen mit Volksschulabschluß, von denen demnach kein einziges sehr früh verhaltensauffällig ist, fallen fast 80 % erst nach dem zehnten Lebensjahr auf; d. h. von fünf Probandinnen dieser positiven Schulleistungsgruppe werden vier erstmals in der entwicklungspsychologisch als Krisenzeit bekannten Phase der Vorpubertät auffällig, die allgemein als Entwicklungsabschnitt mit verhaltensauffälligen Zügen beschrieben wird.

Wir werden im Zusammenhang mit den geschlechtsgebundenen Verhaltensaberrationen (4. Kap. Abschn. D) das Sexualverhalten dieser Gruppe eingehender analysieren und zeigen, daß bei den schulisch erfolgreichen Mädchen in dieser Zeit massive Triebdurchbrüche das Persönlichkeitsgefüge erschüttern und eine negative Entwicklung einleiten, daß also das soziale Abgleiten bei ihnen tatsächlich stark mit Pubertätsvorgängen verknüpft ist.

Zusammenfassend ergibt sich damit:

1. Die ersten Verhaltensauffälligkeiten fallen vorwiegend in die Schulzeit.
2. Die schulminderleistenden Individuen werden signifikant häufiger als die schulisch erfolgreichen zu einem früheren Zeitpunkt verhaltensauffällig.
3. Analoge Verhältnisse liegen für die geschlechtshomogenen Schulleistungsgruppen vor.
4. Von den schultüchtigen Individuen fallen nur Jungen bereits in der Vorschulzeit auf.
5. Keines der sehr früh verhaltensauffälligen Mädchen erreicht später den Volksschulabschluß.
6. Die schulleistungstüchtigen Mädchen fallen am spätesten als dissozial auf.

III. Qualität der Wohnverhältnisse

Die Wohnverhältnisse, in denen die Probanden leben, sagen gleichzeitig Wesentliches aus über die ökonomische Lage und den sozialen Status der Familie und beeinflussen in gewissen Grenzen die Erziehungs-, Entwicklungs- und allgemeinen Lebensbedingungen der Kindheit. Ungünstige Wohnverhältnisse sind ein Indikator für eine ganze Gruppe weiterer ungünstiger exogener Faktoren, so z. B. das Wohnlager mit seiner Kumulation von asozialen und kriminellen Familien oder die schlechte Wohngegend mit Hafen- und Kneipenmilieu und Prostitution.

BENJAMIN, ISSERLIN, HANSELMANN, LUTZ und RONALD nennen unter den häufigsten Milieuschädigungen, die zur Verwahrlosung führen, den Wohnungsmangel der ärmeren Schichten, desolate Wohnverhältnisse und das Wohnen in anrüchigen Gegenden (BENJAMIN, ISSERLIN u. a., 9); und auch BISSONIER zählt unzulängliche Wohnverhältnisse zu den hauptsächlichen familienbedingten Verwahrlosungsursachen (BISSONIER, 16).

In der Kategorie „extrem schlechte Wohnverhältnisse" werden die Probanden erfaßt, deren Familien dauernd im Wohnlager (Barackenlager, Obdachlosenasyl usw.) untergebracht waren. Die Probanden, deren Familien immer oder vorwiegend in Gartenbuden, Behelfsheimen, Einzelbaracken, beengten Untermietverhältnissen oder äußerst beengt in einer Mietwohnung lebten bzw. zwischen diesen Wohnbedingungen wechselten, werden unter der Rubrik „vorwiegend schlechte Wohnverhältnisse" zusammengefaßt. Familien in Mietwohnungen (gegebenenfalls auch Untermieter) mit – gemessen an ihrer Kinderzahl – ausreichendem Wohnraum haben wir zur Kategorie „mittlere bis gute Wohnverhältnisse" gezählt.

In unserem Untersuchungsgut überwiegen die ungünstigen Wohnverhältnisse. 80 % der Individuen wohnen vorwiegend bzw. extrem schlecht. Für die Geschlechter ergeben sich keine relevanten Differenzen. Doch weichen die Werte für die schulischen Leistungsgruppen erheblich voneinander ab. Sie sind bei den schulminderleistenden Individuen signifikant ungünstiger (vgl. Anhang, Tab. 48). In der männlichen und der weiblichen schulleistungsschwachen Gruppe liegt der prozentuale Anteil der schlechten *und* extrem schlechten Wohnverhältnisse zusam-

Tab. 4: Verteilung der qualitativ unterschiedlichen Wohnverhältnisse (in Prozent)

	n	Die Wohnverhältnisse sind extrem schlecht	vorwiegend schlecht	mittel bis gut	%
Gesamtes Untersuchungsgut	528	15	44	41	100
Individuen mit Volksschulabschluß	110	9	32	59	100
Individuen mit Schulminderleistung	418	16	47	37	100
Alle Jungen	367	15,5	43	41,5	100
Alle Mädchen	161	13	45	42	100
Jungen mit Volksschulabschluß	74	12	29	59	100
Jungen mit Schulminderleistung	293	16	47	37	100
Mädchen mit Volksschulabschluß	36	3	39	58	100
Mädchen mit Schulminderleistung	125	16	47	37	100
Alle Sonderschüler	187	23	54	23	100

men jeweils um über die Hälfte höher als in den Gruppen mit Volksschulabschluß. Auch diese Unterschiede sind statistisch gesichert.

Während bei den schulisch Leistungsschwachen beider Geschlechter zwei von drei Individuen ungünstig wohnen, lebt von den schulisch Erfolgreichen weniger als die Hälfte (zwei von fünf) in negativen Wohnverhältnissen.

Diese Tendenz zeigt sich auch in einer Gruppe von Schülern einer Durchschnittspopulation, in der leistungstüchtigere Schüler ebenfalls öfter aus größeren und besseren Wohnungen kommen als leistungsschwächere (RÖSLER, 147).

Jeder siebente unserer Untersuchten wohnt in extrem ungünstigen Verhältnissen. Wir werden die besondere Situation dieser Familien, die in Lagern leben, und die charakteristischen Bedingungen, unter denen die Kinder und Jugendlichen im Lagermilieu aufwachsen, weiter unten (S. 45 ff) in Verbindung mit der Frage nach der Häufigkeit des Wohnungswechsels eingehender erörtern, weil hier Zusammenhänge vorliegen, die einen interessanten Einblick in sozialbiologische Vorgänge ermöglichen.

Bei einem Vergleich der schulisch erfolgreichen Jungen mit den Mädchen (die gegenüber den minderleistenden Gruppen nach den obigen Ausführungen erwartungsgemäß relativ seltener aus extrem ungünstigen Wohnverhältnissen kommen) fällt auf, daß bei prozentual gleichem Anteil an den negativen Wohnbedingungen aber nur ein einziges leistungspositives Mädchen im Lager aufwächst.

Die sonderschulbedürftigen Individuen leben prozentual am häufigsten in unbefriedigenden Wohnverhältnissen (77 %). Von vieren wächst jeweils eines im Lagermilieu auf, zwei kommen aus schlechten Wohnverhältnissen, und nur eines wohnt zufriedenstellend. Die Tendenz, daß mit niedrigeren Schulleistungen auch die Wohnverhältnisse schlechter sind, tritt demnach in der Gruppe der sonderschulbedürftigen Individuen noch stärker hervor.

Der Vergleich mit einer für die Durchschnittspopulation repräsentativen Gruppe von Sonderschülern und Sonderschülerinnen (GEHRECKE, 59) zeigt für unser Untersuchungsgut sehr viel ungünstigere Werte, wie Tab. 5 deutlich veranschaulicht.

Selbst wenn wir beachten müssen, daß sich der Prozentsatz in der mittleren Kategorie der Durchschnittsgruppe etwas anhebt, da der Autor hier nur die Untermietverhältnisse erfaßt hat und im Gegensatz

Tab. 5: Vergleich der Verteilung der qualitativ unterschiedlichen Wohnverhältnisse bei einer repräsentativen Durchschnittsgruppe von Sonderschulkindern (GEHRECKE) *und einer Sonderschulgruppe von Kieler FEH- und FE-Fällen* (PINKERT) *in Prozent*

	Die Wohnverhältnisse sind extrem schlecht	vorwiegend schlecht	mittel bis gut	%
Gehrecke	7	14	79	100
Pinkert	23	54	23	100

zu unserer Verfahrensweise eigene Wohnungen ohne Rücksicht auf die Anzahl der Familienmitglieder als günstige Wohnverhältnisse zählt, läßt sich feststellen, daß unsere der öffentlichen Erziehung bedürftigen Individuen, die die Sonderschule besuchen, sehr viel häufiger in ungünstigen Wohnverhältnissen aufwachsen. So liegt der prozentuale Anteil der Lagerbewohner bei ihnen über dreimal so hoch im Vergleich zu dem der Sonderschulgruppe in der Durchschnittsbevölkerung.

Also können wir festhalten:

1. Fast 60 % der Individuen unserer Siebungsgruppe wachsen in ungünstigen (= extrem schlechten und vorwiegend schlechten) Wohnverhältnissen auf.
2. 15 % wohnen im Lager.
3. Die Individuen mit Schulminderleistung kommen signifikant häufiger aus negativen Wohnverhältnissen als die schulisch erfolgreichen.
4. Auch für die unterschiedliche Häufigkeit der ungünstigen Wohnverhältnisse bei den nach Geschlechtern differenzierten Schulleistungsgruppen ließ sich die Signifikanz nachweisen.
5. Nur ein einziges schulisch leistungstüchtiges Mädchen kommt aus dem Lagermilieu.
6. Die sonderschulbedürftigen Individuen leben am häufigsten in unzureichenden Wohnverhältnissen.
7. Jeder vierte dieser Sonderschulgruppe wächst im Lager auf.
8. Die Zugehörigkeit zu einer bestimmten schulischen Leistungsgruppe hat hinsichtlich der Qualität der Wohnverhältnisse ausschlaggebende Bedeutung.

IV. Häufigkeit des Wohnungswechsels

Als Wohnungswechsel zählen wir in unserer Erhebung nur solche Umzüge, bei denen die Familie oder der Elternteil, bei dem der Proband lebt, mit dem Kind die Wohnung wechselt. Aufenthalte in Heimen der öffentlichen Erziehung, auswärtige Arbeitsaufenthalte und auch wochenlanges Vagabundieren mit unbekanntem Wohnsitz werden nicht berücksichtigt.

Mit dieser Beschränkung auf den Wohnungswechsel der Familie wird nicht die gesamte Anzahl der Milieuveränderungen des Probanden erfaßt, dafür aber gewinnt die Aussage hinsichtlich der Konstanz bzw. der Inkonstanz der Wohnungsverhältnisse der Familie Gewicht.

Das eingehende Aktenstudium ergibt, daß nur wenige Wohnungsveränderungen mit der Absicht einer Verbesserung der Wohnbedingungen unternommen wurden oder eine Folge administrativer Maßnahmen waren (Schließen eines Lagers, Umsiedlung in ein Neubaugebiet o. ä.).

Tab. 6: Häufigkeit und Verteilung des Wohnungswechsels (in Prozent)

	n	Wohnungswechsel ein- bis dreimal	Wohnungswechsel viermal u. öfter	Wohnungswechsel insgesamt	kein Wohnungswechsel
Gesamtes Untersuchungsgut	528	57	18	75	25
Individuen mit Volksschulabschluß	110	57	24	81	19
Individuen mit Schulminderleistung	418	58	16	74	26
Alle Jungen	367	57	19	76	24
Alle Mädchen	161	61	13	74	26
Jungen mit Volksschulabschluß	74	52	27	79	21
Jungen mit Schulminderleistung	293	58	17	75	25
Mädchen mit Volksschulabschluß	36	67	16,5	83,5	16,5
Mädchen mit Schulminderleistung	125	59	12	71	29

In den meisten Fällen wirken sich zerrüttete Familienverhältnisse, die zur zeitweiligen oder dauernden Trennung oder zur Scheidung führen, Neu- oder Wiederverheiratungen, Räumungsklagen wegen Mietschulden, mangelnder Pflege der Wohnungen oder wegen Unverträglichkeit, ferner Gefängnis- bzw. Zuchthausstrafen oder auch der Tod des Ehepartners als Umzugsanlaß aus. Ständiges Umherziehen ist somit zugleich Ausdruck der Instabilität der familiären Situation.

Bei einer Aufgliederung des Untersuchungsgutes fällt auf, daß bei den schulisch erfolgreichen Individuen prozentual die meisten Familien am Wohnungswechsel beteiligt sind und daß bei ihnen auch der prozentuale Anteil der Familien, die sehr häufig umziehen, höher liegt als bei den schulleistungsschwachen. Das widerspricht den Ergebnissen einer Erhebung bei einer für die Durchschnittspopulation repräsentativen schulpflichtigen Gruppe, wonach im Gegensatz zu besseren Schülern ein größerer Anteil an leistungsschwachen Probanden häufiger vom Wohnungswechsel betroffen war (RÖSLER, 147).

Das prozentuale Übergewicht der leistungspositiven Individuen unserer Siebungsgruppe an häufigen Umzügen bestätigt sich bei einer Differenzierung der schulischen Leistungsgruppen nach Geschlechtern. Es zeigt sich, daß sich auch in der isoliert betrachteten männlichen wie in der weiblichen Gruppe mit besserem schulischem Leistungsniveau mehr Familien mit Wohnungswechsel befinden und daß bei ihnen gleichfalls die Prozentsätze für sehr häufige Wohnungsänderungen über denen der vergleichbaren schulminderleistenden Gruppen liegen. Dabei sind die Probandinnen mit geringen Schulleistungen vom Wohnungswechsel überhaupt und auch vom sehr häufigen Umzug am wenigsten betroffen. Bei den leistungstüchtigen Jungen dagegen finden wir mit 27 % die meisten Familien, die extrem häufig die Wohnung wechseln.

Die auf den ersten Blick überraschende Tatsache, daß mehr Familien schulminderleistender Individuen gar nicht oder doch seltener umziehen, findet ihre Erklärung in dem größeren Anteil derselben Familien an den schlechten oder sehr schlechten Wohnverhältnissen (vgl. dazu Tab. 4). Da Wohnungsveränderungen in der gesamten Siebungsgruppe nach unseren obigen Darlegungen meistens eine Verschlechterung der Wohnverhältnisse mit sich bringen und da die Familien der schulisch Leistungsschwachen häufiger bereits unter primitiven Wohnbedingungen leben, sind sie im Vergleich zu den Familien der leistungsstarken Individuen in ihrer Beweglichkeit eingeschränkt; denn sie verfügen infolge mangelnden „Gefälles“ – im Gegensatz zu den Familien der schulisch Erfolgreichen – kaum noch über einen entsprechenden Spielraum. So ergibt sich gerade aus der negativen Ausgangsbasis eine relative Stabilität des Wohnaufenthaltes.

In den Fällen, in denen die Individuen in extrem schlechten Wohnverhältnissen leben und die Wohnung selten oder gar nicht wechseln, ist der Beständigkeit der Wohnbedingungen also offenbar eine negative Bedeutung beizumessen. Wir wollen deshalb die besondere Situation dieser „Lagerfamilien“ ausführlicher darlegen.

Nach unseren Unterlagen stammen die Kinder und Jugendlichen, die konstant sehr ungünstig wohnen, überwiegend aus asozialen Familien. Das überrascht nicht, da die allmähliche räumliche Separierung der Asozialen von der übrigen Bevölkerung, die in den Jahren nach dem Ersten Weltkrieg begann und sich nach dem Zweiten Weltkrieg verstärkt fortsetzte, dazu führte, daß in den Großstädten Barackenlager entstanden und daß sich immer mehr asoziale Personen in diesen Lagern sammelten.

Zum Zeitpunkt der vorliegenden Untersuchung ist diese Konzentrierung der asozialen Individuen und Familien weitgehend abgeschlossen, und der weitaus größte Teil der Asozialen ist in Lagern ansässig, die nach JÜRGENS heute den Wohnsitz der Asozialen schlechthin darstellen, während nur noch eine geringe Anzahl asozialer Personen außerhalb dieses mehr oder weniger geschlossenen „asozialen Sozialverbandes“ lebt (JÜRGENS, 79). Von daher ist es verständlich, daß Kinder aus dem Lager überwiegend asozialen Familien entstammen.

JÜRGENS hat anhand exakter Daten die Mobilität asozialer Kieler Familien untersucht. Er hat dabei ihre innerstädtische Wanderung verfolgt und festgestellt, daß – bei spezifischen Differenzierungen des Wanderungsverhaltens – asoziale Familien als charakteristische Erscheinung einen häufigen Ortswechsel im ganzen Stadtgebiet aufweisen. Das gilt auch für die asozialen Familien, die immer im Lager leben. Die Konstanz extrem schlechter Wohnverhältnisse entspricht also nicht ohne weiteres auch einem gleichbleibenden Wohnaufenthalt.

Nun stellen wir aber fest, daß gerade die schulminderleistenden Individuen, die häufiger aus Lagerverhältnissen und damit auch öfter aus asozialen Familien stammen, oft die Wohnung gar nicht wechseln und auch seltener sehr häufig umziehen. Insofern weichen unsere Befunde von den Feststellungen JÜRGENS' ab und scheinen seinen Beobachtungen zu widersprechen. Zwar zeigt sein Beispiel, das er für die häufig anzutreffende Form des Wanderungsverhaltens von einem Lager zum anderen gibt – und diese Gruppe müssen wir als Vergleichsgruppe heranziehen, da auch die hier betroffenen schulminderleistenden Individuen *immer* im Lager wohnen –, daß der Weg jener asozialen Familie mit sechs Wohnungswechseln in 20 Jahren relativ wenige Stationen umfaßt, wenn wir im Gegensatz dazu die anderen von ihm beschriebenen asozialen Gruppen mit typischem Wanderungsverhalten betrachten.

Es handelt sich dabei immer um Verlegungen von Lager zu Lager, die nach seinen Unterlagen nur zum Teil durch das Verhalten der Familie, im übrigen aber durch verwaltungstechnische Notwendigkeiten wie Aufhebung oder Zusammenlegung von Lagern verursacht wurden. Daß unsere schulleistungsschwachen Minderjährigen, die in den extrem schlechten Wohnbedingungen des Lagers leben, während ihrer Entwicklungszeit kaum oder gar nicht die Wohnung wechseln, weist auf eine Konsolidierung der Verhältnisse in den letzten Jahren hin, soweit sie die Aufhebung, Zusammenlegung oder Neuerrichtung von Lagern betreffen. Dadurch werden behördlich veranlaßte Zwangswanderungen aus vorwiegend administrativen Gründen für diese Gruppe weitgehend vermieden.

Doch reicht diese Erklärung nicht aus, um die Beständigkeit des Wohnaufenthaltes bzw. die relativ seltenen Wohnungsänderungen unserer aus asozialen Lagerfamilien stammenden Individuen mit schwachen Schulleistungen zu begründen. Sondern hier wirkt sich offenbar die insgesamt geringere Mobilität der leiblichen Eltern dieser Individuen aus, die nach unseren Unterlagen häufig beide ebenfalls – wie ihre Kinder – nur geringe schulische Leistungen aufweisen (vgl. dazu Tab. 44) und außerdem oft als intellektuell subnormal beschrieben werden.

Das führt uns zu der Annahme, daß zwischen dem Intelligenzniveau der Asozialen und ihrer sozialen und räumlichen Mobilität enge Zusammenhänge bestehen. Diese Ansicht wird durch unsere Feststellungen im Hinblick auf das Fortlaufen und Entweichen bzw. Streunen und Vagabundieren unserer Individuen gestützt (vgl. dazu S. 81 f). Denn die in dieser Hinsicht auffälligen schulbegabten Probanden beider Geschlechter laufen sehr viel öfter fort, und bei ihnen wiederholen sich diese Verhaltensaberrationen in viel kürzeren Abständen als bei den schulleistungsschwachen Individuen. Die Fortläufer der schultüchtigen Gruppe entfernen sich außerdem in der Regel weiter von dem Elternhaus, der Arbeitsstelle oder dem Heim, und sie treiben sich auch über längere Zeit herum als die durch Entweichen und Streunen verhaltensauffälligen schulminderleistenden Probanden.

Die höhere Frequenz, die kürzeren Intervalle, der größere Aktionsradius und die längere Dauer dieser Verhaltensaberrationen der in dieser Weise auffälligen schulbegabten Probanden weisen bei ihnen im Gegensatz zu denen mit Schulminderleistungen und hier vor allem zu den debilen Individuen auf größere Mobilität hin und lassen im Zusammenhang mit unseren Beobachtungen hinsichtlich der Konstanz des Wohnaufenthaltes minderbegabter asozialer Eltern den Schluß zu, daß die soziale und räumliche Mobilität bei Verwahrlosung und Asozialität wesentlich vom Intelligenzgrad mitbestimmt wird.

Wenn wir auch sehen, daß diese unterschiedlichen Tatbestände nur einen bedingten Vergleichswert haben, sind wir doch der Auffassung, daß hier im Hinblick auf die „Fluktuation“ der Asozialen ein zentraler Sachverhalt getroffen ist. Jedenfalls steht für unser Untersuchungsgut fest, daß die Individuen der schulisch leistungstüchtigen Gruppe, die aus Lagerverhältnissen und gleichzeitig aus asozialen Familien kommen und deren leibliche Eltern beide den Abschluß der Volksschule erreichen konnten, häufiger umzogen und sich damit deutlich unterscheiden von den schulminderleistenden Individuen aus ebenfalls extrem schlechten Wohnverhältnissen und asozialen Familien, deren Eltern intellektuelle Mängel aufweisen und die einen gleichbleibenden Wohnaufenthalt haben.

Die relative Stabilität des Wohnaufenthaltes bedeutet für diese minderleistenden Individuen aus asozialen Elternhäusern mit häufig debilen leiblichen Eltern, daß sie nicht nur dauernd im Lagermilieu aufwachsen, sondern daß sie auch ununterbrochen in *derselben* Lagerumgebung leben. Damit gewinnt die andersartige Sozialwelt des Lagers, deren Ausprägung durch die vielfältigen Möglichkeiten zu engeren Kontakten zwischen größeren Gruppen von Asozialen und durch die Intensivierung der sozialen Berührung stark begünstigt wird, für den Minderjährigen eine zusätzliche und erhöhte Geschlossenheit. Ihre subkulturellen und gesellschaftswidrigen Normen gelangen durch den ständigen Aufenthalt der Familie in diesen asozialen und immer gleichen Verhältnissen bei den Kindern zu höchst intensiver Wirkung und können gerade bei ihnen gemeinschaftswidriges Verhalten provozieren. Die negativ einwirkenden Umwelteinflüsse müssen bei diesen erblich ungünstiger disponierten Probanden einen wesentlichen Einfluß auf die Entstehung dissozialer Verhaltensweisen und einen stärkeren gemeinschaftswidrigen Effekt haben.

Wir erkennen also, daß sich die im Grunde sonst positiv zu wertende Konstanz der wohnlichen Verhältnisse im Falle sehr schlechter Wohnbedingungen in der Tat äußerst ungünstig auswirkt und sich damit als eine Form negativer Stabilität erweist.

Obwohl durchschnittlich jede vierte Familie der schulisch Erfolgreichen extrem häufig die Wohnung wechselt und die in die Zeit des Schulbesuchs fallenden Umzüge in den meisten Fällen auch einen Wechsel der Schule bedeuten, erweisen sich die Schulleistungen der betroffenen Individuen dieser Gruppe als ausreichend und so stabil, daß der schulische Abschluß erreicht wird. Wenn wir weiter feststellen, daß die Probanden dieser leistungstüchtigen Gruppe, deren frühe, mittlere und späte Kindheit in über 80 % der Fälle (für die Mädchen mit Volksschulabschluß fast 85 %) durch mehrfachen Wohnungswechsel beunruhigt wird, im Vergleich zur Gruppe der schulminderleistenden Untersuchten weniger schwänzen, weniger früh verhaltensauffällig sind und selten schon vor der Schulentlassung der öffentlichen Erziehung bedürfen (vgl. dazu Tab. 2, 3, 17), dann muß für diese Individuen mit Volksschulabschluß jedenfalls eine pathogene Wirkung des exogenen Faktors „häufiger Wohnungswechsel“ ausgeschlossen werden, es sei denn, man nähme eine unverhältnismäßig lange Karenzzeit und eine späte Manifestation der latenten Verwahrlosung an.

Wir können zusammenfassend feststellen:

1. Kinder mit Volksschulabschluß wechseln relativ häufiger die Wohnung.
2. Bei den Familien mit schulisch leistungstüchtigen Jungen finden wir mit 27 % die meisten extrem häufigen Änderungen des Wohnaufenthaltes.
3. Die Individuen der schulminderleistenden Gruppe stammen signifikant häufiger als die mit Volksschulabschluß aus extrem schlechten Wohnverhältnissen und wechseln ihre Wohnung prozentual seltener als die schulisch Erfolgreichen.
4. Die schulminderleistenden Probandinnen sind prozentual am wenigsten vom Wohnungswechsel betroffen.

v. Nichteheliche Geburt

Die Bedeutung der nichtehelichen Geburt für die Verwahrlosung ist umstritten. Nichtehelichkeit gilt einerseits als bedeutsamer Faktor der Verwahrlosung (BENJAMIN, ISSERLIN u. a., 9; SCHWEIZER, 156), wird andererseits aber nicht als sozialprognostisch ungünstiges Merkmal bewertet (STUTTE, 162, 164). STUTTE erhebt in diesem Zusammenhang den Vorwurf, daß die Beziehungen zwischen nichtehelicher Herkunft und bestimmten Formen der sozialen Untüchtigkeit bisher vorwiegend einseitig erbbiologisch interpretiert wurden. NÄHRICH widerspricht auch hinsichtlich der kriminogenen Bedeutung von Nichtehelichkeit der Ansicht ISSERLINS und anderer, daß eine anlagebedingte Minderwertigkeit für die höhere Kriminalität der Nichtehelichen als ursächlicher Faktor verantwortlich sei. Nach seiner Auffassung ist für den erhöhten Kriminalitätsgrad der nichtehelich Geborenen wesentlich ausschlaggebend das Milieu, in dem sie aufwachsen (NÄHRICH, 133); und auch STUTTE führt den hohen Anteil der Nichtehelichen an den Verwahrlosten vor allem auf die Auswirkungen der sozialen Ächtung von Mutter und Kind und die ungünstigen wirtschaftlichen Bedingungen vieler lediger Mütter zurück.

GROTH hat in seinem System der Daseinsstrukturen nichtehelich geborener Kinder in unserer Gesellschaft bei allen von ihm gefundenen unterschiedlichen Gruppen von Nichtehelichen prinzipielle Mängel des Lebensbezuges gegenüber den möglichen Lebensbezügen ehelich Geborener herausgestellt (GROTH, 66). Wir können also davon ausgehen, daß Nichtehelichkeit im allgemeinen ein erschwertes Lebensschicksal bedeutet, selbst wenn das nichteheliche Kind später in eine Familiengemeinschaft eingegliedert wird und wenn die gesellschaftliche Deklassierung sich in der heutigen Zeit unter großstädtischen Bedingungen kaum noch als psychische Belastung mit nachhaltiger Schädigung auswirkt.

Auf der Basis dieser Überlegungen werden die in allen negativen Siebungsgruppen gefundenen hohen Werte für Nichtehelichkeit im Vergleich mit den 8–10 % der für die Durchschnittsbevölkerung allgemein geltenden Nichtehelichenziffer (NÄHRICH, 133; STUTTE, 162) im wesentlichen als Ausdruck der ungünstigen Milieubedingungen angesehen. LÜSCHEN und KÖNIG errechneten 1957 für alle Fürsorgezöglinge der Bundesrepublik Deutschland 15,4 % Nichteheliche (LÜSCHEN und KÖNIG, 109). GEHRECKE fand 1958 unter Sonderschulkindern 18 % (GEHRECKE, 59), MÄR-

TIN und LÖBER stellten bei Straffälligen und jugendlichen Kriminellen 20 % fest (LÖBER, 107; MÄRTIN, 112), und in zwei Gruppen unerziehbarer Fürsorgezöglinge lag der Anteil sogar bei 25 % bzw. 26,9 % (STUTTE, 162; ZILLKEN und WEINGARTEN, 179).

Wir halten es aufgrund der Ergebnisse unserer Untersuchung für fraglich, ob sich diese Anreicherung der negativen Siebungsgruppen mit nichtehelich Geborenen vordringlich durch Umwelteinflüsse erklären läßt. Für unser Untersuchungsgut müssen wir diese Möglichkeit aufgrund bestimmter Beobachtungen für die Gruppe der nichtehelich geborenen Mädchen mit Volksschulabschluß weitgehend ausschließen (vgl. dazu S. 51 f).

Der Anteil der nichtehelich Geborenen liegt in unserem Untersuchungsgut mit 27 % sehr hoch und erreicht damit die Werte der beiden

Tab. 7: Häufigkeit der nichtehelichen Geburt (in Prozent)

	n	nichtehelich geboren	ehelich geboren	%
Gesamtes Untersuchungsgut	528	27	73	100
Individuen mit Volksschulabschluß	110	30	70	100
Individuen mit Schulminderleistung	418	26	74	100
Alle Jungen	367	27	73	100
Alle Mädchen	161	27	73	100
Jungen mit Volksschulabschluß	74	27	73	100
Jungen mit Schulminderleistung	293	27	73	100
Mädchen mit Volksschulabschluß	36	36	64	100
Mädchen mit Schulminderleistung	125	25	75	100
Alle Sonderschüler	187	26	74	100
Männliche Sonderschüler	125	27	73	100
Weibliche Sonderschüler	62	23	77	100

oben angeführten Gruppen von unerziehbaren Fürsorgezöglingen, obwohl es sich bei unserer Siebungsgruppe um keine negative Auswahl aus einer Gruppe von der öffentlichen Erziehung bedürftigen Individuen handelt.

Ein Aufgliederung des Untersuchungsgutes nach Geschlechtern und schulischen Leistungsgruppen zeigt, daß für die weiblichen Individuen erheblich vom Durchschnitt abweichende Verhältnisse vorliegen. Und zwar sinkt der Anteil der Nichtehelichen in der Gruppe der Probandinnen mit Schulminderleistungen auf 25 % und für die isoliert betrachteten Sonderschülerinnen sogar auf 23 %. Umgekehrt aber steigt der Anteil der Nichtehelichen bei den weiblichen Individuen mit Volksschulabschluß weit über den Durchschnitt auf über 36 % an und damit auf das 1,4- bis 1,5fache der anderen weiblichen Schulleistungsgruppen.

Diese Anhäufung von Nichtehelichen in einer Gruppe, die zum überwiegenden Teil erst spät verhaltens- und deliktauffällig wird, wenig schwänzt, erst nach der Schulentlassung in öffentliche Erziehung kommt, also erst spät verwahrlost, ist nicht vereinbar mit der These, daß die Nichtehelichkeit ein auslösendes Moment der Verwahrlosung darstellt im Sinne einer von vornherein belastenden sozialen Ausgangsposition und eines daraus folgenden erschwerten und die Entwicklung gefährdenden ungünstigen Umweltschicksals. Denn dann müßten gerade in diesen Fällen *frühe* Verwahrlosungssymptome auftreten. Wir halten es auch nicht für möglich, diesen Widerspruch durch die Annahme unbewußter Mechanismen tiefenpsychologisch in der Weise zu erklären, daß sich diese Frühschädigungen nach langer Latenzzeit erst im Jugendalter auswirken.

Da diese Gruppe der schultüchtigen Mädchen mit ihrem hohen Anteil an nichtehelich Geborenen primär nicht Mängel der sozialen Adaptation zeigt, sondern spät und vor allem *sexuell* verwahrlost, muß hier als Ursache für die nach dem puberalen Umbruch veränderte „getriebene“ Verhaltensweise des Kindes mit intakter Intelligenz eine biologisch fundierte und in der Pubertät freiwerdende Triebhaftigkeit gesehen werden, die dynamisch zur Verwirklichung drängt.

Das Übergreifen der anfangs möglicherweise noch unspezifischen triebhaften Dynamik auf die Sexualfunktion, der hohe Bedürfnisdruck in Richtung auf lustvolle Befriedigung und die psychische Haltschwäche verstärken den sexuellen Verwahrlosungsprozeß immer mehr. Die Prognose ist, wie eine individuelle Untersuchung der betreffenden Fälle zeigte, in den meisten Fällen wenig günstig. Auch das weist auf die biologischen Zusammenhänge hin.

So können wir festhalten:

1. 27 % der Individuen unserer Untersuchungsgruppe sind nichtehelich geboren.
2. Der Prozentsatz der Nichtehelichen bei den Mädchen nimmt mit sinkenden Schulleistungen kontinuierlich ab.
3. Unter den sonderschulbedürftigen Probandinnen finden wir mit 23 % die relativ wenigsten nichtehelich Geborenen.
4. Den höchsten Anteil von 36 % Nichtehelichen stellen wir in der Gruppe der weiblichen Individuen mit Volksschulabschluß fest.

B) *Der Merkmalskomplex „Schulminderleistung" und der Intelligenzquotient*

1. Zugehörigkeit zu bestimmten Schulleistungsgruppen

Im 3. Kap. haben wir bereits eine Gesamtübersicht über die prozentuale Verteilung der 528 Untersuchten auf die Schulleistungsgruppen gegeben. Wir wollen jetzt für die 412 Individuen (das sind vier Fünftel der Untersuchten), die in den Jahren 1961 bis 1967 die Schule verließen, diesen Überblick insofern weiter differenzieren, als wir auch die Gruppe der sonderschulbedürftigen Individuen in eine mit und eine zweite ohne Sonderschulabschluß aufgliedern.

Die Beschränkung auf die Schulentlaßjahrgänge der Jahre 1961 bis 1967 geschieht aus praktischen Gründen. Sie ermöglicht den Vergleich mit der Gesamtgruppe der in den genannten Jahren in Schleswig-Holstein entlassenen Volks- und Sonderschüler, da für diese Individuen in den statistischen Berichten des Statistischen Landesamtes Schleswig-Holstein[1] über die Schulentlassungen differenziertes Zahlenmaterial vorliegt, das wir zu unseren Befunden in Beziehung setzen können. Damit werden die Ergebnisse, die wir an unserer negativen Siebungs-

1 Statistische Berichte des Statistischen Landesamtes Schleswig-Holstein über die allgemeinbildenden Schulen in Schleswig-Holstein, 1961 bis 1967, Kiel.

gruppe als einem Teil dieser Gesamtpopulation gewannen, an den durchschnittlichen Verhältnissen dieser Gesamtgruppe gemessen, und vorhandene Unterschiede lassen sich besonders überzeugend herausstellen. Daß wir hier nicht das gesamte Untersuchungsgut, sondern nur vier Fünftel berücksichtigen können, hat – wie zu erwarten war – kaum eine Auswirkung auf die prozentuale Verteilung der Individuen auf die einzelnen schulischen Leistungsgruppen.

Bei einem Vergleich mit der Durchschnittsbevölkerung fällt sofort auf, daß der Prozentsatz der schulminderleistenden Individuen in un-

Tab. 8: Verteilung der Individuen auf die einzelnen Schulleistungsgruppen (in Prozent)

		Individuen mit Volksschulabschluß	Schulminderleistung				
				davon			
				Volksschulrepetenten	Ind. m. Sonderschulabschluß		
						davon	
	n		insgesamt		insgesamt	mit Abschluß	ohne Abschluß
Gesamtes Untersuchungsgut	528	21	79	44	35	18	17
Individuen mit Volksschulabschluß	110	100	–	–	–	–	–
Individuen mit Schulminderleistung	418	–	100	55	45	23	22
Alle Jungen	367	20	80	46	34	17	17
Alle Mädchen	161	22,5	77,5	39	38,5	22,5	16
Jungen mit Volksschulabschluß	74	100	–	–	–	–	–
Jungen mit Schulminderleistung	293	–	100	58	42	21	21
Mädchen mit Volksschulabschluß	36	100	–	–	–	–	–
Mädchen mit Schulminderleistung	125	–	100	50	50	29	21

Tab. 9: Die Verteilung der Entlaßjahrgänge 1961 bis 1967 des Untersuchungsgutes[2] und der Volks- und Sonderschulen Schleswig-Holsteins auf die einzelnen Schulleistungsgruppen (in Prozent)

	Individuen mit Volksschulabschluß		Individuen mit Schulminderleistung									
					davon							
							Individuen mit Sonderschulbesuch					
									davon			
			insgesamt		Volksschulrepetenten		insgesamt		mit Abschluß		ohne Abschluß	
	Unt.-gut	Schl.-Holst.	Unt.-gut	Schl.-Holst.	Unt.-gut	Schl.-Holst.	Unt.-gut	Schl.-Holst.	Unt.-gut	Schl.-Holst.	Unt.-gut	Schl.-Holst.
Insgesamt	19	67	81	33	43	27	38	6	19	6	19	(0,2)
Jungen	18	64	82	36	45	29	37	7	17	7	20	(0,2)
Mädchen	21	70	79	30	40	25	39	5	22	5	17	(0,2)

2 In den Jahren 1961 bis 1967 wurden 80 % (n = 412) der Individuen des Untersuchungsgutes aus der Schule entlassen.

serer negativen Siebungsgruppe sehr viel höher liegt. Während von allen schulentlassenen Volks- und Sonderschülern des Landes Schleswig-Holstein in den Jahren 1961 bis 1967 nur jeder dritte das Ziel der Volksschule nicht erreicht (weil er wegen mangelhafter schulischer Leistungen Volksschulklassen wiederholen oder in die Sonderschule für Lernbehinderte umgeschult werden muß), versagen von unserer Gruppe vier von fünf Individuen vor den Anforderungen der Volksschule.

Übereinstimmend zeigt sich, daß in beiden Gruppen relativ mehr Jungen kein erfolgreicher Abschluß der Volksschule gelingt. Die prozentualen Abweichungen sind zu gering, als daß von ihnen auf eine niedrigere Schulbegabung der männlichen Individuen geschlossen werden könnte. Es ist viel eher zu vermuten, daß hier geschlechtsspezifische Rollenerwartungen der Gesellschaft auch auf dem schulischen Leistungssektor im Sinne eines überhöhten Leistungsanspruchs an das männliche Geschlecht wirksam werden, nämlich daß infolge eines – oft unbewußten – strengeren Bewertungsmaßstabes schulische Leistungen, die bei einem Mädchen noch knapp ausreichen, bei den Jungen bereits als mangelhaft beurteilt werden. Dieser Frage können wir im Rahmen der vorliegenden Arbeit nicht weiter nachgehen. Doch bleibt es auf jeden Fall bemerkenswert, daß bei der extremen Ungleichheit der Verhältnisse hinsichtlich des Schulerfolgs in beiden Gruppen diese Tendenz, daß relativ mehr Mädchen als Jungen den Volksschulabschluß erreichen, zu beobachten ist.

Bei einer weiteren Prüfung der Verhältnisse stellen wir fest, daß die negative Schulleistungsgruppe der 1961 bis 1967 schulentlassenen 412 Individuen (wie auch aller 528 Probanden) unseres Untersuchungsgutes nicht nur, wie wir sahen, prozentual sehr viel größer ist als die der repräsentativen Vergleichsgruppe, sondern es zeigt sich darüber hinaus eine auffällige Diskrepanz in der Zusammensetzung der beiden schulisch leistungsschwachen Gruppen. Während bei der Durchschnittspopulation vier Fünftel der schulminderleistenden Individuen Volksschulrepetenten sind und nur jeder fünfte die Sonderschule besucht, verteilen sie sich bei den entsprechenden Entlaßjahrgängen unserer Untersuchten praktisch im Verhältnis 1 zu 1 auf die Volksschulrepetenten und die Sonderschulgruppe; d. h. jedes zweite unserer leistungsschwachen Individuen ist sonderschulbedürftig. Dadurch kommt es zu dem hohen Anteil von 38 % Sonderschülern.

Für die gesamte Siebungsgruppe haben wir mit 35 % einen etwas niedrigeren, aber im Vergleich zur Durchschnittspopulation immer noch sehr hohen Wert gefunden. Wie Tab. 9 zeigt, befinden sich in der repräsentativen Vergleichsgruppe, bezogen auf Volks- und Sonderschüler, nur 6 % Kinder, die in den gleichen Jahren aus der Sonderschule entlassen wurden. Wenn wir – gestützt auf Unterlagen des Statistischen Landesamtes Schleswig-Holstein – berechnen, wie hoch der Anteil der Sonderschüler an all den Kindern ist, die in den Jahren 1961 bis 1967 schleswig-holsteinische Volks- und Sonderschulen besuchen, kommen wir sogar auf nur 4 %. Für die Durchschnittsbevölkerung der gesamten Bundesrepublik wird die Sonderschülerquote – bezogen auf alle schulpflichtigen Minderjährigen – im allgemeinen mit 4,5 bis 5,5 % angegeben (GEHRECKE, 59; WEGENER, 174; u. a.). Wir wiesen bereits darauf hin, daß in unserem Untersuchungsgut dagegen über ein Drittel der Individuen die Sonderschule für Lernbehinderte besucht.

Auch andere Autoren stellen für negative Siebungsgruppen wie Gefährdete, unerziehbare Fürsorgezöglinge und Straffällige wesentlich höhere Werte als in der Durchschnittsbevölkerung fest. Doch liegt der Anteil von Sonderschülern in unserer Erhebung gegenüber den 14 % bei Gefährdeten in MÄRTINS Untersuchungsgut, den 12,6 und 15 % bei Straffälligen in BRAUNECKS Untersuchung und gegenüber den 22,5 % bei unerziehbaren Fürsorgezöglingen in STUTTES Erhebung ungewöhnlich hoch (BRAUNECK, 23; MÄRTIN, 112; STUTTE, 162). Dabei wäre eigentlich gerade für die zuletzt genannten unerziehbaren Fürsorgezöglinge, die eine negative Siebungsgruppe der allgemeinen Fürsorgeerziehungsgruppe darstellen, ein ungünstigerer Wert zu erwarten.

Bei einem Verhältnis von 70 % Jungen zu 30 % Mädchen in unserer Erhebung war damit zu rechnen, daß absolut mehr Jungen als Mädchen zur schulleistungsschwachen Gruppe gehören (293 Jungen gegenüber 125 Mädchen). Tab. 8 zeigt, daß aber auch *prozentual* mehr Jungen als Mädchen schulisch versagen, nämlich 80 % der Jungen gegenüber 77,5 % der Mädchen. Darauf haben wir oben bereits hingewiesen und festgestellt, daß dieser Sachverhalt auch für die repräsentative Vergleichsgruppe zutrifft. Bei dieser Durchschnittsgruppe schulpflichtiger Minderjähriger setzt sich die Tendenz insofern fort, als von ihren schulleistungsschwachen männlichen Individuen gleichfalls relativ mehr Jungen sonderschulbedürftig sind als von den Mädchen mit geringen Schulleistungen.

Das entspricht den Befunden bei anderen Durchschnittspopulationen, nach denen die Mädchen trotz mangelhafter Leistungen eher in der Volksschule behalten werden, da sie besser angepaßt, ehrgeiziger und leistungswilliger sind (BERNART, 13) und ihre Minderbegabung häufiger durch Fleiß und Gewissenhaftigkeit ausgleichen (BERNART, 13; WEGENER, 174).

Von den schulminderleistenden Individuen unserer negativen Siebungsgruppe dagegen sind relativ mehr Mädchen als Jungen in die Sonderschule ein- bzw. umgeschult worden. Das trifft sowohl für das gesamte Untersuchungsgut als auch für die 412 nach Schulentlaßjahrgängen ausgewählten Individuen zu.

Wir können damit zusammenfassen:

1. 80 % unserer Individuen erreichen keinen Volksschulabschluß (gegenüber 33 % einer repräsentativen Vergleichsgruppe Minderjähriger).
2. In beiden Gruppen finden wir absolut und prozentual mehr schulminderleistende Jungen als Mädchen.
3. Von den schulleistungsschwachen Kindern des Untersuchungsgutes besucht die Hälfte, von denen der Durchschnittsgruppe nur jedes fünfte die Sonderschule.
4. Über ein Drittel der Untersuchten ist sonderschulbedürftig (gegenüber nur 6 % der Vergleichsgruppe).
5. Von unseren Individuen mit Schulminderleistung kommen prozentual mehr Mädchen als Jungen in die Sonderschule (im Gegensatz zur repräsentativen Durchschnittsgruppe Minderjähriger).

II. Zeitpunkt der Umschulung in die Sonderschule, bezogen auf das Schulbesuchsjahr

Wir wollen anschließend noch darlegen, zu welchem Zeitpunkt die Umschulung unserer Untersuchten in die Sonderschule vorgenommen wurde.

Die Hälfte aller Umschulungen erfolgt im 3. und 4. Schulbesuchsjahr. 33 % der sonderschulbedürftigen Individuen werden erst zwischen dem 5. und 9. Schulbesuchsjahr in die Sonderschule aufgenommen, obwohl in Schleswig-Holstein die Umschulungen in die Sonderschule für Lernbehinderte im allgemeinen bis zum Ende des vierten Schulbesuchsjahres abgeschlossen sein sollen und obwohl auch in vielen Veröffent-

Tab. 10: Verteilung der Sonderschüler, bezogen auf den Zeitpunkt der Ein- oder Umschulung in die Sonderschule (in Prozent)

	n	Ein- bzw. Umschulung im 1./2. Schbj.	Umschulung im 3./4. Schbj.	Umschulung im 5.–9. Schbj.	%
Alle Sonderschüler	187	16	51	33	100
männliche Sonderschüler	125	16	54	30	100
weibliche Sonderschüler	62	12	48	40	100

lichungen auf die Notwendigkeit einer heilpädagogischen Früherfassung und frühzeitigen Aufnahme in die Sonderschule hingewiesen wird (KÄTNER und WEGENER, 87; WEGENER, 174; u. a.).

Auch GEHRECKE findet in seiner Frankfurter Durchschnittspopulation von Sonderschülern mit 24 % einen recht hohen Prozentsatz derjenigen, die erst nach dem vierten Schulbesuchsjahr in die Sonderschule kommen (GEHRECKE, 59).

Der Zeitpunkt der Umschulung weicht bei den Geschlechtsgruppen unserer Erhebung nur geringfügig voneinander ab. Die Jungen werden häufiger etwas früher sonderschulbedürftig als die Mädchen.

Es ergibt sich also:

1. In unserer Siebungsgruppe erfolgt die Hälfte aller Umschulungen in die Sonderschule im 3. und 4. Schulbesuchsjahr.
2. Die Jungen werden öfter etwas früher in die Sonderschule aufgenommen als die Mädchen.

III. Intelligenzprüfung und Intelligenzquotient

Wie aus Tab. 11 hervorgeht, wurden bei 58 % der Individuen des Untersuchungsgutes Intelligenzprüfungen vorgenommen und die Intelligenzquotienten ermittelt. Dieser hohe Anteil geht darauf zurück, daß im Lande Schleswig-Holstein bei der Um- bzw. Einschulung in die Sonderschule für Lernbehinderte der Intelligenztest ein obligatorischer Bestandteil des „Ausleseverfahrens“ ist. Dabei werden vorwiegend das

Binetarium[3] und der Binet-Simon-Kramer-Intelligenz-Test[4] angewendet, in selteneren Fällen (vor allem bei Grenzfallprüfungen) die Stanford-Revision[5], die sich alle drei in der Praxis der psychologisch-heilpädagogischen Erfassung als zuverlässig und auch sonst bei diagnostischen Problemen der Heilpädagogik als vielseitig brauchbar erwiesen haben.

Für die 42 % unserer Probanden, die nicht geprüft wurden und deren Intelligenzquotienten deshalb unbekannt sind, können wir aber nach den vorliegenden Verhältnissen davon ausgehen, daß sich unter ihnen kaum noch Individuen mit Intelligenzmängeln befinden.

Bei Verhaltensauffälligkeiten, die während der Schulzeit auftreten, wird immer auch die Möglichkeit einer reaktiven Genese als Folge einer schulischen Überforderung erwogen. Die Schule ergreift, wenn dies erfolgversprechend und ausreichend erscheint, pädagogische Entlastungsmaßnahmen (sie läßt den Schulpflichtigen eine Klasse wiederholen); oder aber sie stellt das Kind dem Schularzt vor, empfiehlt den Eltern den Besuch einer Erziehungsberatungsstelle, gegebenenfalls auch die Untersuchung durch den Psychologen des Jugendamtes, oder meldet es der Sonderschule zur heilpädagogischen Überprüfung. Wenn sich die Verhaltensaberrationen außerhalb der Schule zeigen, nimmt die Familienfürsorgerin als Vertreterin des Jugendamtes Kontakte mit der Schule und den Eltern auf und leitet helfende Maßnahmen ein mit dem Ziel, die Ursachen für die Verhaltensschwierigkeiten zu finden, um die Eltern beraten und gegebenenfalls therapeutische Mittel einsetzen zu können, damit der Entwicklungsgefährdung oder drohenden Verwahrlosung des Kindes so frühzeitig wie möglich begegnet werden kann.

Neben der Tatsache, daß dem verhaltensauffälligen Minderjährigen durch die staatlichen und behördlichen Stellen schon kraft deren pflichtmäßigen Funktionen – hier als Aufgabe, dem Schulpflichtigen eine optimale pädagogische Förderung zu sichern, dort als Auftrag, die Eltern in Fragen der Erziehung von Kindern im schulpflichtigen Alter zu beraten und erzieherische Maßnahmen für gefährdete Minderjährige zu ergreifen – eine zusätzliche Fürsorge zuteil wird, wirkt sich hier außerdem der bekannte psychologische Sachverhalt aus, daß Individuen, die

3 NORDEN, IRMGARD: Das Binetarium

4 KRAMER, JOSEFINE: Der Binet-Simon-Kramer-Intelligenz-Test

5 TERMAN, LEWIS MADISON: Stanford-Revision (für deutsche Verhältnisse bearbeitet durch H. R. LÜCKERT)

Tab. 11: Häufigkeit der Intelligenzprüfungen und Verteilung der unterschiedlichen Intelligenzquotienten (in Prozent)

		Intelligenzquotient					
	n	unter 80	80 bis 94	95 bis 105	über 105	insges. getestet	nicht getestet
Gesamtes Untersuchungsgut	528	17	26	8	7	58	42
Individuen mit Volksschulabschluß	110	–	1	12	12	25	75
Individuen mit Schulminderleistung	418	22	33	7	5	67	33
Alle Jungen	367	18	24	7	7	56	44
Alle Mädchen	161	15,5	30,5	10,5	5	61,5	38,5
Jungen mit Volksschulabschluß	74	–	1	5	15	21	79
Jungen mit Schulminderleistung	293	22	30	8	5	65	35
Mädchen mit Volksschulabschluß	36	–	3	25	5	33	67
Mädchen mit Schulminderleistung	125	20	39	6	5	70	30

ihrer Mitwelt Schwierigkeiten machen, deren erhöhte Aufmerksamkeit erzwingen.

Daß sich die Verhaltensaberrationen unserer Individuen verstärken und schließlich zur öffentlichen Erziehung führen, hat ferner zur Folge, daß die Probanden unserer negativen Siebungsgruppe durch mehr Erziehungsstationen gehen als der durchschnittliche Minderjährige. Sie erfahren im Heim unter der Aufsicht von pädagogischen Fachleuten, meistens unter Hinzuziehung psychologischer, medizinischer und psychiatrischer Fachkräfte, eine sich über mehrere Monate erstreckende ganztägige Betreuung und besuchen mindestens zwei Schulen während ihrer Schulzeit.

Wir können demnach mit Sicherheit davon ausgehen, daß der Möglichkeit, die Schule könne das Kind lernmäßig zu stark beanspruchen, gerade bei unseren Individuen gründlich nachgegangen wird, um auf jeden Fall die Überforderung als pathogenen Faktor auszuschalten. Es besteht also die hohe Wahrscheinlichkeit, daß der überwiegende Teil der Schwachbegabten (Intelligenzquotient von 94 bis 80) und praktisch alle intellektuell Behinderten, nämlich die Debilen (und Imbezillen), mit einem IQ von unter 80 in den Intelligenzprüfungen erfaßt sind und aus der Gruppe der nichtgetesteten Individuen eliminiert wurden. Das ist für die letzteren auch deshalb mit großer Sicherheit zu erwarten, da wir mit einem IQ von unter 80 die Trennlinie zwischen schwachbegabt und debil so niedrig gelegt haben, daß es kaum als möglich erscheint, daß sich unter den großstädtischen Schulbedingungen, denen unsere Probanden hauptsächlich ausgesetzt waren, ein Schulpflichtiger mit dieser niedrigen Intelligenz in der Volksschule hätte halten können. Sobald aber eine Umschulung in die Sonderschule erfolgt, liegt für diesen Probanden, wie wir oben darlegten, auch der Intelligenzquotient vor.

Durch den strengen Maßstab, den wir anlegen, werden die Grenzdebilen den Schwachnormalen zugeschlagen. Damit ist in diesem Zusammenhang eine zuverlässige Ausgangsbasis für unsere Schlußfolgerungen gewährleistet, da unter den ausgesonderten Individuen mit Sicherheit nur noch Debile zu finden sind.

Bei einer Testung der Restgruppe unseres Untersuchungsgutes ist selbstverständlich nicht völlig auszuschließen, daß im Einzelfalle auch ein Intelligenzquotient von unter 80 ermittelt werden könnte, aber die wenigen zusätzlichen Individuen mit Debilität, die zu erwarten wären, würden die bisherige Zahl der intellektuell Behinderten unseres Untersuchungsgutes nur unerheblich vergrößern und den Prozentsatz für Debilität auf jeden Fall nur so geringfügig anheben, daß wir dies vernachlässigen können.

Es bedarf demgegenüber keiner ausführlichen Erörterung, daß die Prozentsätze für die höheren Intelligenzquotienten Zufallsergebnisse darstellen und keinen Aussagewert besitzen. Denn gerade aus unseren Überlegungen zur schwachnormalen und zur debilen Gruppe geht hervor, daß sich bei einer Testung der restlichen Individuen des Untersuchungsgutes die unterschiedlichen Intelligenzquotienten dieser Probanden auf die übrigen Prozentgruppen verteilen würden, so daß mit proportionalen Verschiebungen gerechnet werden muß, die sich nur sehr bedingt abschätzen lassen.

Über die Zusammensetzung der nicht getesteten Individuen in bezug auf ihr Intelligenzniveau läßt sich also nur sagen, daß die meisten Schwachnormalen und praktisch alle Debilen aus dieser Gruppe herausgetestet wurden.[6]

Wenn wir den Prozentsatz der Sonderschüler (vgl. Tab. 1, S. 25) von dem der getesteten Probanden in jeder Schulminderleistungsgruppe abziehen, erhalten wir den prozentualen Anteil derjenigen, die einer Intelligenzprüfung unterzogen wurden, ohne sonderschulbedürftig zu sein. Wir stellen fest, daß in den schulminderleistenden Gruppen etwa 20 % im Rahmen der Erziehungsberatung, einer psychologischen Begutachtung oder durch psychiatrische Fachkräfte im Zusammenhang mit einer ambulanten oder stationären Behandlung getestet wurden. (Bei den getesteten schulminderleistenden Mädchen liegt der Anteil prozentual etwa um so viel höher, wie der der Sonderschülerinnen höher liegt.) Dieser prozentuale Anteil unterscheidet sich nur unerheblich von dem der gesamten positiven schulischen Leistungsgruppe, in der 25 % der Individuen geprüft wurden.

Während in den schulisch erfolgreichen Gruppen die Testleistungen erwartungsgemäß (abgesehen von wenigen Ausnahmefällen, die wir unberücksichtigt lassen können) mindestens eine durchschnittliche Intelligenz ausweisen, schließen auch in der schulminderleistenden Gruppe die Testergebnisse für 12 % der Individuen den Faktor Debilität als Ursache für die schulischen Leistungsschwächen eindeutig aus. Für immerhin 5 % (n = 26) der schulminderleistenden Gruppe wurde sogar ein Intelligenzquotient von mehr als 105 ermittelt. Bei diesen Probanden handelt es sich, wie eine Überprüfung der Unterlagen zeigt, besonders um Fälle mit endothymen Aberrationen, z. B. im Temperaments- und Antriebsbereich, sowie um Individuen mit Störungen der Willensfunktionen und mit schweren Charakteropathien.

17 % (n = 90) der Individuen des Untersuchungsgutes sind intellektuell behindert. Wir haben oben ausführlich die Gründe dargelegt, weshalb sich bei einer Testung der Individuen, die keiner Intelligenzprüfung unterzogen wurden, dieser Prozentsatz nur sehr geringfügig

6 Um einen schnellen Überblick über die Verteilung der unterschiedlichen Intelligenzquotienten bei den *getesteten* Individuen zu ermöglichen, wurde im Anhang Tab. 11a beigefügt.

erhöhen würde, so daß wir den gefundenen Wert zugrunde legen können.

Obwohl die Angaben über den Anteil der Debilen an den Verwahrlosten in der Literatur divergieren, ergab sich doch bei Untersuchungen ehemaliger Fürsorgezöglinge und in Heimen der öffentlichen Erziehung immer ein höherer Prozentsatz als bei repräsentativen Durchschnittsgruppen Schulpflichtiger, in denen sich in den letzten Jahrzehnten gleichbleibend etwa 4 % sonderschulbedürftige Debile befinden (BENJAMIN, ISSERLIN u. a., 9; EXNER, 47; RÖSLER, 147). So stellte GRUHLE (zitiert nach BRÜCKNER, 24) bei Fürsorgezöglingen 33 % intellektuell Behinderte fest, und GREGOR fand unter Verwahrlosten 30 % Debile und Imbezille (GREGOR, 65). – Die Angaben von GOTTSCHALDT, der bei verwahrlosten Kindern und Jugendlichen 35,6 %, und von PONGRATZ und HÜBNER, die in einer Gruppe von FEH- und FE-Zöglingen 40 % Minderbegabte feststellten (GOTTSCHALDT, 64; PONGRATZ und HÜBNER, 142), lassen sich nur bedingt zum Vergleich heranziehen, da wir in diesem Zusammenhang ausschließlich *debile* Individuen erfassen.

Mit 25 % intellektuell Behinderten bei jugendlichen Kriminellen (CLOSTERMANN, zitiert nach BRÜCKNER, 24) und 26,7 % bei Rückfallverbrechern (STUMPFL, 161) zeigt sich, daß auch in anderen negativen Siebungsgruppen vergleichbar viele Debile vorkommen. Noch ungünstiger liegen mit 49 % die Werte für intellektuell Behinderte bei Frühkriminellen (RIEDL, zitiert nach BRÜCKNER, 24) und mit 43 % für eine Gruppe unerziehbarer Fürsorgezöglinge (bei denen mit dem Intelligenzmangel kombiniert Charakteropathien und Psychopathien auftreten), die STUTTE untersuchte und bei denen er nur Individuen mit einem Intelligenzquotienten von unter 75 als intellektuell behindert erfaßt, also einen noch strengeren Maßstab anlegt als wir (STUTTE, 162).

Auch für unser Untersuchungsgut liegt der Anteil der Debilen mit 17 % immerhin um über das Vierfache höher als bei einem repräsentativen Querschnitt von Schulpflichtigen, bei dem, wie wir sahen, mit etwa 4 % intellektuell behinderten Individuen gerechnet werden muß.

Doch fällt andererseits auf, daß unser Prozentwert um fast die Hälfte unter dem der vergleichbaren Gruppen GRUHLES und GREGORS liegt. Diese Differenz allein aus den Schwierigkeiten der Abgrenzung der Individuen mit normaler Intelligenz von den Debilen zu erklären, ist unbefriedigend. Es ist vielmehr zu fragen, inwieweit sich die negative Siebungsgruppe der Verwahrlosten in neuerer Zeit zunehmend mit Individuen anreichert, bei denen andere Störungen im Persönlichkeitsgefüge vorliegen.

Da die Einzelanalyse zudem ergibt, daß unter unseren 17 % Debilen durchaus nicht nur „reine Debile" sind, sondern in einer Anzahl von Fällen auch debile Individuen mit psychopathischen Zügen und Charakteropathien, womit sich also der Prozentsatz der primär und dominant *intellektuell* behinderten Individuen noch weiter verringert, wird die allgemeine Auffassung von der hohen Bedeutung der Debilität für die Verwahrlosung fragwürdig. FREY, der in einer Gruppe von Rückfallverbrechern 23,1 % Debile findet, unter denen er 15,6 % „debile Psychopathen" und nur 7,5 % „reine Debile" diagnostiziert, wendet sich deshalb auch gegen die seines Erachtens weitgehende Überschätzung der Debilität als eines kriminogenen Faktors (FREY, 52). Hier müßten noch weitere Untersuchungen ansetzen, um diese Schlußfolgerung auf ihre allgemeine Gültigkeit zu überprüfen.

Unter den Jungen unseres Untersuchungsgutes finden wir absolut und relativ mehr intellektuell Behinderte. Das deckt sich mit den Ergebnissen der Untersuchungen von JUDA und JÜRGENS, in denen für Jungen auch eine größere Häufigkeit an intellektueller Behinderung festgestellt wurde als für Mädchen (JUDA, zitiert nach BRUGGER, 25; JÜRGENS, 80).

Fassen wir in unserer negativen Siebungsgruppe die debilen Probanden mit einem Intelligenzquotienten von unter 80 und die schwachnormalen Individuen mit einem Intelligenzquotienten zwischen 80 und 94 zusammen, so liegt deren Prozentsatz für die Mädchen höher als für die Jungen. Wenn man also die Grenze zwischen normaler Intelligenz und intellektueller Behinderung so zieht, daß ein Teil der Schwachnormalen den Debilen zugeschlagen wird, ist mit einem stärkeren Ansteigen des prozentualen Anteils bei den Mädchen zu rechnen. Damit lassen sich scheinbare Widersprüche erklären, die durch die Angaben anderer Autoren entstehen. So gibt GREGOR in seiner Veröffentlichung den Anteil intellektuell Behinderter bei Gruppen schulpflichtiger und schulentlassener Fürsorgezöglinge für die Jungen mit 27–30 % und für die Mädchen mit 31–33 % an (GREGOR, 65).

Zusammenfassend können wir feststellen:

1. In allen Gruppen wurden mindestens 20 % einer Intelligenzprüfung unterzogen, ohne sonderschulbedürftig zu sein.

2. In der Gruppe der Individuen mit Volksschulabschluß wird durchschnittlich jedes vierte geprüft (jeder fünfte Junge, jedes dritte Mädchen), während bei den schulminderleistenden Individuen immer zwei von dreien getestet werden.
3. 12 % der schulisch leistungsschwachen Individuen haben eine mindestens durchschnittliche Intelligenz.
4. 17 % der Individuen des Untersuchungsgutes sind intellektuell behindert, und davon ist ein Teil außerdem mit psychopathischen Zügen belastet.
5. Unter den männlichen Probanden finden wir absolut und prozentual mehr Debile als in der weiblichen Geschlechtsgruppe.
6. Der Prozentsatz der Schwachbegabten und Debilen zusammen liegt bei den Mädchen über dem der Jungen.

IV. Schulentlassung aus niedrigeren Volks- und Sonderschulklassen

Bevor wir uns detailliert den Individuen zuwenden, die wegen Nichterreichens des Volks- oder Sonderschulabschlusses aus niederen Klassen der jeweiligen Schulart entlassen wurden, haben wir noch einen Sachverhalt hervorzuheben, der dann auch die Prozentwerte hinsichtlich der Entlassung aus bestimmten Klassen entsprechend beeinflußt.

Wir haben festgestellt, daß sich in unserem Untersuchungsgut und überhaupt in negativen Siebungsgruppen relativ sehr viel mehr Schulversager finden als in repräsentativen Durchschnittspopulationen Minderjähriger. Das gilt auch, wenn wir die Verhältnisse für die erfolgreichen Volksschüler und die Volksschulrepetenten allein betrachten, wie Tab. 12 besonders deutlich veranschaulicht.

Denn wenn wir nur die in den Jahren 1961 bis 1967 aus der *Volksschule* entlassenen Individuen des Untersuchungsgutes und der repräsentativen Durchschnittsgruppe miteinander vergleichen, ist besonders augenfällig, daß sich das Verhältnis der Kinder mit Volksschulabschluß zu den Volksschulrepetenten geradezu umgekehrt hat: im Untersuchungsgut[7] stehen drei Individuen mit Volksschulabschluß sieben Volksschulrepetenten gegenüber, in der Durchschnittspopulation ist dagegen des Verhältnis 7 zu 3. Diese Tendenz ist auf niederer schulischer Lei-

7 Entlaßjahrgänge 1961 bis 1967

Tab. 12: Verteilung der Volksschul-Entlaßjahrgänge 1961 bis 1967 des Untersuchungsgutes[1] und der Volksschulen Schleswig-Holsteins auf die einzelnen Entlaßklassen (in Prozent)

	Individuen mit Volksschulabschluß		Volksschüler ohne Abschluß insgesamt		davon entlassen aus Klasse 8		Klasse 7		Klasse 6 und niedriger	
	Unters.-gut	Schlesw.-Holstein	Unters.-gut	Schlesw.-Holstein	Unters.-gut	Schlesw.-Holstein	Unters.-gut	Schlesw.-Holstein	Unters.-gut	Schlesw.-Holstein
Insgesamt	30	71	70	29	43	18	23	8	4	3
Jungen	29	68	71	32	45	19	22	9	4	4
Mädchen	35	74	65	26	38	17	25	7	2	2

1 Von 1961 bis 1967 wurden 75 % (n = 256) der Volksschüler des Untersuchungsgutes aus der Volksschule entlassen.

Tab. 13: Verteilung der Sonderschul-Entlaßjahrgänge 1961 bis 1967 des Untersuchungsgutes[1] und der Sonderschulen Schleswig-Holsteins auf die einzelnen Entlaßklassen (in Prozent)

	Individuen mit Sonderschulabschluß		Sonderschüler ohne Abschluß insgesamt		davon entlassen aus Klasse 8		Klasse 7 und niedriger	
	Unters.-gut	Schlesw.-Holstein	Unters.-gut	Schlesw.-Holstein	Unters.-gut	Schlesw.-Holstein	Unters.-gut	Schlesw.-Holstein
Insgesamt	49	97	51	3	27	2	24	1
Jungen	46	97	54	3	30	2	24	1
Mädchen	57	97	43	3	20	2	23	1

1 Von 1961 bis 1967 wurden 83 % (n = 156) der Sonderschüler des Untersuchungsgutes aus der Sonderschule entlassen.

stungsebene noch wesentlich stärker ausgeprägt, wie Tab. 13 zeigt. Denn in der Gruppe der sonderschulbedürftigen Kinder finden wir bei den Untersuchten im Vergleich zu den Individuen der Durchschnittspopulation prozentual sehr viel mehr Sonderschulrepetenten. Während bei der repräsentativen Vergleichsgruppe ihr Anteil nur 3 % ausmacht (dabei zeigen sich geschlechtsspezifisch keine Unterschiede), scheitern in unserer Siebungsgruppe insgesamt 51 % in der Sonderschule.

Interessant dabei ist, daß sich nicht nur unter den männlichen Volksschülern unseres Untersuchungsgutes prozentual mehr Repetenten als unter den weiblichen befinden, sondern daß auch der Prozentsatz der Repetenten in der männlichen Sonderschulgruppe den in der weiblichen deutlich übertrifft.

In der Durchschnittsbevölkerung, in der, wie wir sahen, prozentual sehr wenige in der Sonderschule scheitern, werden außerdem aus der Gruppe der Sonderschulversager im Vergleich zu unserem Untersuchungsgut relativ mehr Individuen aus der Sonderschulklasse 8 als aus niedrigeren Sonderschulklassen entlassen. Hinsichtlich der prozentualen Verteilung der Volksschulrepetenten auf die verschiedenen niederen Klassenstufen zum Zeitpunkt der Entlassung sind die Verhältnisse bei der Durchschnittsgruppe und unseren Individuen dagegen annähernd gleich.

Auf Entlassungen aus Klasse 8 entfällt bei unseren Volksschulrepetenten ein höherer Prozentsatz als bei den Sonderschulrepetenten unserer Siebungsgruppe, die vergleichsweise häufiger nur niedrigere Sonderschulklassen (Kl. 7, 6 oder 5) erreichen.

Auch geschlechtsspezifisch liegt eine Besonderheit vor. Wir wissen, daß unsere Mädchen, die nur 30 % des gesamten Untersuchungsgutes stellen, prozentual seltener als die Jungen in der Volksschule versagen, sofern sie aber zu den Leistungsschwachen gehören, prozentual häufiger als die schulminderleistenden männlichen Individuen in die Sonderschule umgeschult werden. In der Sonderschule nun versagen die Mädchen wiederum prozentual seltener als die männlichen Sonderschüler; soweit sie aber das Ziel der Sonderschule nicht erreichen, werden sie prozentual öfter als die in der Sonderschule scheiternden Jungen aus niederen Sonderschulklassen entlassen.

So können wir festhalten:

1. Die Anzahl der Individuen mit Volksschulabschluß verhält sich zu der der Volksschulrepetenten bei unserem Untersuchungsgut wie 3 zu 7.

2. Die Hälfte der sonderschulbedürftigen Individuen der von uns Untersuchten erreicht keinen Sonderschulabschluß.
3. In den Gruppen der männlichen Volks- und Sonderschüler unseres Untersuchungsgutes finden wir absolut und prozentual mehr Repetenten als in den vergleichbaren weiblichen Gruppen.
4. Die Sonderschulrepetenten unserer Siebungsgruppe werden relativ öfter als die Volksschulrepetenten aus niedrigeren Klassen entlassen.
5. Wenn weibliche Sonderschüler das Ziel der Sonderschule nicht erreichen, scheitern sie prozentual noch häufiger als die männlichen Individuen mit schwachen Sonderschulleistungen schon in früheren Sonderschulklassen.

C) *Der Merkmalskomplex „dissoziale und pathologische Verhaltensformen und -syndrome"*

I. Gewalttätigkeit

Jede gesellschaftliche Ordnung muß das aggressive Verhalten ihrer Mitglieder begrenzen. Das muß verschärft für Gewalttätigkeit gelten, die als schwere Form der Aggressivität den Sozialverband sehr stark belastet, und dies vor allem dann, wenn die Toleranzschwelle gegenüber aggressivem Verhalten in der Gesellschaft besonders niedrig ist, und das trifft für die unsere zweifellos zu. Es lag bei dem hohen sozialen Störwert dieser Verhaltensaberration nahe, zu prüfen, in welchem Umfang der Faktor „gewalttätige Aggressivität" bei den Individuen der vorliegenden Siebungsgruppe auftritt.

Die Untersuchung dieses Merkmals erhält zusätzliches Gewicht durch die Feststellungen anderer Autoren, die bei Verwahrlosten und bei bestimmten Gruppen von Kriminellen auf den Mangel an Mitgefühl und das Unvermögen des Mitleidens hinweisen, die in der Gefühllosigkeit gegenüber den Schmerzen des Opfers, in rohen und brutalen Handlungen und in grausamer Tierquälerei sichtbar werden (FREY, 52; PETERS, 135; SCHMITZ, 151; STUTTE, 165).

Einzelne gewalttätige Handlungen, die für das Persönlichkeitsbild des Probanden nicht kennzeichnend sind, haben wir nicht in die Erhebung einbezogen. Das gilt auch für sporadisches Auftreten von gewalttätigem Verhalten in der Pubertät, das in dieser Entwicklungsphase häufig stark reaktiv bedingt ist und seine Wurzel oft in dem Streben nach Geltung und Selbstbestätigung hat. Wenn die Gewaltakte in dieser Krisenzeit entscheidend durch pubertätsspezifische Einflüsse determiniert sind, ist die Annahme gerechtfertigt, daß sie später aus entwicklungsbiologischen Gründen auch wieder fortfallen und demnach prognostisch unbedenklich sind (STUTTE, 165).

Wir haben also nur dann Individuen als gewalttätig erfaßt, wenn ihr dissoziales Verhalten unabhängig von pubertären Einflüssen (in der frühen und mittleren Kindheit) auftrat und wenn die Gewalttätigkeit nicht mit den emotionalen Besonderheiten dieser Entwicklungsperiode erklärt werden kann, sondern wenn sie chronische Züge erkennen ließ.

Tab. 14: Häufigkeit der Gewalttätigkeit (in Prozent)

	n	gewalttätig	nicht gewalttätig	%
Gesamtes Untersuchungsgut	528	17	83	100
Individuen mit Volksschulabschluß	110	13	87	100
Individuen mit Schulminderleistung	418	18	82	100
Alle Jungen	367	22	78	100
Alle Mädchen	161	6	94	100
Jungen mit Volksschulabschluß	74	18	82	100
Jungen mit Schulminderleistung	293	23	77	100
Mädchen mit Volksschulabschluß	36	3	97	100
Mädchen mit Schulminderleistung	125	6	94	100

17 % der Individuen der Gesamtgruppe zeigen in ihrem Verhalten gewalttätige aggressive Züge von besonderer Roheit und Brutalität. Unter den 90 in dieser Hinsicht extrem Verhaltensauffälligen des Untersuchungsgutes finden wir nur neun Mädchen, von denen acht (!) zur

schwachen Leistungsgruppe gehören. Auch in der durch Gewalttätigkeit auffälligen Gruppe der 81 männlichen Probanden ist die große Mehrzahl (n = 68) schulisch leistungsschwach, so daß sich im Untersuchungsgut insgesamt nur 14 gewalttätige Individuen mit Volksschulabschluß befinden (dreizehn Jungen und ein Mädchen).

Zwar besitzt die Zugehörigkeit zu einer bestimmten Geschlechtsgruppe primäre Bedeutung (der prozentuale Anteil der gewalttätigen Jungen an allen männlichen Probanden des Untersuchungsgutes verhält sich zu dem der gewalttätigen Mädchen an allen unseren Mädchen wie 3,5 zu 1), doch hat die Zugehörigkeit zu einer bestimmten schulischen Leistungsgruppe auch Gewicht: sowohl bei den männlichen als auch bei den weiblichen Individuen finden wir mehr gewalttätig-aggressive Probanden unter denen mit geringen Schulleistungen.

So können wir festhalten:

1. Jeder sechste der Untersuchten ist gewalttätig.
2. Bei den Jungen sind absolut und prozentual mehr Individuen gewalttätig als bei den Mädchen. Der Unterschied ist signifikant.
3. Bei beiden Geschlechtern finden wir unter den in dieser Hinsicht Auffälligen deutlich mehr schulisch leistungsschwache als leistungstüchtige Individuen.

II. Streitsucht

In jeder Gemeinschaft ist ein Mindestmaß von Anpassung an die formellen oder informellen Regelungen gruppenspezifischer Art notwendig. Dies gilt bereits in früher Kindheit für die Gruppe der Geschwister, in der Spielgruppe und ebenso später in der Schulklasse und in der Arbeitsgruppe. Selbstverständlich trifft das auch zu für die Mitglieder einer Heimgruppe der öffentlichen Erziehung. In den Fällen, in denen die Anpassung und Einordnung als Folge affektiver Labilität, allgemeiner Undiszipliniertheit oder aufgrund anderer Ursachen mißlingt und in denen diese Unfähigkeit sich in Verhaltensweisen mit aktiv-aggressiver Komponente äußert, kommt es zu sozialen Schwierigkeiten mit den anderen Gruppenmitgliedern.

Mit der Streitsucht ist eine zwar situativ und auch quantitativ unterschiedliche, aber im ganzen relativ einheitliche Verhaltensauffälligkeit in der Gruppe erfaßt, die das Anzeichen für eine besondere Entwicklungsstörung darstellt und das betreffende Kind zugleich als erziehungsschwierig kennzeichnet.

Diese unverträglichen Individuen, die mit ihrem – durch keine objektiv nachweisbaren Bedingungen ausgelösten – aggressiv getönten gemeinschaftsbedrängenden Verhalten die Regeln des gemeinsamen Spielens, Lernens, Arbeitens usw. ständig verletzen, stellen eine permanente Belastung der Gruppe dar, und die Auswirkungen ihres negativen Sozialverhaltens auf das Gemeinschaftsleben sind in vielen Fällen, wie die Unterlagen zeigen, tiefgreifend und nachhaltig.

Wir erfassen in der vorliegenden Erhebung die Individuen mit überwiegendem oder extremem chronisch streitsüchtigem Verhalten, ohne an dieser Stelle die vielfachen und verschiedenartigen Bedingungen für die aggressive Unverträglichkeit zu untersuchen und ohne nach Schweregraden im Sinne einer niedrigeren oder höheren Intensität des sozialen Fehlverhaltens zu differenzieren. Dabei wurde das Verhalten unserer Individuen während der gesamten Entwicklung in der Kindheit und Jugendzeit und in den verschiedenen Lebensbereichen wie Familie, Schule, Arbeitsstätte und in den Heimen der öffentlichen Erziehung berücksichtigt.

Interessanterweise liegen die Prozentsätze für Streitsucht in unserem Untersuchungsgut insgesamt und für die Untergruppen deutlich niedriger als die Werte, die wir für Ungehorsam ermittelt haben. Von dieser zahlenmäßigen Differenz kann nicht ohne weiteres auf eine echte Differenz hinsichtlich der Häufigkeit dieser Verhaltensaberrationen geschlossen werden, da Ungehorsam als ein gegen Autoritätspersonen, gegen sach- oder traditionsgebundene Ordnungen und als ein gegen bestimmte Anforderungen gerichtetes Verhalten in den meisten Fällen unmittelbar registriert wird (HÄBERLIN, 67) und außerdem infolge des ihm innewohnenden affektiven Bezuges zum Erziehenden einen besonders hohen Störwert hat. – Demnach sind die Werte für das Auftreten von Streitsucht in unserer Untersuchung als Mindestwerte aufzufassen.

42 % unserer Individuen sind streitsüchtig. Die Aufgliederung zeigt das primäre Gewicht der Zugehörigkeit zu einer bestimmten schulischen Leistungsgruppe. Während sich bei der Gruppe mit schwachen Schulleistungen etwa jeder zweite in der Gemeinschaft auf diese Weise negativ verhält, fällt bei den Leistungstüchtigen nur einer von vieren als streitsüchtig auf. Der prozentuale Anteil der unverträglichen Indivi-

duen mit Volksschulabschluß an allen unverträglichen Kindern und Jugendlichen des Untersuchungsgutes beträgt nur zwei Drittel des prozentualen Anteils der leistungstüchtigen Individuen an der gesamten Siebungsgruppe.

Tab. 15: Häufigkeit und Verteilung der Streitsucht (in Prozent)

	n	Erstmals Streitsucht in Vorschulzeit	Erstmals Streitsucht während Schulzeit	Erstmals Streitsucht nach Schulzeit	Streitsucht insgesamt	keine Streitsucht
Gesamtes Untersuchungsgut	528	4	33	5	42	58
Individuen mit Volksschulabschluß	110	2	16	9	27	73
Individuen mit Schulminderleistung	418	4	37	4	45	55
Alle Jungen	367	4	35	4	43	57
Alle Mädchen	161	3	25	6	34	66
Jungen mit Volksschulabschluß	74	3	19	8	30	70
Jungen mit Schulminderleistung	293	5	40	3	48	52
Mädchen mit Volksschulabschluß	36	–	8	11	19	81
Mädchen mit Schulminderleistung	120	4	30	5	39	61

Auch bei einer geschlechtsspezifischen Differenzierung der schulischen Leistungsgruppen ergeben sich deutliche Unterschiede. Der prozentuale Anteil der Streitsüchtigen in der leistungsnegativen Jungengruppe beträgt das 1,6fache und in der schulleistungsschwachen Mädchengruppe sogar über das Zweifache gegenüber dem der Streitsüchtigen in der jeweiligen Vergleichsgruppe. Mit 48 % Streitsüchtigen schneiden die minderleistenden Jungen von allen Gruppen am schlechtesten ab.

Für die leistungstüchtigen weiblichen Individuen dagegen liegen die Verhältnisse am günstigsten. Der Prozentsatz der streitsüchtigen schultüchtigen Mädchen an allen unverträglichen Mädchen hat sich auf drei Fünftel des prozentualen Anteils der Mädchen mit Volksschulabschluß an allen Mädchen des Untersuchungsgutes vermindert. Bei ihnen verhält sich nur jedes fünfte (n = 7) in dieser Weise auffällig.

Während in den anderen Gruppen immer einige Individuen bereits in der Vorschulzeit unverträglich sind, fällt kein einziges Mädchen mit später positiven Schulleistungen so früh als streitsüchtig auf. Wir stellen fest, daß die schulleistungsschwachen Individuen häufiger schon frühzeitiger als die schulisch erfolgreichen die Gemeinschaft mit ihrer Streitsucht belasten.

Die beobachteten Unterschiede in bezug auf die Häufigkeit und den Zeitpunkt des ersten Auftretens der Streitsucht erwiesen sich sowohl für die Gesamtgruppe mit Volksschulabschluß und Schulminderleistung als auch für die nach Geschlechtern getrennten Schulleistungsgruppen als signifikant.

Damit ergibt sich also:

1. 42 % der Untersuchten fallen durch Streitsucht in der Gruppe als dissozial auf.
2. Bei der Aufgliederung nach schulischen Leistungsgruppen divergieren die Werte stärker als für die beiden Geschlechter.
3. Soziale Schwierigkeiten in der Gemeinschaft treten bei der gesamten Schulminderleistungsgruppe und bei den nach Geschlechtern getrennten Individuen mit geringem Schulleistungsniveau im Vergleich zu den Gruppen mit Volksschulabschluß gehäuft und frühzeitiger auf.
4. Die schulleistungsschwachen Jungen fallen absolut und prozentual am häufigsten und frühesten, die leistungstüchtigen Mädchen prozentual am seltensten und spätesten als streitsüchtig auf.

III. Stören in der Schule

Als Störer in der Schule wurden nur die Individuen erfaßt, bei denen diese Verhaltensaberration mindestens ein Jahr lang durchgehend auftrat. Einzelnes kurzfristig störendes Verhalten, das in den meisten Fällen durch ein Zusammentreffen besonders belastender situativer Momente ausgelöst wurde, blieb auch dann unberücksichtigt, wenn es massiv vorkam. Auch die die Pubertät begleitenden Züge störenden Verhaltens wurden als normale Auswirkungen entwicklungsbedingter Vorgänge nicht erfaßt, sofern sie sich nicht fixierten. Das Störverhalten des Schulpflichtigen mußte also in jedem Falle ein hohes Maß an Persistenz aufweisen, wenn es Aussagekraft für die vorliegende Untersuchung haben sollte.

Tab. 16: Häufigkeit und Verteilung des Störens in der Schule (in Prozent)

	n	Es stören erstmals vor 12. Lebensj.	ab 12. Lebensj.	Stören insgesamt	kein Stören
Gesamtes Untersuchungsgut	528	25	11	36	64
Individuen mit Volksschulabschluß	110	13	7	20	80
Individuen mit Schulminderleistung	418	28	12	40	60
Alle Jungen	367	27	12	39	61
Alle Mädchen	161	18	9	27	73
Jungen mit Volksschulabschluß	74	18	7	25	75
Jungen mit Schulminderleistung	293	31	12	43	57
Mädchen mit Volksschulabschluß	36	3	8	11	89
Mädchen mit Schulminderleistung	125	22	10	32	68

In jedem Falle kommt es bei chronischen Störern zu absinkenden Leistungen. Dabei ist in diesem Zusammenhang unerheblich, ob die Schulminderleistung Ursache oder Folge des Störverhaltens ist, da sich in der Regel die negativen Leistungs- und Verhaltensprozesse im Sinne eines circulus vitiosus gegenseitig steigern und die Auffälligkeiten sowohl im Verhaltens- als auch im Leistungssektor fortgesetzt verstärken. Die Ätiologie des Störens wird also hier nicht untersucht. Es bleibt somit offen, ob das Störverhalten als Auswirkung individueller Anlagedispositionen, als Folge mangelnder Sozialisation durch die Familie oder als aggressive Reaktion des Kindes auf schulische Dauerüberforderung aufzufassen ist (CORRELL, 38; MIERKE, 121).

36 % unserer Probanden werden als Störer in der Schule gekennzeichnet. In einer repräsentativen Durchschnittsgruppe von Schulpflichtigen fand V. HARNACK dagegen nur bei 13 % der Kinder störendes Verhalten (V. HARNACK, 70). Bei einem Vergleich der positiven und negativen schulischen Leistungsgruppe unseres Untersuchungsgutes erweist sich, daß der prozentuale Anteil der Störer bei den Individuen mit schwachen Leistungen doppelt so hoch ist.

Auch bei einer Aufgliederung der Leistungsgruppen nach Geschlechtern stellen wir bei den schulminderleistenden männlichen und weiblichen Probanden eine stärkere Belastung mit Störern fest. Für die Jungen mit geringen Schulleistungen steigt der Anteil auf 43 % an, während die Mädchen mit Volksschulabschluß am wenigsten (nämlich nur noch jedes zehnte) durch Stören auffallen.

Von den in diesem Sinne verhaltensauffälligen Individuen stören zwei Drittel bereits *vor* dem zwölften Lebensjahr. Frühe Störer finden wir relativ häufiger in der schulleistungsschwachen Gruppe. Die geschlechtsspezifische Differenzierung der zwei schulischen Leistungsgruppen läßt außerdem deutlich erkennen, daß sowohl die schulminderleistende Jungen- als auch die Mädchengruppe relativ öfter als die vergleichbaren leistungspositiven Gruppen mit frühen Störern belastet ist. Im Vergleich zu allen anderen Gruppen fallen die störenden Jungen der Schulminderleistungsgruppe am relativ häufigsten vor dem zwölften Lebensjahr in dieser Hinsicht auf, während von den Mädchen mit Volksschulabschluß nur ein einziges schon in der ersten Hälfte der Schulzeit durch Stören auffällig ist.

Von den schulisch leistungsschwachen Mädchen stören demnach nicht nur prozentual sehr viel mehr als von denen mit Volksschulabschluß, sondern wir finden unter ihnen auch die relativ meisten frühen Störer. Damit liegen die Verhältnisse bei ihnen ähnlich wie bei den Jungen mit geringen Schulleistungen. Außerdem wird das primäre Gewicht der Zugehörigkeit zu einer bestimmten schulischen Leistungsgruppe besonders deutlich durch die Tatsache, daß der Prozentsatz der Störer bei den schulminderleistenden Mädchen immer noch höher liegt als der bei der leistungstüchtigen Jungengruppe, obwohl sich bei den männlichen Individuen insgesamt der prozentuale Anteil der Störer von dem bei allen Mädchen wesentlich nach oben hin abhebt.

So können wir feststellen:

1. 36 % der Individuen des Untersuchungsgutes stören in der Schule.
2. Der prozentuale Anteil der Störer unter den Probanden mit schwachen Schulleistungen ist gegenüber dem unter den leistungstüchtigen doppelt so hoch.
3. Die Differenzierung der schulischen Leistungsgruppen nach Geschlechtern zeigt sowohl für die männliche als auch für die weibliche Schulminderleistungsgruppe eine signifikant größere Belastung mit Störern.
4. Die Individuen mit Schulminderleistungen, die in der Schule stören, sind insgesamt und nach Geschlechtern getrennt in dieser Hinsicht außerdem relativ öfter als die der vergleichbaren leistungspositiven Gruppen früher verhaltensauffällig.
5. Am häufigsten und frühesten fallen die Jungen mit geringen Schulleistungen durch ihr störendes Verhalten auf, während die Mädchen mit Volksschulabschluß am wenigsten und am spätesten als Störer auffällig sind.
6. Die Zugehörigkeit zu einer bestimmten schulischen Leistungsgruppe hat sowohl hinsichtlich der prozentualen Belastung mit Störern als auch bezüglich des erstmaligen Auftretens des störenden Verhaltens primäres Gewicht gegenüber der Geschlechtszugehörigkeit.

IV. Schulschwänzen

Mangelhafter Schulbesuch beeinflußt die Schulleistungen negativ. Bei hartnäckigem Schwänzen treten aber nicht nur schwere Leistungsausfälle auf, sondern es wird zugleich die Möglichkeit einer zunehmenden Disziplinierung des Individuums durch den Lernvorgang entscheidend vermindert. Insofern stellen Schulversäumnisse im Sinne des Schwänzens eine Form der Selbstverwöhnung dar (KLAUER, 90), die das Individuum über das gegenwärtige schulische Leistungsdefizit hinaus auch bezüglich des künftigen Lernens und hinsichtlich der Gesamtentwicklung schädigt.

50 % unseres Untersuchungsgutes haben zu irgendeiner Zeit ihres Schulbesuches den Unterricht über längere Zeit unbegründet versäumt. Das bestätigt die Werte GRUHLES, der unter Fürsorgezöglingen 58 % Schulschwänzer festgestellt hat, und die Befunde anderer Autoren,

nach denen bei Fürsorgezöglingen und jugendlichen Kriminellen 36–58 % schwänzen (GRUHLE, zitiert nach BRÜCKNER, 24). Auch KLAUER weist auf einen hohen Prozentsatz von Schulschwänzern unter rückfällig gewordenen Fürsorgezöglingen hin (KLAUER, 90).

Der Anteil der bezüglich ihres Schulbesuchsverhaltens Auffälligen bei den der öffentlichen Erziehung bedürftigen Individuen übertrifft

Tab. 17: Häufigkeit und Verteilung des Schulschwänzens, bezogen auf das Schulbesuchsjahr (in Prozent)

		Erstmals Schwänzen im				
	n	1./2. Schulbes.j.	3./4. Schulbes.j.	5.–9. Schulbes.j.	Schwänzen insgesamt	kein Schwänzen
Gesamtes Untersuchungsgut	528	5	13	32	50	50
Individuen mit Volksschulabschluß	110	2	5	27	34	66
Individuen mit Schulminderleistung	418	5	15	33	53	47
Alle Jungen	367	5	16	31	52	48
Alle Mädchen	161	2	7	35	44	56
Jungen mit Volksschulabschluß	74	1	5	34	40	60
Jungen mit Schulminderleistung	293	7	18	30	55	45
Mädchen mit Volksschulabschluß	36	3	3	14	20	80
Mädchen mit Schulminderleistung	125	2	8	41	51	49

damit den anderer negativer Siebungsgruppen um ein Mehrfaches. Das wird deutlich an den nur 12,1 % Schwänzern unter den schulpflichtigen 6- bis 16jährigen einer Berliner kinderpsychologischen Station (BUCHWALD, zitiert nach KLAUER, 90), den etwa 11 % einer Gruppe nervöser und erziehungsschwieriger Kinder und Jugendlicher an der Poliklinik des Kinderkrankenhauses Berlin-Ost (GOTTSCHALDT, 64) und den 13 % eines repräsentativen Querschnitts von Sonderschulkindern (GEHRECKE, 59).

Bei einer Aufgliederung unseres Untersuchungsgutes nach Leistungsgruppen bzw. nach der Geschlechtszugehörigkeit zeigen sich beide Male Unterschiede im Schulbesuchsverhalten.

Wenn wir nach Geschlechtern differenzieren, stellen wir bei den Jungen prozentual mehr Schwänzer fest. Bei der oben genannten Gruppe nervöser und erziehungsschwieriger Kinder und Jugendlicher von GOTTSCHALDT, für die die Werte zwar sehr viel niedriger liegen, finden wir hinsichtlich der Geschlechtsverteilung ähnliche Verhältnisse, nämlich: bei GOTTSCHALDT 12,7 % Jungen und 8,6 % Mädchen, in unserer Erhebung 52 % Jungen und 44 % Mädchen.

Noch erheblicher als bei den Geschlechtern sind die Unterschiede hinsichtlich des Schulbesuchsverhaltens bei den Schulleistungsgruppen. Während bei den Jungen der prozentuale Anteil der Schwänzer gegenüber dem bei den Mädchen das 1,2fache beträgt, ist er bei den schulminderleistenden Individuen im Gegensatz zu dem bei den Probanden mit Volksschulabschluß auf das über 1,5fache angestiegen. Der prozentuale Anteil der in diesem Sinne negativ auffälligen leistungstüchtigen Individuen an allen Schulschwänzern ist gegenüber dem der leistungstüchtigen Individuen am gesamten Untersuchungsgut um die Hälfte gesunken.

Daß der Zugehörigkeit zu einer schulischen Leistungsgruppe tatsächlich primäre Bedeutung zukommt, wird vollends deutlich bei einer isolierten Betrachtung der beiden Geschlechter. Bei den geschlechtshomogenen Gruppen mit Schulminderleistung sind nicht nur die Prozentwerte für Schulschwänzen jeweils beträchtlich höher als bei den schulisch erfolgreichen Gruppen, sondern es erweist sich außerdem, daß auch der Prozentsatz der schwänzenden schulleistungsschwachen Mädchen noch wesentlich über dem der leistungspositiven Jungengruppe liegt. Die festgestellten Unterschiede sind signifikant (vgl. Anhang, Tab. 48).

Die Mädchen mit Volksschulabschluß sind hinsichtlich des Schwänzens prozentual am wenigsten auffällig. Bei ihnen schwänzt nur jedes fünfte.

Auch im Hinblick auf den Zeitpunkt des Schulschwänzens kommt, wie wir sehen, der Zugehörigkeit zu einer der schulischen Leistungsgruppen höheres Gewicht zu. In der schulleistungsschwachen Gruppe schwänzen im Vergleich zu der leistungspositiven prozentual mehr Individuen schon in früheren Schulbesuchsjahren. Das trifft auch für die nach Geschlechtern differenzierten Schulleistungsgruppen zu, in denen jeweils die schulminderleistenden männlichen und weiblichen Probanden häufiger bereits zu einem früheren Zeitpunkt in dieser Weise auffallen.

In allen Gruppen treten bei den meisten Individuen die unbegründeten Schulversäumnisse erstmalig im 5. bis 9. Schulbesuchsjahr auf (bei einer Schwankungsbreite zwischen 55 und 85 % in den einzelnen Gruppen).

Damit können wir zusammenfassen:

1. 50 % der Individuen unserer Siebungsgruppe zeigen Mängel im Schulbesuchsverhalten.
2. In der Jungengruppe finden wir absolut und prozentual mehr Schwänzer.
3. Besonders negativ wirkt sich die Zugehörigkeit zur Schulminderleistungsgruppe aus. Auch bei einer Aufgliederung nach der Geschlechtszugehörigkeit zeigt sich in beiden Minderleistungsgruppen eine prozentual stärkere Belastung mit Schulschwänzern.
4. Von den Mädchen, die den Volksschulabschluß erreichen, fällt nur jedes fünfte durch Schwänzen auf.
5. Die meisten Kinder werden erstmals im 5. bis 9. Schulbesuchsjahr in diesem Sinne auffällig.
6. Bei den schulleistungsschwachen Individuen aller Gruppen tritt das Schulschwänzen häufiger als bei denen mit Volksschulabschluß schon in den ersten Schulbesuchsjahren auf.

v. Fortlaufen und Streunen

Fortlaufen von zu Hause und Entweichen[8] aus dem Heim einerseits sowie Herumtreiben und Vagabondage[9] (als schwerere Form des bloßen Streunens) andererseits wurden wegen ihrer inneren Beziehungen und

8 Die Bedingungen des Entweichens aus dem Heim ähneln denen des Fortlaufens von zu Hause weitgehend, da die Heime der öffentlichen Erziehung in Schleswig-Holstein (mit einer Ausnahme) offene Einrichtungen sind.

9 Vagabondage als zeitlich bzw. räumlich ausgedehntes Herumtreiben in Form von Landstreicherei, das schon Züge einer spezifischen Lebensform zeigt.

aus Gründen der Zweckmäßigkeit zusammengefaßt. Das empfahl sich bereits von der Auswertung der Untersuchungsbögen her, die in der Mehrzahl der Fälle ein alternierendes Auftreten beider Verhaltensformen erkennen ließ, und aufgrund der Schwierigkeit, die einzelnen Tatbestände scharf voneinander abzugrenzen. Die große Häufigkeit des gekoppelten bzw. wechselweisen Auftretens von Fortlaufen und Herumtreiben und die Tatsache der fließenden Übergänge zwischen diesen Fehlverhaltensformen weisen außerdem auf deren innere Korrespondenz hin, die die Zusammenfassung rechtfertigt.

Das Kind und der Jugendliche, die fortlaufen oder entweichen, vermeiden – wie die Herumtreiber – die aktive Auseinandersetzung mit den Autoritäten und Erziehern, ihre Verhaltensformen sind Ausweichreaktionen. Das Individuum entzieht sich unlustbesetzten Anforderungen und der als einengend erlebten Ordnung der Familie, der Schule, des Heimes, der Arbeit.

Das in manchen Fällen tagelange Planen der Entweichung darf nicht darüber hinwegtäuschen, daß das Individuum auch in diesen Fällen meistens ungesteuert und dranghaft handelt. Die Wirksamkeit der triebhaften Mechanismen entzieht sich dann dem Zugriff des bewußten Wollens (LÖWNAU, 108). Die drohende Fixierung an das Symptom und die Chronifizierung, die oft als große Gefahr beobachtet wurden, erklären den hohen prognostischen Wert dieses Verhaltens (Landespolizei Schleswig-Holstein, Jahresbericht und Polizeiliche Kriminalstatistik, 101; STUTTE, 164).

Von den Individuen unseres Untersuchungsgutes fällt nur jedes vierte *nicht* durch Fortlaufen (Herumtreiben) auf. Es gibt prozentual wesentlich mehr weibliche Fortläufer und Herumtreiber. Nur jedes fünfte Mädchen fällt in diesem Sinne *nicht* auf. Eine Aufgliederung der Geschlechtsgruppen unter leistungsspezifischem Aspekt zeigt, daß sowohl die leistungstüchtige als auch die leistungsschwache Mädchengruppe prozentual stärker mit Fortläufern und Streunern belastet ist als jede der beiden männlichen Leistungsgruppen. Bemerkenswert ist außerdem, daß die Gruppe der Mädchen mit Volksschulabschluß mit 89% in dieser Hinsicht am stärksten auffällt. Nur jedes zehnte leistungstüchtige Mädchen läuft *nicht* fort bzw. streunt *nicht*.

Wir haben bisher erfaßt, bei wieviel Prozent unserer Individuen insgesamt und in den einzelnen Untergruppen Fortlaufen und Entweichen bzw. Streunen und Vagabundieren auftreten. Es ist notwendig, die vor-

Tab. 18: Häufigkeit von Fortlaufen und Entweichen bzw. Streunen und Vagabundieren (in Prozent)

	n	Störung ist vorhanden	Störung ist nicht vorhanden	%
Gesamtes Untersuchungsgut	528	73	27	100
Individuen mit Volksschulabschluß	110	74	26	100
Individuen mit Schulminderleistung	418	72	28	100
Alle Jungen	367	68,5	31,5	100
Alle Mädchen	161	82	18	100
Jungen mit Volksschulabschluß	74	67	33	100
Jungen mit Schulminderleistung	293	69	31	100
Mädchen mit Volksschulabschluß	36	89	11	100
Mädchen mit Schulminderleistung	125	80	20	100

liegenden Verhältnisse noch eingehender zu untersuchen. Bei einer differenzierten Überprüfung unserer Unterlagen ergibt sich, daß die schultüchtigen Individuen *beider* Geschlechter, soweit sie in dieser Hinsicht auffallen, viel öfter und auch in dichterer Folge fortlaufen und entweichen als die Probanden mit geringen Schulleistungen (und davon besonders die Debilen). Die beträchtlich höhere Frequenz und die Kürze der Intervalle geben bereits einen ersten Hinweis auf die erhöhte Mobilität der leistungspositiven Fortläufer, der zudem dadurch bestätigt wird, daß sich diese Individuen – im Gegensatz zu den schulleistungsschwachen – in der Regel auch sehr viel weiter vom Ausgangsort ihres Fortlaufens und Entweichens entfernen. Bei ihnen entwickelt sich außerdem in vielen Fällen das Fortlaufen und Entweichen bald zu mehrtägigem Streunen und oftmals zu wochenlangem Herumtreiben, das bei einigen (hier vor allem weiblichen) Individuen dieser Gruppe bereits Züge von Vagabondage aufweist, die sich über Monate hin ausdehnt und mit dauerndem Aufenthaltswechsel verbunden ist.

Im Gegensatz dazu fällt vor allem für die debilen Individuen auf, daß ihre Beweglichkeit in dieser Hinsicht deutlich geringer ist. Das rechtfertigt unsere Annahme, daß der Intelligenzstand die Mobilität unserer Probanden entscheidend mitbestimmt, und zwar in der Weise, daß ein niedriges intellektuelles Niveau die Mobilität Verwahrloster erheblich einschränkt (s. dazu auch S. 46 f).

Es ergibt sich also:

1. Etwa 75 % des Untersuchungsgutes fallen auf durch Fortlaufen bzw. Herumtreiben.
2. Es sind signifikant mehr weibliche Individuen in dieser Hinsicht verhaltensauffällig.
3. In der Gruppe der Probandinnen mit Volksschulabschluß fallen neun von zehn Mädchen durch Herumtreiben bzw. Fortlaufen auf.
4. Bei den in dieser Hinsicht auffälligen leistungstüchtigen Individuen beider Geschlechter treten Fortlaufen, Entweichen und Streunen im Gegensatz zu den debilen Probanden gehäuft, in schnellerer Folge und mit größerem Aktionsradius auf und entwickeln sich öfter zu ausgedehnten Perioden des Herumtreibens.

VI. Berufsschicksal

Zwischen Beruf und Schule besteht ein enger Zusammenhang, denn die berufliche Ausbildung hängt wesentlich auch von der Schulbildung ab, da fast alle Berufe eine bestimmte schulische Mindestvorbildung fordern. Das ist durchaus sachlich begründet, da im allgemeinen angenommen werden kann, daß ein bestimmtes Maß an Schulbegabung auch zu bestimmten beruflichen Leistungen befähigt. Je größer der Schulerfolg ist, desto größer wäre also der Berufserfolg zu erwarten. So haben nach FIELMANN bei einer repräsentativen Durchschnittsgruppe ehemaliger Volksschüler die Schulzeugnisse die Bedeutung von berufspraktisch wichtigen Bewährungsurteilen (FIELMANN, zitiert nach JUST, 85). Bildungsmängel verhindern demnach meistens gute Berufsaussichten. Damit wird der ausgeübte Beruf Ausdruck eines bestimmten Bildungs- und Intelligenzgrades (JÜRGENS, 79, 81).

Wie Tab. 19 zeigt, erreichen 20 % aller Jugendlichen dieser Siebungsgruppe das Lehrziel bzw. den positiven Abschluß eines Anlernverhältnisses. Dieser Wert liegt ungünstiger als der für eine Gruppe jugendlicher Straftäter, bei denen BRAUNECK 28 % Individuen mit abgeschlossener Lehre fand (BRAUNECK, 23). Die Autorin gibt nur die prozentualen Anteile der Geschlechter an; diese Angaben wurden auf das gesamte Unterschungsgut ihrer Erhebung umgerechnet. Doch ist zu berücksichtigen, daß das Durchschnittsalter unserer Individuen gegenüber der Vergleichsgruppe niedriger liegt, so daß der Anteil unserer beruflich erfolgreichen Probanden noch etwas ansteigen wird, da für viele Jugendliche der jüngeren Jahrgänge, die erst einige Zeit im Arbeits-

Tab. 19: Verteilung des Berufsschicksals[1] *(in Prozent)*

	n	keine Lehre, kein Anlernverh. stets ungelernter Arbeiter	Lehre oder Anlernverh. abgebrochen ungelernter Arbeiter	Lehre oder Anlern-verhältnis erfolgreich beendet	%
Gesamtes Untersuchungs-gut	447	39	41,5	19,5	100
Individuen mit Volksschul-abschluß	99	17	55	28	100
Individuen mit Schulminder-leistung	348	45	38	17	100
Alle Jungen	303	34	43	23	100
Alle Mädchen	144	48	40	12	100
Jungen mit Volksschul-abschluß	64	17	53	30	100
Jungen mit Schulminder-leistung	239	38	40	22	100
Mädchen mit Volksschul-abschluß	35	17	57	26	100
Mädchen mit Schulminder-leistung	109	59	34	7	100

1 Es werden nur die schulentlassenen Individuen berücksichtigt.

leben stehen, die berufliche Entwicklung noch nicht abgeschlossen ist. In einer von STUTTE untersuchten Gruppe unerziehbarer Fürsorgezöglinge haben erwartungsgemäß extrem wenige die Lehre abgeschlossen: 4 % der Jungen, 1 % der Mädchen (STUTTE, 162). In Tab. 20 werden die Verhältnisse in der Gruppe von STUTTE und in unserem Untersuchungsgut miteinander verglichen.

Tab. 20: Vergleich der Verteilung des unterschiedlichen Berufsschicksals bei unerziehbaren Fürsorgezöglingen (STUTTE) *und Kieler FEH- und FE-Fällen*[1] (PINKERT) *in Prozent*

	Männliche Jugend		Weibliche Jugend	
	STUTTE	PINKERT	STUTTE	PINKERT
Keine Lehre, kein Anlernverhältnis, stets Arbeiter	58	34	91	48
Lehre oder Anlernverhältnis abgebrochen, Arbeiter	38	43	8	40
stets Arbeiter bzw. Lehre oder Anlernverhältnis abgebrochen, insgesamt	96	77	99	88
Lehre oder Anlernverhältnis erfolgreich beendet	4	23	1	12

1 Es werden nur die schulentlassenen Individuen des Untersuchungsgutes berücksichtigt.

Im Durchschnitt schließen 12 % unserer weiblichen Jugendlichen ihre Lehre ab. In einer Gruppe weiblicher Strafgefangener findet HEGE 20 % mit Lehrabschluß (HEGE, 72). Auch hier wird sich der Prozentsatz bei unseren Probanden wegen ihres niedrigeren Alters noch diesem höheren Wert annähern. Daß relativ mehr Mädchen beruflich nicht erfolgreich sind, bestätigen auch die Befunde STUTTES und vor allem BRAUNECKS, die in der oben genannten Vergleichsgruppe das Verhältnis der Individuen mit Lehrabschluß zu den Ungelernten besonders kraß zuungunsten der weiblichen Probanden verschoben fand (BRAUNECK, 23; STUTTE, 162).

Bei einer Aufgliederung unseres Untersuchungsgutes in schulische Leistungsgruppen zeigt sich, daß die männlichen und weiblichen Individuen mit Volksschulabschluß auch relativ öfter in ihrer beruflichen Laufbahn Erfolg haben. Dagegen erreichen vor allem die Mädchen mit Schulminderleistungen auch keinen Lehrabschluß, während der prozentuale Anteil der beruflich Erfolgreichen bei den schulisch leistungstüchtigen Probandinnen über dem der Jungen ohne Volksschulabschluß liegt. Insofern bestätigt sich die positive Beziehung zwischen Schulerfolg und Berufserfolg.

Doch hat auch von den schulisch leistungstüchtigen Mädchen später nur jedes vierte, von der entsprechenden männlichen Gruppe nur etwa jeder dritte seine Ausbildung erfolgreich abgeschlossen. Hier zeigt sich, daß die Annahme, beruflicher Erfolg sei im wesentlichen eine Funktion schulischen Erfolges, bei unseren Untersuchten in einer Anzahl von Fällen nicht zutrifft, sondern daß die Bewährung in der Arbeits- und Berufssituation bei ihnen offensichtlich auch entscheidend von charakterlichen Qualitäten mitbestimmt ist (JUST, 85).

Bei den Mädchen unserer Untersuchung, die nur geringe schulische Leistungen aufweisen und für die, wie wir feststellten, die Verhältnisse in dieser Hinsicht sehr ungünstig liegen, erlangt nur jedes 14. einen beruflichen Abschluß. Das sind von den 109 Minderleistenden unter den schulentlassenen Mädchen nur acht. Der beobachtete Unterschied zwischen der Häufigkeit des beruflichen Erfolgs der schulleistungstüchtigen und der leistungsschwachen Mädchen ist signifikant.

Mindestens ein Drittel bis über die Hälfte der Individuen unserer verschiedenen Gruppen bricht ein oder mehrere Lehr- oder Anlernverhältnisse erfolglos ab und wird ungelernter Arbeiter. Der hohe Anteil an Lehr- bzw. Anlernversuchen geht – wie das detaillierte Aktenstudium ergab – primär nicht darauf zurück, daß die Jugendlichen aus eigenem Antrieb oder auf Wunsch der Eltern in einen Lehrberuf drängen, sondern vielfach veranlassen das Jugendamt oder die Heimleitungen einen Lehr- oder Anlernversuch, der sehr oft trotz intensiver Bemühungen der beteiligten Stellen mißlingt.

Auch in anderen Untersuchungen wird auf den hohen Anteil der Individuen mit abgebrochener Lehre unter Gefährdeten, jugendlichen Verwahrlosten und männlichen jugendlichen Kriminellen hingewiesen (BRAUNECK, 23; EXNER, 47; STUTTE, 162–164).

Selbst wenn die Aufnahme einer Lehre in vielen Fällen nicht vor allem aus eigenem Verlangen, sondern auf Anregung des Jugendamtes, der Heimleitungen und anderer beratender Institutionen erfolgt und die Auflösung bzw. der Abbruch des Lehr- oder Anlernverhältnisses oft geradezu als Entlastung von beruflicher und berufsschulischer Überforderung hingenommen oder gar angestrebt wird, so erleben sich doch viele Individuen als gescheitert.

In unserem Untersuchungsgut finden wir also 80 % Ungelernte und Hilfsarbeiter (die Individuen mit abgebrochener Lehre werden hier einbezogen). Dies bestätigt andere Befunde, die immer wieder den hohen Anteil Berufsloser in negativen Siebungsgruppen herausstellen (BADER, 5; BRAUNECK, 23; BRÜCKNER, 24; EHRLICHER, 44; EXNER, 47; GÖBBELS, 62; HEGE, 72; JUST, 84; NÄF, 132; STUTTE, 162–164).

Die Berufsverhältnisse können demnach einen Hinweis auf den Gefährdungsgrad geben. Die Ungelernten und Hilfsarbeiter sind hinsichtlich Verwahrlosung und Delinquenz stärker gefährdet als Jugendliche mit Lehrabschluß.

So können wir feststellen:

1. Nur 20 % der von uns Untersuchten erlangen einen beruflichen Abschluß (= erfolgreiche Beendigung der Lehre bzw. des Anlernverhältnisses).
2. Es erreichen prozentual weniger Mädchen als Jungen ihr Berufsziel.
3. Schulisch erfolgreiche Individuen sind prozentual öfter beruflich erfolgreich als schulisch leistungsschwache.
4. Aber auch in den schulisch leistungstüchtigen Gruppen haben nur jeder dritte männliche und jede vierte weibliche Jugendliche einen beruflichen Abschluß.
5. Ein Drittel bis über die Hälfte der Individuen in den verschiedenen Gruppen scheitert im Lehr- oder Anlernverhältnis.

VII. Arbeitsbummeln und Arbeitsscheu

Arbeitsbummeln und Arbeitsscheu lassen sich – und solche Versuche werden immer wieder unternommen – nicht ohne weiteres mit dem Schulschwänzen vergleichen. Zweifellos gibt es aber Parallelen bezüglich der Leistungssituationen und der Anpassungsvorgänge, so z. B. hinsichtlich Leistungsbereitschaft und Einsatzwilligkeit, Kontaktfähigkeit und Einordnungsvermögen. Doch gelten diese Parallelisierungen nur mit großen Einschränkungen, da hier zusätzliche Faktoren ins Spiel kommen, die die Arbeits- und Berufssituation qualitativ von der Schulsituation absetzen.

Denn neben analogen Forderungen, wie Pünktlichkeit, Beständigkeit, Zuverlässigkeit, und der Notwendigkeit, angemessene Arbeitsleistungen zu erbringen, ist kennzeichnend, daß das Individuum in der Arbeits- und Berufssituation in einer mündigeren Entwicklungsphase steht, einen echten Spielraum der Freiheit bei der Wahl der Arbeit oder des Berufes und auch des Arbeitsplatzes hat und für seine Tätigkeit entlohnt wird. Während der Schüler durch das Schwänzen einer ihm auferlegten Pflicht ausweicht, hat der Jugendliche seine Arbeits- oder Berufssituation in vielen Fällen entscheidend mit gewählt und kommt dennoch den selbst übernommenen Verpflichtungen nicht oder nur ungenügend nach. Der durch Arbeitsbummelei geringe oder ausbleibende Verdienst führt außerdem in fast allen Fällen nach einiger Zeit zu schweren Spannungen in der Familie, da von dem Jugendlichen erwartet wird, daß er finanziell allmählich für sich selbst sorgen kann. Arbeit und Beruf stellen als soziale Notwendigkeit und Mittel der Lebenssicherung nach DESTUNIS deshalb einen eminenten Prüfstein für die Lebensbewährung dar (DESTUNIS, 39).

Bei unserer Erhebung wird auf eine Differenzierung zwischen Arbeitsbummelei und Arbeitsscheu verzichtet, da die Übergänge fließend sind und da eine exakte Unterscheidung kaum möglich ist. In der Gruppe der durch ihr Arbeitsverhalten Auffälligen werden nur die erfaßt, die vielfach oder über längere Zeit ihrer Arbeitsstelle unbegründet fernblieben, so daß leichtere Fälle von Arbeitsversäumnis hier nicht berücksichtigt wurden. In die statistische Analyse werden nur die Jahrgänge der Schulentlassenen einbezogen.

Die Hälfte der schulentlassenen Probanden unseres Untersuchungsgutes zeigt Mängel im Arbeitsverhalten. Daran sind die Individuen mit Volksschulabschluß relativ stärker beteiligt. Der prozentuale Anteil der schultüchtigen arbeitsscheuen Jugendlichen an allen arbeitsscheuen Jugendlichen ist auf das 1,4fache des Anteils der schultüchtigen Schulentlassenen an allen Schulentlassenen dieser Siebungsgruppe gestiegen.

Daß bei den Jugendlichen mit Volksschulabschluß trotz ihres besseren Schulleistungsniveaus ein so hoher prozentualer Anteil an Arbeitsscheuen zu finden ist, deutet darauf hin, daß bei zunehmender Mündigkeit und der damit verbundenen wachsenden Entscheidungsfreiheit und

Tab. 21: Häufigkeit von Arbeitsbummeln und Arbeitsscheu[1] (in Prozent)

	n	Arbeits-bummeln bzw. Arbeitsscheu	kein Arbeits-bummeln bzw. keine Arbeitsscheu	%
Gesamtes Untersuchungsgut	447	51	49	100
Individuen mit Volksschulabschluß	99	60,5	39,5	100
Individuen mit Schulminderleistung	348	47	53	100
Alle Jungen	303	44	56	100
Alle Mädchen	144	63	37	100
Jungen mit Volksschulabschluß	64	58	42	100
Jungen mit Schulminderleistung	239	40	60	100
Mädchen mit Volksschulabschluß	35	66	34	100
Mädchen mit Schulminderleistung	109	62	38	100

1 Es werden nur die schulentlassenen Individuen berücksichtigt.

Selbstverantwortung charakterliche Qualitäten für die Lebensbewährung immer mehr an Gewicht gewinnen. Diese Tatsache ist auch von Bedeutung unter dem Aspekt, daß die meisten Elternhäuser und die Institutionen einen Jugendlichen mit Volksschulabschluß schon aufgrund seiner qualitativ besseren Schulleistungen für eine Lehre als geeignet ansehen. Damit aber werden unter diesen Individuen diejenigen mit unangemessenen Anforderungen belastet, denen die charakterlichen Voraussetzungen für einen Lehrberuf fehlen (vgl. dazu S. 85).

Die Aufgliederung nach Geschlechtern ergibt für die weiblichen Individuen einen relativ noch höheren Anteil an Arbeitsscheuen und -bummlern im Vergleich zu den beiden schulischen Leistungsgruppen der männlichen Jugendlichen. In der Gruppe der Mädchen mit erfolgreicher Schullaufbahn, die am ungünstigsten abschneidet, sind zwei Drittel in ihrem Arbeitsverhalten negativ auffällig, während bei den schulminderleistenden männlichen Jugendlichen nur immer zwei von fünf arbeitsscheu sind. Auch der prozentuale Anteil mit negativem Arbeitsverhalten unter den schulisch leistungsschwachen Mädchen liegt deutlich höher als der Prozentsatz der in dieser Hinsicht auffälligen männlichen Individuen in der Schulminderleistungsgruppe.

Daß insgesamt und auch je Leistungsgruppe verhältnismäßig mehr weibliche Individuen als männliche Probanden arbeitsscheu sind, muß im Zusammenhang mit der sexuellen Verwahrlosung dieser Mädchen gesehen werden (vgl. dazu 4. Kap. Abschn. D). Für sie tritt an die Stelle des Berufes als Mittel des Lebensunterhalts die Möglichkeit, sich durch hwG und Prostitution finanziellen Verdienst zu verschaffen, ohne aktiv kriminell werden zu müssen.

Wir können damit zusammenfassen:

1. Die Hälfte aller schulentlassenen Jugendlichen dieses Untersuchungsgutes gehört zu den Arbeitsbummelanten bzw. Arbeitsscheuen.
2. Die Jugendlichen, die das Volksschulziel erreichen, sind prozentual seltener arbeitswillig.
3. Die relativ wenigsten Arbeitsfreudigen finden wir bei den weiblichen Jugendlichen, und zwar besonders unter denen mit Volksschulabschluß.

VIII. Psychologische und psychiatrische Untersuchung

Die verstärkte wissenschaftliche Orientierung der sozialpädagogischen Ausbildungsstätten und der heilpädagogischen Institute hat im Zusammenhang mit dem Ausbau der psychologischen und psychiatrischen Dienste vor allem in den größeren Städten dazu geführt, daß die zuständigen Institutionen bei der Diagnose von Erziehungsschwierigkeiten, Schwererziehbarkeit und Verwahrlosungserscheinungen heute grundsätzlich psychologische und medizinische Fachkräfte hinzuziehen.

Da es sich bei unserem Untersuchungsgut um eine großstädtische Siebungsgruppe handelt, liegen äußerlich besonders günstige Bedingungen für die Inanspruchnahme psychologischer und psychiatrischer Dienste vor (Erziehungsberatungsstelle am Ort, ein hauptamtlicher Psychologe am Jugendamt, die Psychiatrische und Nervenklinik der Universität). Bei einer ländlichen Siebungsgruppe sind mit Sicherheit bedeutend nie-

Tab. 22: Häufigkeit der psychologischen bzw. psychiatrischen Untersuchungen (in Prozent)

	n	psychologische bzw. psychiatrische Untersuchung	keine psychologische bzw. psychiatrische Untersuchung	%
Gesamtes Untersuchungsgut	528	35	65	100
Individuen mit Volksschulabschluß	110	31	69	100
Individuen mit Schulminderleistung	418	36	64	100
Alle Jungen	367	39	61	100
Alle Mädchen	161	26	74	100
Jungen mit Volksschulabschluß	74	36	64	100
Jungen mit Schulminderleistung	293	39	61	100
Mädchen mit Volksschulabschluß	36	21	79	100
Mädchen mit Schulminderleistung	125	27	73	100

drigere Werte im Hinblick auf die Häufigkeit dieser Untersuchungen zu erwarten.

Dabei wurden nur die psychologischen oder psychiatrischen Untersuchungen erfaßt, über die ein schriftliches Gutachten vorliegt. Damit werden alle mehr beiläufigen Beratungen und vor allem die in einer Anzahl von Heimen der öffentlichen Erziehung nach der Aufnahme obligatorischen Vorstellungen der Probanden bei einem Psychologen oder zuständigen Nervenarzt ausgeschlossen.

35 % unserer Individuen wurden psychologisch oder psychiatrisch untersucht. Wir haben oben (S. 89) begründet, weshalb dieser im Vergleich zu früheren Erhebungen deutlich höhere Anteil nicht ohne weiteres als Beleg für einen entsprechend steilen Anstieg der Quote psychisch auffälliger Probanden gewertet werden kann. Vielmehr verweist dieser Prozentsatz darauf, daß in wachsendem Umfange die zuständigen Institutionen bemüht sind, ihre Maßnahmen auf der Grundlage

exakter Diagnosen und der Vorschläge qualifizierter Fachleute zu treffen und alle therapeutischen Hilfen zu nutzen, die ihnen durch die neuen wissenschaftlichen Erkenntnisse geboten werden.

Eine Differenzierung nach Schulleistungsgruppen läßt eine nur relativ geringfügige Erhöhung des prozentualen Anteils für die minderleistenden Individuen erkennen. Unter geschlechtsspezifischem Aspekt ergeben sich deutliche Differenzen. Es werden absolut und prozentual erheblich mehr männliche Probanden psychologisch oder psychiatrisch untersucht. Der Unterschied ist signifikant.

Die Tatsache einer gesonderten psychologischen bzw. psychiatrischen Untersuchung läßt noch keinen Rückschluß auf den unterschiedlichen Schweregrad der pathologischen Auffälligkeit zu. Erst eine Differenzierung der Individuen nach der Anzahl der auftretenden pathologischen Symptome (vgl. dazu S. 94 ff) macht eine solche Aussage möglich.

So können wir festhalten:

1. Jeder dritte wurde psychologisch oder psychiatrisch untersucht.
2. Die Differenzierung nach schulischen Leistungsgruppen ergibt keine erheblichen Unterschiede.
3. Die Geschlechtszugehörigkeit hat dagegen primäres Gewicht. Für die Jungen liegt der Prozentsatz der psychologisch oder psychiatrisch Untersuchten deutlich höher.

IX. Enuresis und Enkopresis

Die differentialdiagnostische Klärung der Ätiologie von Enuresis und Enkopresis ist wegen der Vielfalt der möglichen ursächlichen Faktoren in vielen Fällen schwierig. Doch stimmen die Auffassungen der Mediziner und Psychiater darin überein, daß neben körperlichen Ursachen vor allem auch konstitutionelle, psychische und familiäre Momente eine wichtige Rolle spielen. Dabei greifen körperliche und psychische Faktoren vielfach ineinander, und konstitutionelle Dispositionen kombinieren sich in der Regel mit äußeren Noxen wie Frühvernachlässigung, Konflikten im Elternhaus, zerrütteten Familienverhältnissen und schulischen Schwierigkeiten (LUTZ, 110).

Bei Enkopresis, dem schwereren und selteneren Symptom, tritt die Bedeutung organischer Ursachen gegenüber massiven psychischen zurück. Da Enkopresis in unserem Untersuchungsgut nur in 1 % der

Tab. 23: Häufigkeit und Verteilung von Enuresis (in Prozent)

	n	Enuresis bis zum 12. Lebensj.	Enuresis noch über d. 12. Lj. hinaus	Enuresis insgesamt	keine Enuresis
Gesamtes Untersuchungsgut	528	12	6	18	82
Individuen mit Volksschulabschluß	110	7	3	10	90
Individuen mit Schulminderleistung	418	13	7	20	80
Alle Jungen	367	15	7	22	78
Alle Mädchen	161	4	4	8	92
Jungen mit Volksschulabschluß	74	11	4	15	85
Jungen mit Schulminderleistung	293	17	7	24	76
Mädchen mit Volksschulabschluß	36	–	–	–	100
Mädchen mit Schulminderleistung	125	5	5	10	90

Fälle, nämlich bei 5 Individuen, und dann immer mit Enuresis gekoppelt auftritt, werden wir sie nicht gesondert berücksichtigen.

In unserem Untersuchungsgut nässen 18 % der Individuen ein; bei einem Drittel der Enuretiker persistiert das Einnässen noch über das zwölfte Lebensjahr hinaus.

STUTTE stellte bei unerziehbaren FE-Zöglingen dagegen nur 10 % Enuretiker fest (STUTTE, 162). Bei einem Vergleich der beiden Quoten ist zu beachten, daß STUTTE seinen günstigeren Befund an Individuen gewann, die zur Zeit der Erhebung in Heimen der öffentlichen Erziehung waren. Die für eine Behebung der Störung optimalen medizinischen und therapeutischen Bedingungen im Heim müssen sich notwendig in der Weise auswirken, daß der Anteil der Enuretiker um diejenigen vermindert wird, bei denen primär exogene Noxen verursachend waren und die auf eine medizinische, psychotherapeutische und milieusanierende Behandlung ansprechen.

Wir erfassen aber nicht nur die besondere Situation unserer Individuen während ihres Aufenthaltes im Heim, sondern berücksichtigen alle Lebensumstände vor der Übernahme in öffentliche Erziehung und bei einem großen Teil auch die weitere Entwicklung nach der Entlassung aus der öffentlichen Erziehung, soweit das bis zum Abschluß der Erhebungen möglich war. Wir können deshalb davon ausgehen, daß der Anteil von 18 % Enuretikern in unserer Siebungsgruppe insofern den tatsächlichen Verhältnissen genauer entspricht, als er die durchschnittliche Lage bei den der öffentlichen Erziehung bedürftigen Kindern und Jugendlichen trifft. Weitere Untersuchungen müssen klären, ob diese unterschiedliche Erhebungsposition zur Erklärung der Differenz ausreicht oder ob hier noch andere Faktoren bedeutsam sind.

Im Vergleich zu einer Gruppe Hamburger Schulanfänger, also einem repräsentativen Querschnitt von Großstadtkindern, in der v. HARNACK 5,3 % Enuretiker fand, liegt der Prozentsatz in unserem Untersuchungsgut mehr als dreimal so hoch. Dabei ist allerdings zu berücksichtigen, daß unsere Siebungsgruppe nicht nur Schulanfänger, sondern Altersstufen bis zu 20 Jahren umfaßt.

Alle Statistiken weisen mehr männliche als weibliche Individuen als Enuretiker aus. Das bestätigt sich für unser Untersuchungsgut, in dem jeder fünfte Junge, aber nur jedes zwölfte Mädchen einnäßt. Dieser Unterschied ließ sich als signifikant nachweisen. Bei einer Trennung nach schulischen Leistungsgruppen sind die leistungsschwachen Individuen in der ungünstigeren Position: im Gegensatz zu den 20 % Enuretikern der Schulminderleistungsgruppe nässen nur 10 % der leistungstüchtigen Individuen ein.

Wenn wir die Aufgliederung nach geschlechtsspezifischem Gesichtspunkt mit dem leistungsspezifischen verbinden, stellen wir fest, daß die Jungen mit geringen Schulleistungen sowohl in der Gruppe der männlichen Enuretiker als auch in der Gruppe der minderleistenden Individuen, die einnässen, am zahlreichsten vertreten sind und damit den jeweiligen prozentualen Anteil von Enuretikern wesentlich erhöhen.

Wie verzerrt das Bild bei einer ungenügend differenzierenden Auswertung der Befunde bleiben muß, zeigt sich am augenfälligsten daran, daß sich bei unserer Aufgliederung die Gruppe der schulleistungstüchtigen weiblichen Individuen als Sondergruppe völlig heraushebt: kein einziges Mädchen mit qualifizierten schulischen Leistungen näßt ein. Die Enuretiker mit Volksschulabschluß gehören also alle dem männlichen Geschlecht an. Entsprechend werden die einnässenden Mädchen ausschließlich von minderleistenden Probandinnen gestellt.

Damit ergibt sich:

1. 18 % unserer Siebungsgruppe sind Enuretiker.
2. Jeder fünfte Junge und jedes zwölfte Mädchen nässen ein.
3. Die Gruppe mit Schulminderleistungen ist prozentual doppelt so stark mit Enuretikern belastet wie die mit Volksschulabschluß.
4. In der schulleistungstüchtigen Gruppe finden wir Enuresis nur bei männlichen Individuen (von den Mädchen nässen demnach nur solche aus der Gruppe mit geringen Schulleistungen ein).

x. Mehrfache pathologische Verhaltensauffälligkeit

Nachdem wir weiter oben die psychologischen und psychiatrischen Untersuchungen erfaßt haben, denen unsere Probanden unterzogen wurden (vgl. S. 89 ff), wollen wir an dieser Stelle versuchen, einen detaillierten Einblick in die pathologische Belastung unserer Individuen zu gewinnen.

Wir haben als „pathologische Verhaltensauffälligkeiten" Verhaltensformen unterschiedlicher Genese zusammengefaßt. Bei ihnen steht im Gegensatz zu den dissozialen Verhaltensaberrationen wie z. B. Delinquenz, Fortlaufen oder auch hwG weniger der soziale Störwert oder die gesellschaftliche Ächtung des Verhaltens im Vordergrund, sondern sie sind stärker auf das Individuum selbst bezogen. Ihr Gewicht liegt in ihrem Ausdruckswert für psychische Irritationen des Probanden und erst in zweiter Linie in ihrer die Gemeinschaft belastenden Dynamik.

Die unter diesem Aspekt zusammengefaßten Störungen können psychisch bedingt, durch eine konstitutionelle Komponente prädisponiert oder auf der Basis einer neurotischen Struktur entstanden sein. Doch immer handelt es sich um Irregularitäten, die primär das Kind und seine Entwicklung belasten und sich erst in zweiter Linie gemeinschaftsstörend auswirken.

Selbstverständlich sind hier die Grenzen fließend, und das Einbeziehen einer spezifischen Verhaltensauffälligkeit in diesen Kreis der pathologischen Verhaltensformen kann im Einzelfalle durchaus strittig sein.

Abschließend weisen wir nochmals darauf hin, daß der Begriff „pathologisch“ in diesem Zusammenhang nicht im streng medizinischen Sinne gebraucht wird und auch nicht eine biologische bzw. organische Grundlage der Störung voraussetzt, sondern deshalb gewählt wurde, weil er am besten deutlich macht, daß wir das wesentliche Gewicht dieser Störungen in ihrem Krankheitswert sehen, ohne daß es sich tatsächlich um eine Krankheit im biologischen oder organischen Sinne handeln muß.

Um eine graduelle Differenzierung nach der Schwere der pathologischen Auffälligkeit zu ermöglichen, werden wir die Probanden zuerst nach der Anzahl der auftretenden Symptome aufgliedern (vgl. Tab. 24).

Tab. 24: Verteilung der mehrfachen pathologischen Auffälligkeit (in Prozent)

	n	Die Auffälligkeit ist gering (bis 3 Symptome)	stark (4–7 Symptome)	extrem (8 u. mehr Symptome)	%
Gesamtes Untersuchungsgut	528	27	67	6	100
Individuen mit Volksschulabschluß	110	48	49,5	2,5	100
Individuen mit Schulminderleistung	418	22	71	7	100
Alle Jungen	367	30	63	7	100
Alle Mädchen	161	21	75	4	100
Jungen mit Volksschulabschluß	74	53,5	42,5	4	100
Jungen mit Schulminderleistung	293	24	68	8	100
Mädchen mit Volksschulabschluß	36	36	64	–	100
Mädchen mit Schulminderleistung	125	17	78	5	100

Die beiden schulischen Leistungsgruppen heben sich bei diesem Merkmal besonders scharf gegeneinander ab. Fast 50 % der schulisch leistungstüchtigen Individuen zeigen nur wenige pathologische Symptome. Bei der schulisch qualifizierten Leistungsgruppe der männlichen Probanden gehört sogar über die Hälfte zu den Individuen mit einer geringen Symptomanzahl, und auch bei den Mädchen mit Volksschulabschluß liegt der Prozentsatz der wenig Auffälligen über dem bei den Mädchen mit Schulminderleistungen.

In jedem Falle ist der prozentuale Anteil der Individuen mit geringer Symptomhäufigkeit in den schulisch leistungstüchtigen Gruppen um mehr als das Doppelte höher als der in der jeweiligen Vergleichsgruppe mit schulischen Minderleistungen. Von vier Individuen mit geringen Schulleistungen sind immer drei in diesem Sinne erheblich oder extrem auffällig, in der positiven Leistungsgruppe hingegen nur jedes zweite. Dieser Unterschied ist statistisch gesichert (vgl. Anhang, Tab. 48).

6 % (n = 32) der Untersuchten fallen als extrem auf. Diese Häufigkeit von mindestens acht pathologischen Symptomen finden wir in der gesamten positiven Schulleistungsgruppe nur bei drei der männlichen Probanden. Von den Mädchen, die den Volksschulabschluß erreichten, ist kein einziges extrem auffällig. Die übrigen Individuen, bei denen die pathologischen Symptome so extrem häufig auftreten, verteilen sich auf die beiden Geschlechtsgruppen mit geringen Schulleistungen. Dabei stehen 23 schulisch leistungsschwache Jungen (das sind 8 % dieser Gruppe) nur 6 schulminderleistenden Mädchen (das sind 5% der Gruppe) gegenüber. Der prozentuale Anteil der Individuen mit extremer Häufigkeit pathologischer Symptome liegt bei der gesamten Schulminderleistungsgruppe dreimal so hoch wie bei der Gruppe mit Volksschulabschluß.

In Tab. 25 werden die im gesamten Untersuchungsgut und in den einzelnen Gruppen vorliegenden Verhältnisse nochmals unter dem Aspekt der durchschnittlichen Häufigkeit des Auftretens pathologischer Symptome dargestellt.

Auch auf der Grundlage dieser Berechnung wird deutlich, daß die Werte für die schulminderleistenden Individuen insgesamt und ebenso nach Geschlechtern getrennt sehr viel ungünstiger liegen als für die positive Schulleistungsgruppe.

Die auffällige Ungleichheit der statistischen Werte bei den beiden Schulleistungsgruppen hinsichtlich der erheblichen und extremen Häufigkeit pathologischer Symptome entspricht in diesem Ausmaß nicht den tatsächlichen Verhältnissen. Ohne Zweifel sind die schulminderleistenden Individuen stärker mit mehrfachen pathologischen Symptomen belastet. Doch gehen die für die schulisch leistungsschwachen

Tab. 25: Verteilung der durchschnittlichen Häufigkeit pathologischer Symptome (in Prozent)

	n	durchschnittliche Anzahl der Symptome
Gesamtes Untersuchungsgut	528	5,5
Individuen mit Volksschulabschluß	110	4,4
Individuen mit Schulminderleistung	418	5,8
Alle Jungen	367	5,7
Alle Mädchen	161	5,3
Jungen mit Volksschulabschluß	74	4,7
Jungen mit Schulminderleistung	293	5,9
Mädchen mit Volksschulabschluß	36	4,0
Mädchen mit Schulminderleistung	125	5,7

Individuen so sehr ungünstigen Werte zum Teil auch darauf zurück, daß für die lernbehinderten Kinder dieser schulminderleistenden Gruppe, die in die Sonderschule eingewiesen werden, umfassendere Unterlagen vorhanden sind, die eine zuverlässigere und gründlichere Erhebung der verschiedenen pathologisch relevanten Symptome ermöglichen.

Denn wir können uns bei ihnen auf die Ergebnisse des obligatorischen heilpädagogischen Umschulungsverfahrens stützen, das sich in der Regel über eine Woche erstreckt und neben der psychologisch orientierten Beobachtung des Kindes einen Intelligenztest (vgl. dazu auch S. 58 ff) und ein ausführliches Abschlußgutachten einschließt. Außerdem wird während der gesamten Sonderschulzeit bis zur Entlassung des Schulpflichtigen ein Personal- und Beobachtungsbogen geführt, der längsschnittartig über die Entwicklung des Kindes Auskunft gibt.

Hinzu kommt, wie aus Tab. 26 ersichtlich ist, daß in der Schulminderleistungsgruppe Erethismus und Konzentrationsstörungen prozentual häufiger auftreten, da sie in den meisten Fällen eine entscheidende Lernbehinderung darstellen. Diese Tatsache bedeutet andererseits aber auch, daß infolge der hohen Störqualität dieser Symptome innerhalb des Lernprozesses ihre Erfassung praktisch in jedem Falle gesichert ist, während andere, gleichgewichtige oder sogar schwerwiegendere Symptome

Tab. 26: Verteilung der verschiedenen pathologischen Symptome (in Prozent)

	n	Enuresis	Gewalttätigkeit	Daumenlutschen	Nägelbeißen	Erethismus	Torpidität	Triebhaftigkeit	Verführbarkeit	Affektlabilität	Gefühlsarmut	Depressivität	Geltungssucht	Verlogenheit	Konzentrationsstörungen	Sonstiges, z.B. Grimassieren	%
Gesamtes Untersuchungsgut	528	3	3	1	2	4	2	9	14	16	4	2	5	11	13	11	100
Individuen mit Volksschulabschluß	110	2	2	1	1	3	2	10	16	19	4	3	5	13	9	10	100
Individuen mit Schulminderleistung	418	3	3	1	2	5	2	9	13	15	4	2	5	11	13	12	100
Alle Jungen	367	4	4	1	2	5	2	7	12	15	5	2	5	11	13	12	100
Alle Mädchen	161	2	1	–	2	3	2	16	16	16	2	3	5	11	13	8	100
Jungen mit Volksschulabschluß	74	3	3	1	1	4	1	7	14	19	5	2	6	13	9	12	100
Jungen mit Schulminderleistung	293	4	4	1	2	5	2	6	12	15	5	2	5	11	14	12	100
Mädchen mit Volksschulabschluß	36	–	1	–	1	–	2	19	21	19	1	6	4	12	10	4	100
Mädchen mit Schulminderleistung	125	2	1	–	2	4	2	15	16	15	3	2	5	11	13	9	100

von geringerer sozialer Störqualität, die möglicherweise verstärkt in der positiven schulischen Leistungsgruppe auftreten, weniger zuverlässig erfaßt werden.

Bei einem Vergleich der beiden Geschlechtsgruppen stellen wir bei den Jungen neben dem höheren prozentualen Anteil von gewalttätigen und von gefühlsarmen Probanden vor allem einen höheren Prozentsatz von Enuretikern fest (vgl. dazu auch Tab. 23). Dieser Befund bestätigt die bekannte Tatsache, daß Enuresis beim männlichen Geschlecht öfter vorkommt. Bei den Mädchen finden wir ein gehäuftes Auftreten von Triebhaftigkeit und Verführbarkeit, das aufgrund des hohen Prozentsatzes sexuell verwahrloster Mädchen in unserem Untersuchungsgut zu erwarten war.

Bei den schulisch leistungspositiven Individuen hat offenbar die Affektlabilität besonderes Gewicht. Der unausgeglichene Gemütszustand, der sich in schwankenden Stimmungen äußert, und die hohe Affektinkontinenz, die zu raschem Wechsel von einer Gefühlslage zur anderen führt, wirken als Dauerirritation desorganisierend auf alle sozialen Anpassungsprozesse und auch auf die gesamte Lebensplanung dieser durchschnittlich oder sogar gut begabten Individuen ein. Unter den schulisch erfolgreichen Probandinnen fällt der relativ hohe Prozentsatz depressiver Mädchen auf. Deren traurige Lebensgrundstimmung ist oft gekoppelt mit Willensschwäche und Entschlußunfähigkeit.

Von den drei Suizidversuchen, die bei unseren Probanden vorkamen, wurden einer von einem Jungen und die beiden anderen von Mädchen unternommen. Der Junge gehört der leistungsschwachen und die zwei Mädchen der Gruppe mit Volksschulabschluß an. Während bei dem äußerst reizbaren und bewegungsunruhigen minderbegabten Jungen schwere Spannungen mit dem gewalttätigen und arbeitsscheuen Vater den Selbstmordversuch auslösten, war bei beiden leistungstüchtigen Mädchen der Suizidversuch stark durch ihre depressive Grundstimmungslage mitbedingt.

Wir fassen zusammen:

1. Der Prozentsatz der Individuen mit einer geringen Anzahl pathologischer Symptome liegt bei den schulisch leistungstüchtigen Probanden deutlich höher als der bei den schulminderleistenden.
2. Von vier Individuen mit geringen Schulleistungen sind immer drei pathologisch erheblich oder extrem auffällig, in der schulisch leistungspositiven Gruppe jedes zweite. Der Unterschied ist signifikant.

3. Von den Mädchen mit Volksschulabschluß fällt keines in dieser Weise extrem auf.
4. In der Schulminderleistungsgruppe treten Erethismus und Konzentrationsstörungen prozentual gehäuft auf.
5. Die Jungen werden häufiger als gewalttätig und gefühlsarm gekennzeichnet.
6. Die Mädchen sind prozentual öfter triebhaft und verführbar.
7. Bei den schulisch leistungstüchtigen Individuen finden wir relativ oft Affektlabilität.
8. Bei den Probandinnen mit Volksschulabschluß tritt öfter als in anderen Gruppen Depressivität auf.

D) *Geschlechtsgebundene Verhaltensaberrationen unter sozialbiologischem Aspekt*

1. HwG und Prostitution der geschlechtsreifen Mädchen

In den Veröffentlichungen der meisten Autoren wird auf die große Bedeutung der sexuellen Verwahrlosung bei den weiblichen Individuen hingewiesen. Übereinstimmend werden als symptomatisch für verwahrloste Mädchen der frühe Geschlechtsverkehr und die durch die sexuellen Früherlebnisse und die vorzeitige sexuelle Betätigung einseitige Fixierung ihrer Erlebnisweise auf die sexuelle Thematik hervorgehoben. Neben somatischer Frühreife und Akzelerationserscheinungen bezüglich sexueller Reizbarkeit werden bei ihnen oft Retardierungen im Gefühlsleben, eine geringe gemüthafte Differenzierung oder überhaupt Gemütsarmut festgestellt, so daß sie für häufig wechselnden Geschlechtsverkehr besonders prädestiniert erscheinen (BENJAMIN, ISSERLIN, HANSELMANN, LUTZ u. RONALD, 9; BRÜCKNER, 24; u. a.).

Wenn wir die in dieser Hinsicht vorliegenden Verhältnisse bei unseren weiblichen Individuen untersuchen, werden nur die geschlechtsreifen Mädchen (n = 154) berücksichtigt.

Der hohe Anteil von Probandinnen mit hwG in unserem Untersuchungsgut (69 %) bestätigt die Befunde anderer Autoren, die in FE-Gruppen stets sehr viele sexuell verwahrloste Mädchen fanden. Die leistungsspezifische Aufgliederung unserer weiblichen Individuen zeigt, daß die Werte nur geringfügig voneinander abweichen. Zwar liegt der Prozentsatz bei den schulleistungstüchtigen Probandinnen etwas niedriger, doch haben auch bei ihnen sechs von zehn häufig wechselnden Geschlechtsverkehr.

Tab. 27: Häufigkeit von hwG bei den geschlechtsreifen Mädchen (in Prozent)

	n	Probandin hat hwG	Probandin hat keinen hwG	%
Alle geschlechtsreifen Mädchen	154	69	31	100
Geschlechtsreife Mädchen mit Volksschulabschluß	36	61	39	100
Geschlechtsreife Mädchen mit Schulminderleistung	118	71	29	100

Bei unseren sexuell verwahrlosten Mädchen ist die sexuelle Wartezeit in vielen Fällen wie in anderen FE-Gruppen – wir wiesen bereits oben darauf hin – auf ein Minimum reduziert. Die sexuelle Verwahrlosung beginnt oft schon in den letzten Schulbesuchsjahren und führt, wie unsere Unterlagen zeigen, bei diesen noch schulpflichtigen Mädchen zum Schwänzen und Fortlaufen. Bei den schulentlassenen Probandinnen kommt es dann zu Arbeitsbummelei, zu häufigem Arbeitsplatzwechsel und zum Streunen.

Die dranghafte Unruhe, die dem Verhalten dieser Mädchen oft zugrunde liegt, und die in diesem Zusammenhang vorhandene Neigung zum Fortlaufen und Herumtreiben lassen sich besonders deutlich bei den weiblichen Individuen mit Volksschulabschluß nachweisen. Sie stellen prozentual die meisten Fortläufer und Herumtreiber, und bei einer detaillierten Überprüfung der Verhältnisse zeigt sich außerdem, daß bei ihnen Fortlaufen und Entweichen durchschnittlich häufiger auftreten und auch rascher aufeinander folgen. Dabei kommt es öfter zu wochenlangem Streunen und in einzelnen Fällen sogar zur typischen Vagabondage mit fortgesetztem Aufenthaltswechsel, und zwar mit der Absicht, sich dem Zugriff der Jugendbehörde und der Einweisung in ein Heim der öffentlichen Erziehung zu entziehen. Hinsichtlich des dauernden unbeständigen Umherziehens scheinen außerdem bei den schulisch besser begabten, im Durchschnitt auch intelligenteren Probandinnen primäre Verhaltensbedürfnisse zu bestehen (vgl. dazu auch S. 81 f).

Bei den extrem Haltlosen, Arbeitsscheuen (und Genußsüchtigen) dieser sexuell verwahrlosten Mädchen unserer Siebungsgruppe nimmt der häufig wechselnde Geschlechtsverkehr allmählich gewerbsmäßige Züge an und dient immer mehr zur Befriedigung materieller Bedürfnisse ohne die Notwendigkeit anstrengender und geregelter Arbeit. (Prostitution im eigentlichen Sinne finden wir nur in drei Fällen. Dabei ist natürlich zu berücksichtigen, daß es sich bei unseren Individuen um Minderjährige handelt, bei denen gewerbsmäßige Unzucht im „offiziellen" Sinne nur dann auftreten kann, wenn es ihnen gelingt, sich dem behördlichen Zugriff durch Ortswechsel zu entziehen und sich mit Hilfe falscher Papiere und einer falschen Altersangabe beim Gesundheitsamt als Volljährige registrieren zu lassen.)

Zu der allgemeinen Haltschwäche und dem eigentümlichen Mangel an Scham, die oft für unsere hwG-Mädchen charakteristisch sind, kommt besonders bei den sexuell auffälligen Debilen dieser Gruppe hinzu, daß sie im sexuellen Bereich verhältnismäßig leicht Geltung und Ansehen gewinnen und damit (schulisches und) berufliches Versagen kompensieren können. Das wird durch die Feststellungen GREGORS bestätigt (GREGOR, 65).

Die Unstetheit der Lebensführung und die zunehmende soziale Entwurzelung der sexuell verwahrlosten Probandinnen, die im Fortlaufen, im wochenlangen Herumtreiben und bei den Mädchen mit Volksschulabschluß außerdem im häufigen Wechsel des Aufenthaltsortes sichtbar werden, wirken sich bei unseren weiblichen Individuen immer stärker im Sinne einer negativen Milieuwahl aus, die bei hwG im allgemeinen schon von Anfang an vorliegt und mit der Fixierung des Symptoms immer deutlicher wird.

So können wir feststellen:

1. 69% der geschlechtsreifen Probandinnen unseres Untersuchungsgutes sind sexuell verwahrlost.
2. Der Prozentsatz der sexuell auffälligen Mädchen liegt in beiden Schulleistungsgruppen sehr hoch.

3. Die Mädchen haben meistens schon sehr früh hwG.
4. Die sexuelle Verwahrlosung führt in der Schulzeit oft zu Schwänzen und Fortlaufen und nach der Schulentlassung in vielen Fällen zu häufigem Arbeitsplatzwechsel, zu Arbeitsscheu und wochenlangem Herumtreiben.

II. HwG und Prostitution der leiblichen Mütter

Der häufig wechselnde Geschlechtsverkehr und die Prostitution der Mütter unserer Individuen werden in den Unterlagen meistens mit „schlechter Leumund", „schlechter, lockerer" oder „unsittlicher Lebenswandel" und ähnlichen Formulierungen umschrieben. Obwohl weder die wahllose körperliche Hingabe noch die gewerbsmäßige Unzucht gegen Entgelt strafbare Delikte darstellen, werden die Mütter aufgrund ihres Sexualverhaltens als moralisch defekt, sittlich minderwertig und verkommen disqualifiziert.

Die Tabuierung des Sexuellen einerseits und die moralische Verurteilung sexueller Verhaltensaberrationen andererseits zeigen, daß die sexuelle Thematik in unserer Gesellschaft nicht primär unter sozialem Aspekt gesehen wird, sondern daß noch immer wesentlich ethische Kriterien die Einstellung gegenüber abweichenden sexuellen Verhaltensformen bestimmen. Diese moralische Reaktion der Gesellschaft, die hwG und Prostitution als sexuelle Depravation und sittlichen Verfall wertet, wirkt sich auf die soziale Position der in diesem Sinne auffälligen Mütter, wie aus dem Aktenstudium hervorgeht, im allgemeinen gravierender aus als leichte Formen der Kriminalität.

Der häufig wechselnde Geschlechtsverkehr und die Prostitution der Mütter unserer Untersuchten sind – wie sich erweist – durchaus nicht nur Zeichen sexueller Triebhaftigkeit. Sehr viel häufiger kommt es zu hwG aus einem allgemeinen Bedürfnis nach Kontakt oder, wie bei den ledigen Müttern, in der Hoffnung auf eine feste Bindung – und zur Prostitution, um die wegen des arbeitsscheuen oder im Gefängnis einsitzenden Ehemannes unzureichenden finanziellen Mittel durch Einkünfte aus der gewerbsmäßigen Unzucht aufzubessern.

Vor allem bei den sich zeitweise prostituierenden Müttern liegt ganz offensichtlich nur selten eine extreme triebhafte Veranlagung vor, sondern es kombinieren sich häufig Debilität und Gemütsarmut, eine allgemeine Haltschwäche, Arbeitsscheu und Genußsucht zu einem negativen Syndrom, das diese Mütter für die Prostitution disponiert.

In manchen Fällen spielt sich das Sexualleben ohne Scham und Hemmungen vor den Kindern ab; wechselnde Liebhaber werden mit in die Wohnung gebracht, es kommt zu Alkoholgelagen, nächtlicher Ruhestörung und zu einem allmählichen Zerfall der geordneten Lebensform.

Tab. 28: Häufigkeit von hwG und Prostitution bei den leiblichen Müttern (in Prozent)

	n	Mutter treibt hwG oder Prostitution	Mutter treibt weder hwG noch Prostitution	%
Gesamtes Untersuchungsgut	528	23	77	100
Individuen mit Volksschulabschluß	110	20	80	100
Individuen mit Schulminderleistung	418	24	76	100
Alle Jungen	367	20	80	100
Alle Mädchen	161	29	71	100
Jungen mit Volksschulabschluß	74	18	82	100
Jungen mit Schulminderleistung	293	21	79	100
Mädchen mit Volksschulabschluß	36	25	75	100
Mädchen mit Schulminderleistung	125	30	70	100
Alle Volksschulrepetenten	231	21	79	100
Alle Sonderschüler	187	27	73	100
Männliche Volksschulrepetenten	168	20	80	100
Weibliche Volksschulrepetenten	63	24	76	100
Männliche Sonderschüler	125	22,5	77,5	100
Weibliche Sonderschüler	62	37	63	100

23 % der Untersuchten haben Mütter mit häufig wechselndem Geschlechtsverkehr bzw. Prostitution. ZILLKEN und WEINGARTEN haben in einer Gruppe unerziehbarer Fürsorgezöglinge nur die „offiziellen“, d. h. die behördlich als Prostituierte registrierten Mütter erfaßt (ZILLKEN und WEINGARTEN, 179). Den von ihnen ermittelten 8 % stehen in unserer Untersuchung 1,5 % (n = 8) Mütter gegenüber, die als registrierte Prostituierte der gewerbsmäßigen Unzucht nachgehen. Sie sind in der Gesamtgruppe, die auch die Mütter mit hwG umfaßt, enthalten.

Eine Aufgliederung nach schulischen Leistungsgruppen und nach Geschlechtern zeigt für die männlichen Individuen eine allmählich steigende Belastung mit in diesem Sinne auffälligen Müttern von den Jungen mit Volksschulabschluß über die Volksschulrepetenten bis zu den Sonderschülern. Aber auch die männliche Sonderschulgruppe bleibt dabei prozentual noch immer unter dem niedrigsten Wert der Mädchen.

Insgesamt haben 29 % der weiblichen Individuen eine vom normalen Sexualverhalten abweichende Mutter. Der Prozentsatz der Mütter mit hwG bzw. Prostitution ist bei den Mädchen mit Volksschulabschluß und und bei den weiblichen Volksschulrepetenten praktisch gleich. Prozentual am stärksten von allen Gruppen aber sind die sonderschulbedürftigen Probandinnen mit Müttern belastet, die häufig wechselnden Geschlechtsverkehr haben bzw. sich prostituieren. Jedes dritte Mädchen dieser Gruppe hat eine sexuell auffällige Mutter.

GEHRECKE stellte in einer repräsentativen Gruppe von Sonderschulkindern einen Anteil von 20 % Müttern mit hwG und Prostitution fest (GEHRECKE, 59). Bei einem Vergleich mit unseren sonderschulbedürftigen Individuen, die einer negativen Siebungsgruppe angehören und mit 27 % solcher Mütter belastet sind, fällt auf, daß der Befund GEHRECKES nicht wesentlich niedriger als der unsere liegt. Da von GEHRECKE eine Differenzierung nach Geschlechtsgruppen nicht vorgenommen wurde, läßt sich nicht ermitteln, ob auch in seiner repräsentativen Gruppe von Sonderschulkindern die Mädchen erheblich öfter mit sexuell auffälligen Müttern belastet waren. Nach unseren Ergebnissen liegt diese Vermutung allerdings nahe.

Wir halten nochmals fest:

1. 23 % unserer Untersuchten haben Mütter mit häufig wechselndem Geschlechtsverkehr bzw. Prostitution.
2. Die Mädchen sind insgesamt und in allen schulischen Leistungsgrup-

pen prozentual stets stärker als die Jungen mit sexuell auffälligen Müttern belastet.

3. Zwischen der Gruppe der Mädchen mit Volksschulabschluß und der der weiblichen Volksschulrepetenten zeigt sich in dieser Hinsicht kein Unterschied.
4. Die relativ meisten Mütter mit hwG oder Prostitution, nämlich 37%, befinden sich in der Gruppe der sonderschulbedürftigen Probandinnen.

III. Beziehung zwischen hwG und Prostitution der leiblichen Mütter und der geschlechtsreifen Mädchen

Die Tatsache, daß relativ mehr Mädchen unserer Untersuchung als Jungen eine Mutter mit häufig wechselndem Geschlechtsverkehr haben (vgl. Tab. 28), führt uns zu der Frage, ob ein Zusammenhang zwischen dem negativ auffälligen Sexualverhalten der Mütter und dem häufig wechselnden Geschlechtsverkehr der Töchter besteht. So betont SCHNEIDER, daß durch eine triebhafte Mutter prinzipiell Verwahrlosung droht (SCHNEIDER, 152). Es trifft sicher zu, daß das zügellose und ungehemmte Sexualleben der Mutter vorzeitig sexuelle Neugier weckt und zu sexueller psychischer Frühreife führen kann. Vor allem sind es neben der Arbeitsscheu und der Genußsucht der Mutter der Zerfall der geordneten Lebensführung und die allgemeine Sexualisierung der Atmosphäre, die die Entwicklung der Tochter oftmals negativ determinieren und einen sexuellen Verwahrlosungsprozeß in Gang setzen.

Doch schließen die negative Vorbildwirkung der Mutter und die mögliche Orientierung der Tochter am mütterlichen abnormen Sexualverhalten keineswegs erbbiologische Zusammenhänge aus, da das von der Mutter geprägte negative sexuelle Milieu vor allem dann als pathogener Faktor wirksam wird, wenn die Tochter mit bestimmten – der Mutter persönlichkeitsaffinen – strukturellen Grundzügen wie Triebhaftigkeit, Haltschwäche und Gemütsarmut belastet und dadurch für die sexuelle Verwahrlosung disponiert ist.

In unserem Untersuchungsgut deutet der Befund nur in der Gruppe der schulisch leistungspositiven Probandinnen auf einen Zusammenhang zwischen der sexuellen Auffälligkeit der Mütter und der sexuellen Verwahrlosung der Töchter hin. Denn von den schulisch erfolgreichen

Tab. 29: Verteilung der Mütter und der geschlechtsreifen Mädchen unter dem Aspekt wechselseitiger Beziehungen hinsichtlich des Auftretens von hwG (in Prozent)

		hwG				
	n	Mutter ja Probandin ja	Mutter ja Probandin nein	Mutter nein Probandin ja	Mutter nein Probandin nein	%
Alle geschlechtsreifen Mädchen	154	20	8	49	23	100
Geschlechtsreife Mädchen mit Volksschulabschluß	36	16	8	45	31	100
Geschlechtsreife Mädchen mit Schulminderleistung	118	21	9	50	20	100

Mädchen mit hwG hat jedes vierte eine Mutter mit entsprechend auffälligem Verhalten, während von den Mädchen dieser Leistungsgruppe, die nicht sexuell verwahrlost sind, nur jedes fünfte mit einer sexuell von der Norm abweichenden Mutter belastet ist. Andererseits bestätigt diese nur sehr schwach ausgeprägte Tendenz die Tatsache, daß in den meisten Fällen die sexuelle Verwahrlosung der Mädchen unseres Untersuchungsgutes auf ein divergierendes Zusammenwirken vielfältiger soziologischer, charakterologischer, reifungsbiologischer und auch pathologischer Faktoren zurückzuführen ist und nicht eindimensional im Sinne eines monokausalen Ursache-Wirkungs-Zusammenhanges erklärt werden kann. Das finden wir bei JÜRGENS und STUTTE bestätigt (JÜRGENS, 79; STUTTE, 162). Auch ZILLKEN und WEINGARTEN weisen darauf hin, daß eine dirnenhafte Mutter noch nicht ohne weiteres ein Beweis dafür ist, daß Erbanlagen die Ursache der sexuellen Verwahrlosung sind (ZILLKEN und WEINGARTEN, 179).

Damit ergibt sich:

1. In der weiblichen Schulminderleistungsgruppe läßt sich kein Zusammenhang zwischen der sexuellen Auffälligkeit der Mütter und der sexuellen Verwahrlosung der Mädchen aufweisen.
2. Die sexuell verwahrlosten Probandinnen mit Volksschulabschluß stammen häufiger von Müttern mit hwG oder Prostitution ab als die Mädchen dieser Gruppe, die sexuell unauffällig sind.

IV. Gonorrhoe der geschlechtsreifen Mädchen

Gonorrhoe tritt bei den Mädchen unseres Untersuchungsgutes meistens im Zusammenhang mit häufig wechselndem Geschlechtsverkehr auf. Nur sehr selten kommt es auch bei festen Bindungen zu einer Ansteckung, und zwar dann, wenn der männliche Partner gleichzeitig in randständigen Kreisen verkehrt, da in der unteren Sozialschicht Geschlechtskrankheiten bekanntlich gehäuft vorkommen. Gonorrhoe kann also bei unseren Mädchen im allgemeinen als Ausdruck sexueller Verwahrlosung angesehen werden.

Da die Probandinnen, bei denen Verdacht auf regelmäßigen oder häufig wechselnden Geschlechtsverkehr besteht, vor der Einweisung in ein Heim der öffentlichen Erziehung und bei Rückführung nach Entweichungen aufgrund der gesetzlichen Bestimmungen gynäkologisch untersucht werden müssen (vor allem, wenn sie sich für längere Zeit der öffentlichen Erziehung entzogen und sich herumtrieben), liegen für die weiblichen Individuen exakte Daten vor.

Auch in diesem Zusammenhang werden nur die geschlechtsreifen Mädchen in die Untersuchung einbezogen. Es wird nur die Tatsache der Gonorrhoe erfaßt, die Anzahl der Infektionen wird in dieser Untersuchung nicht berücksichtigt.

Von unseren geschlechtsreifen Mädchen waren 16 % mindestens einmal an Gonorrhoe erkrankt. STUTTE fand bei den weiblichen Individuen einer Gruppe unerziehbarer Fürsorgezöglinge die gleichen Verhältnisse (STUTTE, 162). Da es sich bei unseren Mädchen nicht wie bei STUTTES Untersuchten um eine negative Siebungsgruppe von FE-Fällen handelt, sondern um eine repräsentative Gruppe weiblicher Minderjähriger, die der öffentlichen Erziehung bedürfen, liegt demnach der Wert für unsere Probandinnen recht hoch.

Aus der Gruppe der Mädchen mit geringen Schulleistungen infizierten sich absolut und relativ die meisten mit Gonorrhoe, nämlich 18 %. Zwei von ihnen hatten außerdem Lues. Dagegen war nur jede neunte der Probandinnen mit Volksschulabschluß erkrankt.

Tab. 30: Häufigkeit von Gonorrhoe bei den geschlechtsreifen Mädchen (in Prozent)

	n	Probandin hat Gonorrhoe	Probandin hat keine Gonorrhoe	%
Alle geschlechtsreifen Mädchen	154	16	84	100
Geschlechtsreife Mädchen mit Volksschulabschluß	36	11	89	100
Geschlechtsreife Mädchen mit Schulminderleistung	118	18	82	100

Wir hoben bereits hervor, daß in den meisten Fällen Gonorrhoe einen Indikator für hwG darstellt, und diese Tatsache legt es nahe, von dem relativ höheren Anteil der Geschlechtskranken bei den schulminderleistenden Mädchen auf einen ebenfalls höheren Prozentsatz an hwG bei ihnen zu schließen. Diese Schlußfolgerung läßt aber die unterschiedlichen Bedingungen außer acht, unter denen sich der häufig wechselnde Geschlechtsverkehr der Probandinnen vollzieht. Die zumeist weniger differenzierten und unbegabteren, zum Teil debilen Mädchen der schulminderleistenden Gruppe verkehren, wie sich aus unseren Unterlagen ergibt, wahlloser, mit randständigeren Individuen – entsprechend der biologischen Partnerregel (STUMPFL, 160) – sowie unter unhygienischeren Bedingungen, und sie sind öfter auch äußerlich verwahrlost. Wir haben oben bereits darauf hingewiesen, daß die Wahrscheinlichkeit, sich unter extrem ungünstigen Milieubedingungen eine gonorrhoische Erkrankung zuzuziehen, wegen der erhöhten Ansteckungsgefahr sehr groß ist. Dem geringeren Prozentsatz geschlechtskranker Mädchen in der schulisch leistungstüchtigen Gruppe muß also keineswegs eine entsprechend niedrigere Quote der am hwG beteiligten Probandinnen entsprechen. Diesen Tatbestand veranschaulicht Tab. 31.

Tab. 31: Vergleich der Häufigkeit und Verteilung von hwG und Gonorrhoe bei den geschlechtsreifen Mädchen (in Prozent)

	n	Probandin hat hwG	Probandin hat Gonorrhoe
Alle geschlechtsreifen Mädchen	154	69	16
Geschlechtsreife Mädchen mit Volksschulabschluß	36	61	11
Geschlechtsreife Mädchen mit Schulminderleistung	118	71	18

Bei einer Prüfung der Tabelle unter dem Gesichtspunkt unserer bisherigen Überlegungen zeigt sich, daß der prozentuale Anteil der geschlechtlich Erkrankten bei den schulisch erfolgreichen Mädchen, wie zu erwarten war, niedriger liegt als bei den schulminderleistenden Probandinnen, da die weiblichen Individuen mit Volksschulabschluß weniger am hwG beteiligt sind. Wären die Proportionen unverändert erhalten geblieben, müßten sich aber über 15 % der schulisch leistungspositiven Mädchen gonorrhoisch infiziert haben. Tatsächlich jedoch stellen wir fest, daß – verglichen mit den schulminderleistenden Probandinnen – dem bei ihnen nur geringfügig niedrigeren Prozentsatz von Mädchen mit hwG ein deutlich stärkeres Absinken der Infektionen mit Geschlechtskrankheiten gegenübersteht. Während jedes vierte Mädchen mit hwG aus der Schulminderleistungsgruppe an Gonorrhoe erkrankt, infiziert sich bei den leistungspositiven Mädchen mit hwG nicht einmal jedes fünfte. Damit hat sich die größere Wahrscheinlichkeit, daß sich die schulminderleistenden weiblichen Individuen aufgrund der extrem negativen Milieuwahl und der damit verbundenen erhöhten Ansteckungsgefahr eine gonorrhoische Erkrankung zuziehen, bestätigt.

Wir können also zusammenfassen:

1. 16 % der geschlechtsreifen Probandinnen unseres Untersuchungsgutes hatten Gonorrhoe.
2. In der Gruppe der Mädchen mit geringen Schulleistungen wurden absolut und relativ die meisten geschlechtskrank.
3. Von den sexuell verwahrlosten Probandinnen mit Volksschulabschluß infizierte sich jede fünfte, während von den schulminderleistenden Mädchen mit hwG jedes vierte an Gonorrhoe erkrankte.

v. Beziehungen zwischen hwG, Gonorrhoe und nichtehelicher Mutterschaft der geschlechtsreifen Mädchen

Der frühe und häufig wechselnde Sexualverkehr unserer Probanden führt in einer Anzahl von Fällen zu nichtehelichen Geburten. Die mangelhafte Information der sexuell verwahrlosten Mädchen über Methoden der Empfängnisverhütung und das verantwortungslose Verhalten der meistens ebenfalls relativ jungen und außerdem oft sozial randständigen Geschlechtspartner sind dafür die entscheidenden Ursachen.

Die jugendlichen Mütter unserer Untersuchung, deren Alter in jedem Fall unter 21 Jahren liegt, sind fast ausnahmslos unfähig, ihr nichtehelich geborenes Kind selbständig zu erziehen. Das gilt auch für die sehr jungen Mütter einer repräsentativen Gruppe der Durchschnittsbevölkerung, die von H. und A. BÖHM untersucht wurden (H. u. A. BÖHM, 17).

Tab. 32: Häufigkeit nichtehelicher Mutterschaft bei den geschlechtsreifen Mädchen (in Prozent)

	n	Probandin hat nichteheliches Kind	Probandin hat kein nichteheliches Kind	%
Alle geschlechtsreifen Mädchen	154	11	89	100
Geschlechtsreife Mädchen mit Volksschulabschluß	36	8	92	100
Geschlechtsreife Mädchen mit Schulminderleistung	118	12	88	100

Die Kinder unserer Mädchen kommen zu den Großeltern oder anderen Verwandten, zu Pflegeeltern oder werden zur Adoption gegeben; oder aber die Mutter zieht das nichteheliche Kind in ihr unstetes Leben mit hinein, es pendelt dann zwischen verschiedenen Erziehungsstellen hin und her und kommt schließlich in ein Heim. Nur selten wird es durch eine spätere Ehe legitimiert und erhält ein geordnetes Zuhause.

Von unseren geschlechtsreifen Probandinnen haben insgesamt 11 % nichteheliche Kinder. Wenn wir nach schulischen Leistungsgruppen differenzieren, ergibt sich für die schulminderleistenden Mädchen ein deutlich ungünstigerer Wert. Bei ihnen liegt der Prozentsatz im Vergleich zu den Mädchen mit Volksschulabschluß um die Hälfte höher.

In unserem Untersuchungsgut stellen die Probandinnen mit hwG – mit einer Ausnahme, die wir vernachlässigen können – auch die Mütter mit nichtehelichen Kindern. Es fällt auf, daß jedes sechste schulminderleistende Mädchen mit hwG ein nichteheliches Kind geboren hat, aber von den schulisch erfolgreichen Mädchen mit hwG nur jedes achte (vgl. Tab. 33). Die Tatsache, daß – bezogen auf den jeweiligen prozentualen Anteil von sexuell verwahrlosten Probandinnen in den beiden Schulleistungsgruppen – der Prozentsatz der Mädchen mit nichtehelichen Geburten in der schulisch erfolgreichen Gruppe vergleichsweise deutlich niedriger ist als der in der Schulminderleistungsgruppe, entspricht den Verhältnissen hinsichtlich der gonorrhoischen Erkrankungen, bei denen ebenfalls die Probandinnen mit Volksschulabschluß vergleichsweise bedeutend weniger betroffen sind, als nach ihrem prozentualen Anteil an der sexuellen Verwahrlosung hätte erwartet werden müssen. Daß sich diese Tendenz, die wir bei Gonorrhoe feststellten, auch für die nichteheliche Mutterschaft unserer Probanden zeigt, daß also schulminderleistende und zum Teil debile Mädchen mit hwG nicht nur relativ häufiger als die schulleistungstüchtigen Probandinnen mit hwG geschlechtskrank werden, sondern auch relativ öfter nichteheliche Kinder gebären, liegt ebenfalls in der extrem negativen Milieuwahl dieser minderbegabten Mädchen begründet.

Tab. 33: Vergleich der Häufigkeit und Verteilung von hwG, Gonorrhoe und nichtehelicher Mutterschaft bei den geschlechtsreifen Mädchen (in Prozent)

	n	hwG	Probandin hat Gonorrhoe	ne. Kind
Alle geschlechtsreifen Mädchen	154	69	16	11
Geschlechtsreife Mädchen mit Volksschulabschluß	36	61	11	8
Geschlechtsreife Mädchen mit Schulminderleistung	118	71	18	12

Wenn die sexuell verwahrlosten Mädchen der Schulminderleistungsgruppe, wie wir bereits darlegten, ihre Geschlechtspartner noch häufiger und außerdem wahlloser wechseln als die sexuell auffälligen Probandinnen mit Volksschulabschluß und wenn sie vor allem öfter mit sozial randständigen und – wie wir außerdem feststellen konnten – mit durchschnittlich jüngeren Männern geschlechtlich verkehren, die aus Unkenntnis oder aus Verantwortungslosigkeit nur selten antikonzeptionelle Mittel anwenden, kann die stärkere Belastung der schulleistungsschwachen sexuell verwahrlosten Probandinnen mit nichtehelicher Mutterschaft nicht überraschen. Hinzu kommt, daß diese minderbegabten Mädchen über Möglichkeiten der Empfängnisverhütung nur ungenügend informiert sind. Das trifft bis zu einem gewissen Grade auch für die begabteren und schulleistungstüchtigen Probandinnen mit hwG zu, die aber im ganzen doch besser unterrichtet sind als die schwachbegabten und die debilen Mädchen.

Die dargelegten Gründe erklären aber nicht nur, daß bei den schulminderleistenden Probandinnen mit hwG der Prozentsatz der Mädchen, die nichtehelich geboren haben, über dem bei den sexuell verwahrlosten Mädchen mit Volksschulabschluß liegt, sondern rechtfertigen überdies die Annahme, daß dieses Verhältnis sich bei der im Laufe der nächsten Jahre für die weiblichen Individuen unseres Untersuchungsgutes zu erwartenden Erhöhung des Prozentsatzes der Mütter mit nichtehelichen Kindern noch mehr zuungunsten der minderbegabten Mädchen verschieben wird. Das müßte eine spätere Nachuntersuchung überprüfen.

Es gilt nun noch, die immer wieder aufgestellte Behauptung zu untersuchen, daß die nichteheliche Mutterschaft gleichsam als Familientradition über die Generationen einer Familie hinweg als soziales oder sozialbiologisches Erbe weitergereicht wird.

Bei einer Überprüfung, ob sich in unserem Untersuchungsgut Zusammenhänge zwischen der nichtehelichen Mutterschaft der geschlechtsreifen Mädchen und der der Mütter ergeben, lassen sich für die Gruppe der minderbegabten Probandinnen keine Übereinstimmungen erkennen. Zwischen den schulisch leistungstüchtigen Probandinnen und den Müttern dieser Gruppe bestehen dagegen in dieser Hinsicht offenbar bestimmte positive Beziehungen. So stellen wir fest, daß von den Müttern der positiven Schulleistungsgruppe, die nichtehelich geboren haben, jede sechste eine Tochter mit einem nichtehelichen Kind in unserem Unter-

Tab. 34: Verteilung der Mütter und der geschlechtsreifen Mädchen unter dem Aspekt wechselseitiger Beziehungen hinsichtlich nichtehelicher Mutterschaft (in Prozent)

		nichteheliches Kind				
	n	Mutter ja Probandin ja	Mutter ja Probandin nein	Mutter nein Probandin ja	Mutter nein Probandin nein	%
Alle geschlechtsreifen Mädchen	154	6	36	5	53	100
Geschlechtsreife Mädchen mit Volksschulabschluß	36	8	42	–	50	100
Geschlechtsreife Mädchen mit Schulminderleistung	118	5	34	7	54	100

suchungsgut hat, während die Mütter dieser Gruppe, die nur ehelich geboren haben, in keinem einzigen Fall eine Tochter mit einem nichtehelichen Kind unter den Untersuchten haben. Andererseits haben alle schulisch erfolgreichen Probandinnen mit nichtehelicher Mutterschaft immer auch eine Mutter mit mindestens einem nichtehelich geborenen Kind, während von den schulisch leistungstüchtigen Mädchen ohne nichteheliches Kind nur weniger als die Hälfte eine Mutter mit einem nichtehelichen Kind hat.

Es ist also bei unseren jugendlichen Probandinnen mit Volksschulabschluß – wenn überhaupt – nur dann zur nichtehelichen Mutterschaft gekommen, wenn auch die Mutter des Mädchens nichtehelich geboren hat. Die Tatsache, daß in der gesamten positiven Schulleistungsgruppe kein einziger Fall nichtehelicher Mutterschaft bei den Mädchen auftritt, deren Mütter selbst keine nichtehelichen Kinder haben, daß aber jede Probandin mit einem nichtehelichen Kind immer auch von einer Mutter abstammt, die nichtehelich gebar, bestätigt eine positive Beziehung zwischen der nichtehelichen Mutterschaft unserer schulisch erfolgreichen Probandinnen und der der Mütter dieser Gruppe.

Wir stellen abschließend fest:
1. 11 % der geschlechtsreifen Probandinnen unseres Untersuchungsgutes haben ein nichteheliches Kind.
2. In der schulminderleistenden Gruppe haben prozentual mehr Mädchen nichtehelich geboren als bei den schulisch leistungstüchtigen Probandinnen.
3. Der Prozentsatz der Mädchen mit nichtehelicher Mutterschaft liegt bei den sexuell verwahrlosten Probandinnen mit geringen Schulleistungen höher als der bei den leistungspositiven weiblichen Individuen mit hwG.
4. Alle schulisch erfolgreichen Probandinnen mit einem nichtehelichen Kind haben Mütter, die nichtehelich geboren haben.
5. Bei keinem Mädchen der positiven Schulleistungsgruppe kam es zur nichtehelichen Mutterschaft, wenn auch die Mutter kein nichteheliches Kind hatte.

E) *Der Merkmalskomplex „sozialbiologische Zusammenhänge“ in bezug auf Bedürftigkeit für öffentliche Erziehung und Schulminderleistung*

1. Kriminalität der leiblichen Eltern

Die Kriminalität der Eltern oder eines Elternteiles hat im Falle der Bestrafung schon für die äußeren Lebensbedingungen der Familie in der Regel gravierende Folgen. Die wirtschaftlichen Verhältnisse verschlechtern sich in den meisten dieser Fälle entscheidend, und die Kinder können bei dem einen Elternteil während der Untersuchungshaft und Strafzeit des anderen oft nicht mehr ausreichend versorgt und beaufsichtigt werden. Das Stigma des Kriminellen deklassiert die Familie, diskreditiert die Schulkinder vor ihren Klassenkameraden und die Jugendlichen auf ihrer Arbeitsstelle.

Neben den ökonomischen und sozialen Auswirkungen aber haben die psychischen erhebliches Gewicht. Die Psychologie, insbesondere die Entwicklungs- und die Tiefenpsychologie, weist darauf hin, daß das Kind positive Identifikationsmöglichkeiten braucht, wenn ein „Über-

Ich" aufgebaut werden soll. Bei einem Fehlen guter Vorbilder kann es zu einer Identifizierung mit dem negativen Elternbild und dadurch zu einer mangelhaften Gewissensbildung kommen.

Die Soziologie und die Pädagogik ergänzen, daß soziales Verhalten das Ergebnis eines langwierigen Lernprozesses ist und daß das Ausbilden und Einüben der grundlegenden sozialen Verhaltensbahnen – hier stimmen die soziologischen und pädagogischen Einsichten mit den tiefenpsychologischen Erkenntnissen überein – sehr früh in der Primärgruppe der Familie beginnen muß, da ohne das Setzen normativer Maßstäbe und ohne entsprechendes Training die sozialen und gesellschaftlichen Ordnungen unverständliche Forderungen für das Individuum bleiben müssen (KÖNIG, 95; WILHELM, 176). Das gilt heute um so mehr, als der Mensch in einer sozialen Wirklichkeit lebt, die keine traditionsgebundene geschlossene Gesellschaft mehr darstellt, sondern in der er der diffusen Pluralität der verschiedenartigsten Wertorientierungen ausgesetzt ist.

Daß die kriminellen Handlungen der Eltern für die Verwahrlosung tatsächlich schwer ins Gewicht fallen können, wird nach dem Aktenstudium vor allem in den Fällen deutlich, in denen die elterliche Kriminalität der Ausdruck einer allgemeinen antisozial geprägten Lebensform ist. In einigen kriminellen Familien besteht infolge einer direkten Erziehung zur Straftat eine unmittelbare Beziehung zwischen der Verwahrlosung der Probanden und der Kriminalität ihrer Eltern. STUTTE stellte bei seinen unerziehbaren Fürsorgezöglingen gleichfalls in einigen Fällen fest, daß sie von den Eltern unmittelbar zur Begehung von strafbaren Handlungen aufgefordert wurden (STUTTE, 162).

Die Kriminalität der Eltern als auslösendes exogenes Moment für die Verwahrlosung kann jedoch, und das wird oft übersehen, nicht ohne weiteres als Beweis für die Milieubedingtheit der Verwahrlosung dieser Kinder und Jugendlichen gewertet werden; denn das Defizit an Sozialität der Umwelt kann durchaus biologisch defizitäre personale Strukturen der betroffenen Kinder und Jugendlichen gleichsam verdecken. In diesen Fällen wirkt die Kriminalität der Eltern als Verstärkungsfaktor, doch kommt ihr keine autonome Bedeutung zu.

Wir haben im Zusammenhang mit der sexuellen Verwahrlosung unserer geschlechtsreifen Mädchen und der sexuellen Auffälligkeit der leiblichen Mütter unserer Probandinnen auf diesen Sachverhalt hingewiesen und die Gefahr von Fehlinterpretationen aufgezeigt (vgl. dazu S. 106).

In unserer Erhebung werden solche Eltern als kriminell erfaßt, die mindestens eine Vorstrafe haben. Anzahl und Dauer der Strafen blieben unberücksichtigt, ebenso erfolgt keine Differenzierung nach Gefängnis- und Zuchthausstrafen. Eine Trennung nach kriminellem Vater oder krimineller Mutter wurde nicht vorgenommen. Da nach den Unterlagen nur in wenigen Fällen beide Eltern kriminell sind, haben wir keine Sondergruppe gebildet, sondern diese Fälle mit den anderen zusammengefaßt.

19 % unserer Individuen haben kriminelle Eltern. STUTTE gibt für eine Gruppe unerziehbarer Fürsorgezöglinge 20,8 % vorbestrafte Väter und 10,3 % kriminelle Mütter an (STUTTE, 162). Wenn wir davon ausgehen, daß einige dieser Eltern Ehepartner sind, können wir den Anteil der kriminellen Eltern für diese Gruppe mit etwa 25 % annehmen. Da es sich bei STUTTES Probanden im Gegensatz zu unserem Untersuchungsgut um unerziehbare Fürsorgezöglinge, also um eine negative Gruppe von FE-Fällen handelt, war für seine Individuen ein höherer Anteil an Kriminalität der Eltern zu erwarten. Obwohl Angaben darüber fehlen, läßt sich vermuten, daß der relativ niedrige Prozentsatz von 18 % kriminellen Eltern in einer anderen Gruppe unerziehbarer Fürsorgezöglinge darauf zurückzuführen ist, daß hier die Kriminalität *beider* Eltern als Kriterium diente (ZILLKEN und WEINGARTEN, 179). Für andere Gruppen straffälliger und krimineller Jugendlicher wird die Kriminalität der Eltern mit 22 % und 28 % angegeben (MÄRTIN, 112; NÄF, 132).

In unserem Untersuchungsgut sind die weiblichen und die schulminderleistenden Individuen öfter mit kriminellen Eltern belastet. Eine weitere Differenzierung unserer Siebungsgruppe aber zeigt, daß die Mädchen mit Volksschulabschluß und auch die weiblichen Volksschulrepetenten prozentual nicht mehr, sondern – wenn auch geringfügig – eher seltener kriminelle Eltern haben als die vergleichbaren männlichen Leistungsgruppen. Ebenso stellen wir fest, daß der prozentuale Anteil der Eltern mit Kriminalität bei den Volksschulrepetenten beider Geschlechter den bei den schulisch erfolgreichen Gruppen nicht übertrifft (er liegt im Gegenteil bei den weiblichen Repetenten sogar etwas niedriger).

Daß *insgesamt* die schulminderleistenden Individuen öfter mit kriminellen Eltern belastet sind, geht auf den unverhältnismäßig hohen Prozentsatz vorbestrafter Eltern in der Sonderschulgruppe zurück, der

Tab. 35: Häufigkeit der elterlichen Kriminalität (in Prozent)

	n	Die Eltern sind kriminell	nicht kriminell	%
Gesamtes Untersuchungsgut	528	19	81	100
Individuen mit Volksschulabschluß	110	15	85	100
Individuen mit Schulminderleistung	418	20	80	100
Alle Jungen	367	18	82	100
Alle Mädchen	161	20	80	100
Jungen mit Volksschulabschluß	74	15	85	100
Jungen mit Schulminderleistung	293	18	82	100
Mädchen mit Volksschulabschluß	36	14	86	100
Mädchen mit Schulminderleistung	125	22	78	100
Alle Volksschulrepetenten	231	14	86	100
Allc Sonderschüler	187	26	74	100
Männliche Volksschulrepetenten	168	15	85	100
Weibliche Volksschulrepetenten	63	13	87	100
Männliche Sonderschüler	125	23	77	100
Weibliche Sonderschüler	62	32	68	100

mit 26% auf das über 1,7 fache des Anteils in der Gruppe der Individuen mit Volksschulabschluß und in der der Volksschulrepetenten gestiegen ist. GEHRECKE fand dagegen bei Sonderschulkindern einer Durchschnittspopulation nur 6% vorbestrafter Väter (GEHRECKE, 59).

Daß die weiblichen Individuen unserer Erhebung prozentual stärker mit kriminellen Eltern belastet sind, obgleich sowohl in der Mädchengruppe mit Volksschulabschluß als auch bei den weiblichen Volksschulrepetenten der Anteil niedriger als der bei den Jungen liegt, läßt sich erst erklären, wenn wir die Sonderschulgruppe unter geschlechtsspezifischem Aspekt aufgliedern. Denn wir stellen hier bei den Sonderschülerinnen den extrem ungünstigen Wert von 32 % kriminellen Eltern fest. Sie weisen damit auch eine größere Belastung durch elterliche Kriminalität auf als die männlichen Sonderschüler. Dieser Prozentsatz beträgt etwa das 2,3fache gegenüber dem bei den anderen weiblichen Schulleistungsgruppen. Danach kommt jede dritte Sonderschülerin unserer Siebungsgruppe aus einer mit elterlicher Kriminalität belasteten Familie.

So können wir festhalten:

1. 19 % der Individuen unseres Untersuchungsgutes haben kriminelle Eltern.
2. Zwischen der Gruppe der Individuen mit Volksschulabschluß und der der Volksschulrepetenten zeigen sich keine erheblichen geschlechtsspezifischen Unterschiede hinsichtlich der Belastung durch elterliche Kriminalität.
3. Die Verhältnisse der schulisch leistungstüchtigen Individuen und der Repetenten weichen nur geringfügig voneinander ab.
4. Die sonderschulbedürftigen Individuen stammen im Vergleich mit den schulisch erfolgreichen Probanden und den Volksschulrepetenten prozentual häufiger von kriminellen Eltern ab.
5. Mit 32 % sind die Sonderschülerinnen am stärksten mit elterlicher Kriminalität belastet.

II. Süchtigkeit der leiblichen Eltern

Wir haben die suchtgefährdeten und die süchtigen Eltern nicht nach der Art ihrer Sucht getrennt, sondern als eine Gruppe zusammengefaßt. Dabei werden nur die Eltern berücksichtigt, deren Alkohol-, Tabletten- oder Nikotinabusus so schwerwiegend war, daß es mindestens zu mehrfachen Beratungen durch die Suchtfürsorge und in einer Anzahl von Fällen außerdem zu Behandlungsversuchen wie freiwilligen Entziehungskuren oder zwangsweisen Unterbringungen in psychiatrischen Kliniken kam. Alkoholismus trat am häufigsten auf.

In allen Fällen und besonders bei Alkoholmißbrauch wirkte sich die Sucht der Eltern belastend auf die ganze Familie aus. Das gewohnheitsmäßige Trinken führte beim Vater oft zu häufigem Arbeitsplatzwechsel, zu Arbeitsbummelei und unständiger Beschäftigung, bei der Mutter zu Mängeln in der Pflege und Versorgung der Kinder und des Haushaltes. Die durch den Suchtmittelabusus verursachten physischen Beeinträchtigungen, die zunehmende Haltlosigkeit und der Verlust an Pflichtbewußtsein hatten meistens auch ein Absinken des ökonomischen Standards, Mietschulden, häufigen Wohnungswechsel und damit eine allmähliche Verschlechterung der Wohnverhältnisse zur Folge.

Neben diesen Mängeln der äußeren Lebensführung aber bewirkte die übermäßige Verwendung von Genußmitteln in der Regel einen allmählichen Verfall der Persönlichkeit des Süchtigen, der sich vielfach in mangelnder Selbstkontrolle, ungesteuerten Affekten, in Erregungszuständen, allgemeiner psychischer Enthemmung und auch in Gewalttätigkeiten und Brutalität äußerte.

WILLIAMS geht davon aus, daß die Affinität zum Alkoholgenuß und Alkoholabusus von der konstitutionellen Basis her beeinflußt wird (WILLIAMS, zitiert nach HAGEDORN, 68). Das heißt aber, daß der Alkoholismus an einer biologisch defizitären Ausstattung angreift und daß die krankhafte Sucht die Persönlichkeitsmängel der Eltern nur verschärft, aber nicht verursacht. Die zutage tretende Willensschwäche und die Persönlichkeitsdisharmonien wären danach wesenhafte und strukturimmanente Züge des Süchtigen.

Infolge der unausgeglichenen, inkonsequenten und oft unzulänglichen pädagogischen Maßnahmen der süchtigen Eltern besteht in solchen Situationen neben der äußeren auch eine erzieherische Vernachlässigung, die bei vielen Kindern schwerwiegende Erziehungsschäden bewirkt. Hinzu kommt die Gefahr der Identifizierung mit dem negativen Elternbild. Doch kann auch hier wie bei der Kriminalität der Eltern (und der sexuellen Auffälligkeit der Mütter) trotz dieser massiven Umweltnoxen nicht ohne weiteres auf eine primär exogene Bedingtheit des Verwahrlosungsprozesses zurückgeschlossen werden, da bei dieser Argumentation die konstitutionelle Basis als möglicher defizitärer Faktor im Ursache-Wirkungs-Zusammenhang völlig unberücksichtigt bleibt.

23 % der Eltern unserer Probanden sind erheblich suchtgefährdet oder süchtig. Ein Vergleich mit anderen Befunden ist schwierig, und zwar nicht deshalb, weil die meisten Autoren nur die Trunksucht der Eltern erfassen – denn auch bei den Eltern unserer Individuen liegt überwiegend Alkoholismus vor –, sondern wegen der stark variieren-

Tab. 36: Häufigkeit der Süchtigkeit der leiblichen Eltern (in Prozent)

	n	Die Eltern sind süchtig	nicht süchtig	%
Gesamtes Untersuchungsgut	528	23	77	100
Individuen mit Volksschulabschluß	110	22	78	100
Individuen mit Schulminderleistung	418	24	76	100
Alle Jungen	367	21,5	78,5	100
Alle Mädchen	161	27	73	100
Jungen mit Volksschulabschluß	74	22	78	100
Jungen mit Schulminderleistung	293	21	79	100
Mädchen mit Volksschulabschluß	36	22	78	100
Mädchen mit Schulminderleistung	125	29	71	100
Alle Volksschulrepetenten	231	20	80	100
Alle Sonderschüler	187	28	72	100
Männliche Volksschulrepetenten	168	18,5	81,5	100
Weibliche Volksschulrepetenten	63	25,5	74,5	100
Männliche Sonderschüler	125	25,5	74,5	100
Weibliche Sonderschüler	62	32,5	67,5	100

den Werte, die die Vermutung nahelegen, daß der Maßstab der verschiedenen Verfasser stark differiert. So gibt CIMBAL (zitiert nach BENJAMIN, ISSERLIN u. a., 9) für verwahrloste Kinder 40–50 % trunksüchtige Eltern an, während MIERKE und MÄRTIN in zwei Gruppen straffälliger Jugendlicher 17 % bzw. nur 11 % ermitteln (MÄRTIN, 112; MIERKE, 118). Die Angabe CIMBALS erscheint – wenn wir unseren Maßstab zugrunde legen – unrealistisch hoch.

In unserem Untersuchungsgut sind die Individuen mit Volksschulabschluß prozentual weniger als die schulminderleistenden und die Jungen weniger als die Mädchen mit suchtgefährdeten bzw. süchtigen Eltern belastet. In den beiden Gruppen der nach Geschlechtern getrennten leistungspositiven Individuen stellen wir in dieser Hinsicht gleiche Verhältnisse fest. Bei einer Aufgliederung der schulminderleistenden Probanden in die zwei Leistungsgruppen der Volksschulrepetenten und der sonderschulbedürftigen Individuen und ihrer weiteren Differenzierung nach Geschlechtern zeigt sich, daß wir bei den männlichen Volksschulrepetenten prozentual am seltensten Eltern mit Suchtneigungen finden. Dagegen liegt der prozentuale Anteil bei den in der Volksschule gescheiterten Mädchen deutlich höher.

Sehr ungünstig schneidet die Sonderschulgruppe ab, in der sich die weiblichen Individuen als die am stärksten mit suchtgefährdeten und süchtigen Eltern belasteten erweisen. Jede dritte Sonderschülerin kommt aus einer Familie, in der ein Elternteil oder beide Eltern suchtauffällig sind. In der Gruppe der von ihm untersuchten Sonderschulkinder einer Durchschnittspopulation fand GEHRECKE dagegen nur 3 % Mütter und einige Väter, die gewohnheitsmäßig trinken (GEHRECKE, 59).

Tab. 37: Vergleich der Häufigkeit und Verteilung von Süchtigkeit und Kriminalität bei den leiblichen Eltern der Sonderschüler (in Prozent)

	n	Die Eltern sind süchtig	Die Eltern sind kriminell
Alle Sonderschüler	187	28	26
Männliche Sonderschüler	125	25,5	23
Weibliche Sonderschüler	62	32,5	32

Wenn wir die Belastung der Sonderschulgruppe mit elterlicher Sucht und die mit elterlicher Kriminalität miteinander vergleichen, stellen wir ähnliche Verhältnisse fest (vgl. Tab. 37). Beide Male hebt sich die Gruppe der sonderschulbedürftigen Individuen von den anderen Schulleistungsgruppen der Volksschüler mit Abschluß und der Volksschulrepetenten als besonders negativ ab, und in beiden Fällen liegen die Werte für die Sonderschülerinnen am ungünstigsten.

Es ergibt sich also:

1. 23 % der Individuen unseres Untersuchungsgutes haben erheblich suchtgefährdete oder süchtige Eltern.
2. Die männlichen Volksschulrepetenten sind prozentual am wenigsten mit suchtgefährdeten oder süchtigen Eltern belastet.
3. Bei den schulleistungstüchtigen Individuen ist die Belastung ebenfalls relativ gering.
4. Bei den weiblichen Volksschulrepetenten steigt der Prozentsatz der suchtauffälligen Eltern deutlich an.
5. Bei den sonderschulbedürftigen Individuen, die sich auch als Gesamtgruppe von den anderen schulischen Leistungsgruppen wie den Volksschülern mit Abschluß und den Volksschulrepetenten besonders negativ abheben, erweisen sich die Sonderschülerinnen mit 32 % suchtgefährdeter und süchtiger Eltern als die am stärksten belastete Gruppe.

III. Anordnung der öffentlichen Erziehung bei den leiblichen Eltern

Da es sich bei unseren Individuen um eine Siebungsgruppe der öffentlichen Erziehung handelt, liegt es nahe, zu prüfen, inwieweit die Eltern unserer FEH- und FE-Zöglinge ebenfalls in ihrer Kindheit und Jugend durch Verhaltensaberrationen auffielen, sich als schwererziehbar erwiesen und verwahrlosten. Als Kriterium für den Schweregrad ihrer Dissozialität bietet sich auch hier die Übernahme in öffentliche Erziehung an.

Da die Akten des Jugendamtes in der Form von Familienakten geführt werden, sind die Angaben über die elterliche Fürsorge-Erziehung in den Fällen gesichert, in denen die betreffende Familie schon seit der Kindheit der Eltern in Kiel ansässig ist. Bei später zugezogenen und besonders auffälligen Familien wird, vor allem dann, wenn eine Einweisung eines Kindes in öffentliche Erziehung erwogen wird, von dem für den früheren Wohnsitz zuständigen Jugendamt Auskunft eingeholt und die Akte auf dem Wege der Amtshilfe zur Einsichtnahme übersandt.

Im übrigen stützen sich die Angaben in den betreffenden Akten auf die persönlichen Auskünfte der Eltern über ihre Kindheits- und Jugendentwicklung. Da die Fürsorge-Erziehung fast immer als soziales

Stigma erlebt wird, sind diese mündlichen Auskünfte wenig zuverlässig, da die Eltern dazu neigen, die Tatsache zu verschweigen, daß sie in öffentlicher Erziehung waren. Es ist demnach mit einer hohen Dunkelziffer zu rechnen. Die erhobenen Befunde sind deshalb als Mindestwerte anzusehen.

Tab. 38: Häufigkeit der öffentlichen Erziehung bei den leiblichen Eltern (in Prozent)

	n	Die Eltern waren in öffentlicher Erziehung	nicht in öffentlicher Erziehung	%
Gesamtes Untersuchungsgut	528	16	84	100
Individuen mit Volksschulabschluß	110	6,5	93,5	100
Individuen mit Schulminderleistung	418	19	81	100
Alle Jungen	367	15	85	100
Alle Mädchen	161	19	81	100
Jungen mit Volksschulabschluß	74	7	93	100
Jungen mit Schulminderleistung	293	17	83	100
Mädchen mit Volksschulabschluß	36	6	94	100
Mädchen mit Schulminderleistung	125	23	77	100
Alle Volksschulrepetenten	231	14	86	100
Alle Sonderschüler	187	24	76	100
Männliche Volksschulrepetenten	168	15	85	100
Weibliche Volksschulrepetenten	63	13	87	100
Männliche Sonderschüler	125	19	81	100
Weibliche Sonderschüler	62	34	66	100

Mindestens 16 % der Individuen des Untersuchungsgutes haben Eltern, die selbst in öffentlicher Erziehung waren. In der schulleistungstüchtigen Gruppe, deren Eltern nur selten ehemalige Fürsorgezöglinge sind (n = 7), finden wir bei einer Aufgliederung nach Geschlechtern besonders bei den Mädchen kaum noch Eltern, die in öffentlicher Erziehung waren (n = 2). Diese Tendenz, daß die Werte für die weiblichen Individuen niedriger liegen als für die männlichen, setzt sich, obwohl sich die Verhältnisse für die gesamte Schulminderleistungsgruppe umkehren, auch noch bei den Volksschulrepetenten fort, die im übrigen insgesamt und in den Geschlechtergruppen prozentual mehr ehemals verwahrloste Eltern aufweisen als die Probanden mit Volksschulabschluß.

Bei den sonderschulbedürftigen Individuen aber, die sich mit 24% ehemals verwahrlosten Eltern sehr negativ von den anderen Schulleistungsgruppen abheben, ist jetzt die Mädchengruppe in dieser Hinsicht prozentual am stärksten belastet. Diese Belastung ist, verglichen mit der bei den weiblichen Volksschulrepetenten, prozentual 2,6mal, gegenüber der bei den Mädchen mit Volksschulabschluß sogar 5,6mal so hoch. Jedes dritte sonderschulbedürftige Mädchen hat Eltern, die in öffentlicher Erziehung waren.

Tab. 39: Vergleich der Häufigkeit und Verteilung von Kriminalität, Süchtigkeit und öffentlicher Erziehung bei den Eltern der Individuen mit Volksschulabschluß, der Volksschulrepetenten und der Sonderschüler (in Prozent)

	n	Die Eltern sind kriminell	sind süchtig	waren in öfftl. Erziehg.
Individuen mit Volksschulabschluß	110	15	22	6,5
Alle Volksschulrepetenten	231	14	20	14
Alle Sonderschüler	187	26	28	24
Männliche Sonderschüler	125	23	25,5	19
Weibliche Sonderschüler	62	32	32,5	34

Die Sonderschulgruppe hebt sich demnach im Hinblick auf ihre hohe Belastung mit ehemals verwahrlosten Eltern in analoger Weise von den anderen Schulleistungsgruppen ab wie hinsichtlich des auffällig hohen Prozentsatzes an kriminellen und an süchtigen Eltern. In Tab. 39 sind die Befunde für die verschiedenen Schulleistungsgruppen, nämlich der Volksschüler mit Abschluß, der Volksschulrepetenten und der Sonderschüler, zum Vergleich der vorliegenden Verhältnisse zusammengestellt.

Jedesmal übertrifft der prozentuale Anteil der bei den sonderschulbedürftigen Individuen in dieser Hinsicht auffälligen Eltern deutlich den bei der erfolgreichen schulischen Leistungsgruppe und den bei den gescheiterten Volksschulabsolventen, und jedesmal zeigen sich für die weiblichen Individuen dieser Gruppe erheblich ungünstigere Werte als für die männlichen.

Der Unterschied in der Belastung der verschiedenen schulischen Leistungsgruppen mit leiblichen Eltern, die selber in öffentlicher Erziehung waren, wurde als signifikant nachgewiesen (vgl. Anhang, Tab. 48).

So können wir feststellen:

1. 16 % der Individuen unseres Untersuchungsgutes haben leibliche Eltern, die in öffentlicher Erziehung waren.
2. Relativ wenige schulleistungstüchtige Probanden haben ehemals verwahrloste Eltern, am seltensten die Mädchen.
3. Die Volksschulrepetenten haben häufiger Eltern, die früher selbst erziehungsschwierig waren.
4. In der Sonderschulgruppe nimmt der prozentuale Anteil der leiblichen Eltern, die in Fürsorge-Erziehung waren, stark zu.
5. Besonders die Sonderschülerinnen fallen durch den extrem hohen Wert von 34 % ehemals verwahrloster Eltern auf.

IV. Anordnung der öffentlichen Erziehung bei leiblichen Geschwistern

Der Tatbestand der öffentlichen Erziehung ist bei leiblichen Geschwistern der Probanden zuverlässiger erfaßt als die Schullaufbahn, da das Jugendamt in jedem Falle entweder die Übernahme in öffentliche Erziehung beantragt oder bei Jugendgerichtsverfahren, in denen Fürsorgeerziehung angeordnet wird, gutachtlich gehört wird und die weitere Entwicklung des Kindes in öffentlicher Erziehung verfolgt. Das gilt auch für die Fälle, in denen eine solche öffentliche Erziehungsmaßnahme durch ein anderes Jugendamt eingeleitet oder durch ein auswärtiges Amtsgericht angeordnet wurde. Wenn die Familie danach in den Verwaltungsbereich eines anderen Ortes zieht, wird die Akte dem zuständigen Jugendamt übersandt.

Da dies aber nur geschieht, wenn die Familie in der Zeit umzieht, in der die öffentliche Maßnahme noch nicht beendet ist, weisen die Unterlagen bei schon abgeschlossenen Fällen Lücken auf, und die Auskünfte der betreffenden Eltern sind erfahrungsgemäß in dieser Beziehung oft unbefriedigend.

Wir verzichten deshalb, um die Fehlerquote so niedrig wie möglich zu halten, auf den Versuch, die Gesamtzahl der leiblichen Geschwister in öffentlicher Erziehung zu ermitteln, und beschränken uns darauf, in den Familien mit leiblichen Geschwistern zu prüfen, ob mindestens noch ein weiteres Kind der öffentlichen Erziehung bedarf. In die Auswertung werden nur die Individuen mit leiblichen Geschwistern einbezogen. Es handelt sich in diesem Fall also nicht um die gesamte Siebungsgruppe, sondern nur um die betroffenen 329 Fälle.

30% der Individuen mit leiblichen Geschwistern haben mindestens noch ein Geschwister, das der öffentlichen Erziehung bedarf. Es kommen absolut und relativ mehr Jungen mit leiblichen Geschwistern aus Familien, in denen außer unserem Probanden mindestens noch ein weiteres Kind verwahrlost ist. Eine besonders große Diskrepanz zeigt sich zwischen den beiden Schulleistungsgruppen. Bei den schulminderleistenden Individuen mit leiblichen Geschwistern steigt der prozentuale Anteil derer, die aus Familien mit mehreren Kindern in öffentlicher Erziehung kommen, gegenüber dem bei den Probanden mit Volksschulabschluß auf das 1,8fache an.

Bei einer weiteren Aufgliederung verändert sich das Bild. Während bei den schulleistungstüchtigen männlichen Probanden nur in sehr wenigen Familien noch andere Geschwister in öffentlicher Erziehung sind, steigt der prozentuale Anteil dieser Familien mit weiteren Kindern in öffentlicher Erziehung in der schulminderleistenden männlichen Gruppe auf das 2,3fache des Prozentsatzes bei der männlichen Gruppe mit Volksschulabschluß an. Im Gegensatz zu den beiden männlichen Leistungsgruppen, bei denen sich die Werte weiter zuungunsten der minderleistenden Individuen verschieben (der Unterschied ist signifikant) und bei denen sich die Tendenz also noch verstärkt fortsetzt, die sich bei der Gegenüberstellung der beiden Leistungsgruppen ohne Geschlechtertren-

Tab. 40: Häufigkeit der öffentlichen Erziehung bei leiblichen Geschwistern[1] (in Prozent)

	n	mindestens ein leibliches Geschwister in öffentlicher Erziehung (FEH od. FE)	kein leibliches Geschwister in öffentlicher Erziehung	%
Gesamtes Untersuchungsgut	329	30	70	100
Individuen mit Volksschulabschluß	55	18	82	100
Individuen mit Schulminderleistung	274	32	68	100
Alle Jungen	233	31	69	100
Alle Mädchen	96	28	72	100
Jungen mit Volksschulabschluß	40	15	85	100
Jungen mit Schulminderleistung	193	34	66	100
Mädchen mit Volksschulabschluß	15	27	73	100
Mädchen mit Schulminderleistung	81	29	71	100

1 Es werden nur die Individuen mit leiblichen Geschwistern berücksichtigt.

nung zeigt, finden wir in der negativen und der positiven Leistungsgruppe der weiblichen Individuen praktisch den gleichen (hohen) prozentualen Anteil an Familien, in denen ein weiteres Kind der öffentlichen Erziehung bedarf.

Wir fassen zusammen:

1. 30 % der Familien mit mehreren Kindern haben außer dem Probanden mindestens noch ein der öffentlichen Erziehung bedürftiges Kind.
2. Es kommen von den Jungen mit leiblichen Geschwistern prozentual mehr Individuen aus Familien mit mehreren verwahrlosten Kindern als von den Mädchen mit leiblichen Geschwistern.
3. Die Verhältnisse liegen für die schulminderleistenden Individuen insgesamt ungünstiger als für die schulisch erfolgreichen.

4. Bei den beiden männlichen Schulleistungsgruppen verschieben sich die Werte weiter zuungunsten der schulminderleistenden Probanden. Es liegt Signifikanz vor.
5. Die weiblichen Individuen mit leiblichen Geschwistern entstammen in beiden Schulleistungsgruppen prozentual etwa gleich oft Familien mit mindestens noch einem Kind in öffentlicher Erziehung.

v. Gewalttätigkeit der leiblichen Eltern und Beziehung zur Gewalttätigkeit der Kinder

Wir haben in die Analyse der dissozialen und pathologischen Verhaltensformen unserer Probanden auch den Faktor „Gewalttätigkeit" einbezogen (vgl. S. 68 ff). Dabei haben wir nur gewalttätiges Verhalten erfaßt, das chronische Züge trägt. Neben nur einmal oder sporadisch auftretenden Gewaltakten wurden vor allem auch reifungsbiologisch mitbedingte aggressiv-gewalttätige Handlungen der Pubertätszeit nicht berücksichtigt, die nur zeitlich begrenzt auftreten und prognostisch unbedenklich sind (STUTTE, 165).

Bei Anlegen dieses strengen Maßstabes haben wir 17 % gewalttätige Individuen in unserem Untersuchungsgut ermittelt. Wir wollen an dieser Stelle prüfen, inwieweit auch die leiblichen Eltern der Untersuchten gleichartige Verhaltensaberrationen zeigen.

Bei ihnen konnte – anders, als es bei den Kindern und Jugendlichen möglich war – diese Verhaltensauffälligkeit in allen Fällen über viele Jahre hinweg beobachtet und damit die Tatsache der Konstanz und der wesensimmanenten Bedeutung dieses Verhaltenszuges besser abgesichert werden. Neben der stärkeren Integriertheit in die Gesamtpersönlichkeit hat aber auch Gewicht – und das ist gerade bei dieser Störung besonders zu beachten –, daß es sich hierbei um die Gewalttätigkeit von mündigen Erwachsenen handelt, die ihr eigenes Verhalten eher steuern können und die die Gesellschaft deshalb auch für die Folgen von Gewaltakten voll verantwortlich macht.

Wir stellen fest, daß in unserem Untersuchungsgut 18 % der Individuen mit gewalttätigen Eltern belastet sind. Eine Aufgliederung nach der Geschlechtszugehörigkeit und nach Schulleistungsgruppen zeigt zwar, daß die schulminderleistenden Individuen geringfügig häufiger von gewalttätigen Eltern abstammen, doch ist die prozentuale Abwei-

Tab. 41: Häufigkeit elterlicher Gewalttätigkeit (in Prozent)

	n	Die Eltern sind gewalttätig	nicht gewalttätig	%
Gesamtes Untersuchungsgut	528	18	82	100
Individuen mit Volksschulabschluß	110	16	84	100
Individuen mit Schulminderleistung	418	19	81	100
Alle Jungen	367	18	82	100
Alle Mädchen	161	18	82	100
Jungen mit Volksschulabschluß	74	16	84	100
Jungen mit Schulminderleistung	293	19	81	100
Mädchen mit Volksschulabschluß	36	17	83	100
Mädchen mit Schulminderleistung	125	18	82	100

chung so unbedeutend, daß in allen Untergruppen praktisch eine gleich hohe Belastung vorliegt.

In diesen Familien kommt es oft zu schweren körperlichen Züchtigungen der Kinder und im Zusammenhang damit zu Sorgerechtsentzug, bei drei unserer Fälle auch zu einer gerichtlichen Ahndung der schweren Kindesmißhandlungen. Wir haben bei der Gewalttätigkeit der Probanden bereits den hohen Störwert dieser dissozialen Verhaltensform in der Spielgruppe, im Klassenverband, auf der Arbeitsstelle und im Heim herausgestellt. An dieser Stelle wird deutlich, daß sich die Gewalttätigkeit der Eltern gerade auch in der Familie als schwere Belastung auswirken kann und daß ihr dann vor allem die von ihnen abhängigen Kinder unmittelbar ausgesetzt sind.

Kinder, die von früh an in einem Familienmilieu aufwachsen, in dem jähzornig erregbare Eltern ihre Aggressivität in gewalttätigen Handlungen gegeneinander und in rohen und brutalen Züchtigungen ihrer Kinder entladen, müssen sich ungeborgen und von einer feindlichen Umwelt bedroht fühlen. In empirischen psychologischen und insbesondere tiefenpsychologischen Arbeiten wurde nachgewiesen, daß Unsicherheit, Angst und Mißtrauen die Entwicklung der sozialen Kontaktfähigkeit verhindern können und daß die emotionale Frustrierung zu einer zunehmenden Diskrepanz zwischen dem Lebensalter der Kinder und der sozio-emotionalen Entwicklung führen kann.

Auch OPITZ, der bei den in eine kinderpsychiatrische Station zur Beobachtung und Behandlung eingewiesenen verwahrlosten Kindern eine größere Anzahl jähzornig erregbarer und gewalttätiger Eltern feststellt, mißt in seiner Untersuchung der Schwererziehbarkeit den gewalttätigen Eltern für die Ätiologie der kindlichen Verwahrlosung eine erhebliche Bedeutung zu (OPITZ, 134).

Unter diesem Aspekt werden die Ruhelosigkeit und die primitiven sozialen Reaktionen, wie Aggressivität und rohe Handlungsweisen, die häufig auch bei Kindern und Jugendlichen aus gewalttätigem Familienmilieu auftreten, oft als eine Bemühung der Minderjährigen interpretiert, die isolierte Lage, in der sie sich befinden, zu durchbrechen und nach Akzeptierung und Bestätigung zu suchen.

Außerdem sind – das heben vor allem soziologisch orientierte Autoren mehrfach hervor – Verhaltensidentifikationen möglich. Zur bewußten Orientierung am elterlichen Verhalten kommt es auch in unserer Siebungsgruppe in einigen Fällen, in denen die männlichen Jugendlichen die Gewalttätigkeit des Vaters als rollenadäquat übernehmen.

Gleichzeitig aber – und damit wird die Verschränkung soziogener, psychogener, biogener und sozialbiologischer Faktoren nochmals deutlich – wird bei der gewalttätigen Aggressivität der Probanden auch der Mangel an gemüthafter Differenzierung und an Fähigkeit zum Mitleid sichtbar (vgl. auch S. 68).

Es zeigen sich also zumindest in Einzelfällen Verhaltensparallelen zwischen Eltern und Kindern, und es läßt sich mehrfach eine hohe Affinität der Gewalttätigkeit des Kindes zu der der Eltern aufweisen.

Es ist für unsere Siebungsgruppe zu prüfen, inwieweit tatsächlich eine positive Beziehung zwischen der elterlichen Gewalttätigkeit und der der Kinder besteht.

Wie die folgende Tab. 42 zeigt, entspricht einerseits zwar der Prozentsatz der gewalttätigen Eltern etwa dem der gewalttätigen Probanden, andererseits aber variiert die Verteilung dieser Eltern und der in dieser Hinsicht auffälligen Kinder auf die einzelnen Geschlechtsgruppen und auch auf die Schulleistungsgruppen erheblich.

Tab. 42: Vergleich der Häufigkeit und Verteilung von Gewalttätigkeit bei den leiblichen Eltern und den Probanden (in Prozent)

	n	Eltern sind gewalttätig	Proband ist gewalttätig
Gesamtes Untersuchungsgut	528	18	17
Individuen mit Volksschulabschluß	110	16	13
Individuen mit Schulminderleistung	418	19	18
Alle Jungen	367	18	22
Alle Mädchen	161	18	6
Jungen mit Volksschulabschluß	74	16	18
Jungen mit Schulminderleistung	293	19	23
Mädchen mit Volksschulabschluß	36	17	3
Mädchen mit Schulminderleistung	125	18	6

Tab. 43 (S. 133) ermöglicht uns einen differenzierteren Einblick in die vorliegenden Beziehungen. Sie läßt erkennen, daß hier innere Zusammenhänge bestehen. Wir stellen fest, daß bei gewalttätigen Eltern jedes vierte bis fünfte Kind unserer Untersuchung auch gewalttätig ist, während von den Individuen, die nicht von solchen Eltern abstammen, nur jedes sechste bis siebente durch Gewalttätigkeit auffällt. Ähnliche Verhältnisse liegen mit Ausnahme der schulleistungspositiven weiblichen Individuen in allen Untergruppen vor.

Wir halten also fest:

1. 18 % der Individuen unseres Untersuchungsgutes haben gewalttätige Eltern.
2. Die prozentuale Belastung mit gewalttätigen Eltern ist in den verschiedenen Geschlechts- und Schulleistungsgruppen etwa gleich hoch.
3. Es besteht eine positive Beziehung zwischen der Gewalttätigkeit der leiblichen Eltern und der unserer Probanden.

VI. Schulleistungsniveau der leiblichen Eltern

Die gründliche Erhebung der Sozialdaten aus der familiären Umwelt des Kindes durch das Jugendamt und die Erziehungsheime läßt auch eine zuverlässige Erfassung der schulischen Leistungen der leiblichen Eltern zu

Tab. 43: Verteilung der Eltern und der Probanden unter dem Aspekt wechselseitiger Beziehungen hinsichtlich des Auftretens von Gewalttätigkeit (in Prozent)

	n	Gewalttätigkeit Eltern ja Proband ja	Eltern ja Proband nein	Eltern nein Proband ja	Eltern nein Proband nein	%
Gesamtes Untersuchungsgut	528	4	14	13	69	100
Individuen mit Volksschulabschluß	110	3	13	10	74	100
Individuen mit Schulminderleistung	418	5	14	13	68	100
Alle Jungen	367	5	13	17	65	100
Alle Mädchen	161	2	16	4	78	100
Jungen mit Volksschulabschluß	74	4	12	14	70	100
Jungen mit Schulminderleistung	293	6	13	17	64	100
Mädchen mit Volksschulabschluß	36	–	17	3	80	100
Mädchen mit Schulminderleistung	125	2	16	4	78	100

Im Rahmen unserer Untersuchung bedarf die Notwendigkeit der Ermittlung des elterlichen Schulleistungsniveaus keiner ausführlichen Begründung. Familienuntersuchungen mit der Zielsetzung, Einblicke in die Bedingungen der Schulbegabung zu gewinnen, sind immer wieder unternommen worden. So hat zum Beispiel JUST unter erbpsychologischem Aspekt versucht, die Beziehungen aufzuhellen, die zwischen den Schulleistungen der Eltern und denen der Kinder bestehen (JUST, 85).

Auch uns interessiert, inwieweit sich bestätigt, daß ein besseres Schulniveau des Kindes einem besseren schulischen Stand der Eltern entspricht und daß dagegen Eltern mit schlechteren Schulleistungen eher schulminderleistende Kinder haben als solche mit positivem Schulerfolg.

Tab. 44: Verteilung des unterschiedlichen Schulleistungsniveaus bei den leiblichen Eltern (in Prozent)

	n	beide Eltern Schulminderleistung	ein Elter Schulmdrl., ein Elter mindestens Volksschulabschluß	beide Eltern mindestens Volksschulabschluß	%
Gesamtes Untersuchungsgut	528	31	35	34	100
Individuen mit Volksschulabschluß	110	17	21	62	100
Individuen mit Schulminderleistung	418	34	39	27	100
Alle Jungen	367	32	35	33	100
Alle Mädchen	161	26	36	38	100
Jungen mit Volksschulabschluß	74	21	22	57	100
Jungen mit Schulminderleistung	293	35	38	27	100
Mädchen mit Volksschulabschluß	36	8	20	72	100
Mädchen mit Schulminderleistung	125	31	41	28	100
Alle Sonderschüler	187	46	40,5	13,5	100
Männliche Sonderschüler	125	48	38,5	13,5	100
Weibliche Sonderschüler	62	42	45	13	100

Etwa ein Drittel der Individuen unserer Siebungsgruppe hat schulminderleistende Eltern, und bei einem weiteren Drittel aller Probanden hat ein Elternteil keinen Volksschulabschluß erreicht, so daß nur 34 % aus Familien mit schulisch erfolgreichen Eltern stammen.

Individuen mit niedrigen Schulleistungen haben prozentual sehr viel häufiger als erfolgreiche Probanden Eltern oder einen Elternteil ohne

Volksschulabschluß. Dies gilt, wie sich zeigt, für die negativen Schulleistungsgruppen beider Geschlechter. In den schultüchtigen Leistungsgruppen ist bei den Mädchen der prozentuale Anteil an schulisch leistungsschwachen Eltern besonders stark gesunken.

Bei einer Ausgliederung der Sonderschüler aus der gesamten Schulminderleistungsgruppe stellen wir fest, daß die positive Beziehung zwischen den geringen Schulleistungen der Eltern und dem niedrigen Schulniveau der Kinder noch deutlicher wird. Nur noch jedes achte Kind dieser Gruppe hat schulisch erfolgreiche Eltern. Die Verhältnisse sind für beide Geschlechter praktisch gleich.

Diese Unterschiede hinsichtlich der Belastung der verschiedenen Leistungsgruppen (der Individuen mit Volksschulabschluß, der Volksschulrepetenten und der Sonderschüler) mit schulisch leistungsschwachen Eltern sind statistisch gesichert.

Die Tatsache, daß zwei Drittel der schulisch erfolgreichen Individuen unseres Untersuchungsgutes von schulleistungstüchtigen Eltern und nur 17 % (n = 19) von schulminderleistenden abstammen, während fast 90 % (!) der Sonderschulgruppe Eltern oder einen Elternteil mit geringen Schulleistungen haben, läßt sich nur schwer milieutheoretisch begründen.

Zweifellos kann z. B. die Kulturarmut einer Familie die seelisch-geistige Entwicklung eines Kindes hemmen und eine intellektuelle Verkümmerung bewirken, doch ist bei einem so bemerkenswerten Parallelismus zwischen den Schulleistungen der leiblichen Eltern und denen der Kinder die Annahme gerechtfertigt, daß sich hier neben gleichsinnig wirksamen Milieueinflüssen in vielen Fällen genetische Dispositionen auf die Schulbegabung des Kindes auswirken. Unter diesem Aspekt ist dann auch die Schulminderleistung einer Gruppe von Eltern als Ausdruck erbmäßiger Mängel und das niedere Kulturniveau bestimmter Familien als Folge dieser defizienten Erbbedingungen zu verstehen. Diese sozialbiologischen Zusammenhänge machen das Wechselspiel zwischen genetischen Primärstrukturen und adäquaten sozialbiologisch bedingten sekundären Umweltstrukturen deutlich.

Die Annahme biologisch wirksamer Determinanten wird auch durch die Ergebnisse der Intelligenztests bestätigt (vgl. dazu S. 58 ff). Kein Kind der schulleistungstüchtigen Gruppe hat einen Intelligenzquotienten von unter 80, und nur bei zwei Probanden dieser Gruppe – einem Jungen und einem Mädchen – wird ein IQ zwischen 94 und 80 festgestellt. Dagegen haben 55 % der Individuen in der Schulminderleistungsgruppe ein Intelligenzniveau von unter 95 (vgl. Tab. 11). Auf jeden Fall kann für die 17 % (n = 90) unserer Probanden, die einen IQ von unter 80 haben, die Diagnose Schwachsinn im Sinne von Debilität nicht bezweifelt werden.

Diese Feststellung hat deshalb erhebliches Gewicht, da auch die Vertreter des modernen Begabungsbegriffs und der Verhaltenspsychologie, die die Lernfähigkeit des Menschen besonders akzentuieren, die genetische Mitbedingtheit der Intelligenz im Prinzip nicht bestreiten (CORRELL, 38).

Damit ergibt sich:

1. Bei 66 % unserer Untersuchten haben beide Eltern oder hat ein Elternteil keinen Volksschulabschluß erreicht.
2. Die Individuen mit niedrigen Schulleistungen haben insgesamt und in beiden nach Geschlechtern getrennten Leistungsgruppen prozentual sehr viel häufiger als erfolgreiche Probanden Eltern oder einen Elternteil mit Minderleistungen. Es liegt Signifikanz vor.
3. Die sonderschulbedürftigen Individuen haben prozentual am häufigsten Eltern mit niedrigem Schulleistungsniveau.
4. In der leistungstüchtigen Mädchengruppe gibt es besonders wenige schulisch leistungsschwache Eltern.

VII. Schulminderleistung der leiblichen Geschwister

Die Ermittlung des Bildungsschicksals der leiblichen Geschwister unserer Probanden konnte im Rahmen dieser Untersuchung nur in begrenztem Umfange geschehen. Die Unterlagen in den Heimen der öffentlichen Erziehung geben zu dieser Frage kaum Auskünfte. Aber auch das Studium der Akten des Jugendamtes zeigt, daß die Angaben über die Schullaufbahn dieser Kinder nur in Fällen von schulischer Minderleistung für gesicherte Feststellungen ausreichen. Hier müßte, um den Bildungsweg aller leiblichen Geschwister unserer Probanden detailliert zu erfassen, eine gesonderte Erhebung an den Schulen ansetzen, die sich auf nochmals über 500 Individuen erstrecken würde.

Unter Berücksichtigung der dargelegten Erhebungsbedingungen werden wir deshalb nur die schulminderleistenden Geschwister in die Untersuchung einbeziehen und, um unvollständige Angaben als Fehlerquelle

Tab. 45: Häufigkeit der Schulminderleistung bei leiblichen Geschwistern[1] (in Prozent)

	n	Von den leibl. Geschwistern hat Schulminderleistung mindestens eines	keines	%
Gesamtes Untersuchungsgut	329	41	59	100
Individuen mit Volksschulabschluß	55	18	82	100
Individuen mit Schulminderleistung	274	46	54	100
Alle Jungen	233	36	64	100
Alle Mädchen	96	55	45	100
Jungen mit Volksschulabschluß	40	16	84	100
Jungen mit Schulminderleistung	193	40	60	100
Mädchen mit Volksschulabschluß	15	25	75	100
Mädchen mit Schulminderleistung	81	60	40	100

1 Es werden nur die Individuen mit leiblichen Geschwistern berücksichtigt.

so weit wie irgend möglich auszuschließen, uns lediglich auf die Feststellung beschränken, ob mindestens eines der leiblichen Geschwister unserer Probanden versagt. Die Anzahl der schulleistungsschwachen leiblichen Geschwister in den einzelnen Familien und insgesamt wird also nicht ermittelt.

Die Einzelkind-Familien werden zweckmäßigerweise völlig ausgeklammert. Für die übrigen 329 Fälle wird untersucht, bei wieviel Prozent der Familien unter den leiblichen Geschwistern der Probanden Schulminderleistung gefunden wird und ob sich relevante Unterschiede zwischen den einzelnen Gruppen des Untersuchungsgutes zeigen.

41 % der Individuen unserer Siebungsgruppe mit leiblichen Geschwistern haben schulminderleistende Brüder oder Schwestern. Unter den Familien der weiblichen Probanden mit leiblichen Geschwistern finden wir relativ mehr mit schulisch leistungsschwachen Kindern als unter

denen der männlichen. Nur 18 % der leistungstüchtigen Individuen mit Geschwistern haben schulminderleistende Brüder oder Schwestern, dagegen 46 % der leistungsschwachen.

Unsere Befunde lassen bemerkenswerte Unterschiede zwischen den Geschlechtern und vor allem sehr deutliche Divergenzen zwischen den Schulleistungsgruppen erkennen. Die Mädchen mit leiblichen Geschwistern entstammen öfter als die Jungen solchen Familien, in denen mindestens ein Geschwister Schulminderleistungen aufweist; und in den Familien, aus denen die Individuen mit niedrigen Schulleistungen kommen, befinden sich häufiger noch mehr Schulversager.

Eine geschlechtsspezifische Aufgliederung der beiden Schulleistungsgruppen zeigt sowohl bei den männlichen als auch bei den weiblichen Individuen die primäre Bedeutung der Zugehörigkeit zu einer bestimmten schulischen Leistungsgruppe.

Mit 40 % und 60 % liegen die Anteile bei der männlichen und der weiblichen Gruppe mit Schulminderleistung eindeutig über den 16 % und den 25 % bei den positiven Vergleichsgruppen. Danach ist der prozentuale Anteil an Familien mit mehreren minderleistenden Kindern in der männlichen Gruppe mit niedrigen Schulleistungen 2,5mal so hoch und in der schulisch leistungsschwachen Mädchengruppe 2,4mal so hoch wie der der jeweiligen geschlechtsspezifischen Gruppe mit Volksschulabschluß. Sowohl bei diesen beiden positiven als auch bei den beiden negativen Schulleistungsgruppen übertrifft der Prozentsatz der weiblichen Individuen mit Geschwistern ohne Schulerfolg den der männlichen. Am ungünstigsten liegt der Wert für die Gruppe der schulminderleistenden Probandinnen. Von fünf dieser Mädchen mit leiblichen Geschwistern haben immer drei mindestens ein Geschwister mit geringen Schulleistungen.

Zusammenfassend können wir feststellen:

1. 41 % der Individuen mit leiblichen Geschwistern haben mindestens ein Geschwister mit geringen Schulleistungen.
2. Beim weiblichen Geschlecht finden wir relativ mehr Probanden mit schulminderleistenden Geschwistern als beim männlichen.
3. Bei den schulisch leistungsschwachen Individuen mit leiblichen Geschwistern liegt der prozentuale Anteil der Familien, in denen ein weiteres Kind ein niedriges Schulleistungsniveau hat, höher als der bei den leistungstüchtigen. Der Unterschied ist signifikant.

4. Aus der Gruppe der schulminderleistenden Probandinnen mit leiblichen Geschwistern stammt der höchste Prozentsatz von Familien mit mindestens noch einem Schulversager.

VIII. Qualität des Arbeitsverhaltens der leiblichen Eltern

Arbeit und Beruf stellen bereits für den Jugendlichen einen Prüfstein für die Lebensbewährung dar (vgl. S. 86 f). Das gilt in erhöhtem Maße für den Erwachsenen, der im Vergleich zum Jugendlichen schon aus entwicklungspsychologischen Gründen im allgemeinen eher in der Lage ist, sein Leben verantwortlich zu planen. In diesem Zusammenhang hat neben dem Niveau der ausgeübten Tätigkeit das allgemeine Arbeitsverhalten erhebliche Bedeutung.

Extrem häufiger Arbeitsplatzwechsel, unständige Beschäftigung und Arbeitsscheu sind Ausdruck sozialer und charakterlicher Mangelqualitäten. Geringe Arbeitswilligkeit, Unausgeglichenheit, fehlende Selbstdisziplin, allgemeine Haltlosigkeit und die dadurch geminderte Fähigkeit, sich sowohl sozial als auch leistungsmäßig positiv in einen geregelten Arbeitsprozeß einzuordnen, sind Züge der allgemeinen Lebensuntüchtigkeit dieser Eltern.

Sie konnten vor der Eheschließung kaum in ausreichendem Maße finanziell für sich selbst sorgen. Im Falle der Elternschaft aber wirken sich diese Mängel im Arbeitsverhalten nun umfassend auf die gesamte Lebenssituation der Familie aus. Wie sich zeigt, führt der niedrige Verdienst zu einem allgemeinen Absinken des Lebensniveaus. Für die mit solchen Eltern belasteten Kinder unseres Untersuchungsgutes verschlechtern sich damit in allen Fällen die Aufwuchsbedingungen beträchtlich. Die Wohnverhältnisse sind meistens schlecht (die Familien wohnen beengt oder im Lager), die materielle Versorgung hinsichtlich Nahrung und Kleidung hat Mängel, und auch die allgemeinen hygienischen Bedingungen sind häufig ungünstig.

Oft entwickelt sich bei diesen Eltern außerdem eine ausgeprägte parasitäre Lebensform im Sinne der Asozialität. Es werden eigentümliche Anpassungs- und Täuschungsmechanismen ausgebildet mit dem Ziel, kommunale und staatliche Institutionen unter extremer und meistens ungerechtfertigter Ausnutzung entsprechender gesetzlicher Bestimmungen zur finanziellen und materiellen Fürsorge heranzuziehen. Weiter stellen wir bei einer Anzahl von Familien mit arbeitsscheuen Vätern fest, daß sich die Mütter – zumindest zeitweise – prostituieren, um die infolge des geringen Einkommens des Mannes aus den kurzfristigen und unständigen Arbeitsverhältnissen schlechte wirtschaftliche Lage der Familie durch eigene Einkünfte zu verbessern (vgl. dazu S. 103).

Der durch die Arbeitsbummelei verursachte niedrige Lebensstandard fördert, wie aus den Unterlagen hervorgeht, bei der aggressiven elterlichen Gruppe ausgesprochen antisoziale Verhaltensweisen. Es kommt zu Eigentumsdelikten wie Diebstahl, Einbruch und Raub, die dann zu Gefängnis- und Zuchthausstrafen führen und damit die wirtschaftliche Situation weiter verschlechtern und außerdem die randständige soziale Position der Eltern und der Familie insgesamt weiter verschärfen (vgl. dazu S. 115). Die Instabilität der Lebensverhältnisse nimmt weiter zu, und die ohnehin schwache Bindung an die Gesellschaft geht immer mehr verloren.

Hinzu kommt die Gefahr einer negativen Vorbildwirkung des elterlichen Verhaltens und der asozialen und antisozialen Beeinflussung durch die allgemein ungünstigen parasitären und gesellschaftsfeindlichen Lebensbedingungen. Die Orientierung am Verhalten der Eltern, etwa des Jungen an der Kriminalität des Vaters (dazu auch S. 115 f) oder des Mädchens an der Prostitution der Mutter (dazu auch S. 106 f), und die Akzeptierung der parasitären Lebensform und der gesellschaftlichen Randständigkeit (z. B. als Bewohner von Barackenlagern oder Obdachlosenasylen) führen dann bei unseren Probanden zu schweren Störungen des Sozialisationsprozesses. Die Unterlagen zeigen außerdem die erhöhte Anfälligkeit dieser Kinder für Erkrankungen und unverhältnismäßig viele Entwicklungsverzögerungen im somatischen und psychischen Bereich.

Diese Feststellungen überraschen nicht, da die von der Fürsorge der Eltern weitgehend abhängigen Kinder den Mängeln der elterlichen Lebensführung auf Dauer und relativ unausweichlich ausgesetzt sind (ausgenommen in Fällen schwerer Vernachlässigung o. ä., in denen es frühzeitig zu behördlichen Eingriffen, zu Sorgerechtsentzug und Milieuwechsel kommt), so daß die schädigenden Einflüsse schließlich kulminieren und im Sinne der Verwahrlosung wirksam werden.

17 % ($n = 90$) der Individuen unseres Untersuchungsgutes haben Eltern, die schwerwiegende Mängel im Arbeitsverhalten zeigen (Arbeitsscheu, unständige Beschäftigung, extrem häufigen Arbeitsplatzwechsel).

Die Individuen mit geringen Schulleistungen sind insgesamt häufiger mit solchen Eltern belastet. Bei einer Trennung der schulminderleistenden Probanden nach Geschlechtern läßt sich für beide Gruppen ein gleich hoher prozentualer Anteil von in ihrem Arbeitsverhalten auffälligen Eltern erkennen.

Tab. 46: Verteilung des qualitativ unterschiedlichen Arbeitsverhaltens der leiblichen Eltern (in Prozent)

		Das Arbeitsverhalten ist		
	n	negativ	positiv	%
Gesamtes Untersuchungsgut	528	17	83	100
Individuen mit Volksschulabschluß	110	13	87	100
Individuen mit Schulminderleistung	418	18	82	100
Alle Jungen	367	17	83	100
Alle Mädchen	161	16	84	100
Jungen mit Volksschulabschluß	74	15	85	100
Jungen mit Schulminderleistung	293	18	82	100
Mädchen mit Volksschulabschluß	36	8	92	100
Mädchen mit Schulminderleistung	125	18	82	100

Eine besonders hohe Diskrepanz besteht in dieser Hinsicht zwischen den beiden weiblichen Schulleistungsgruppen. Während etwa jedes fünfte Mädchen mit geringen schulischen Leistungen (n = 22) Eltern mit mangelhaftem Arbeitsverhalten hat, ist es bei den Probandinnen mit Volksschulabschluß nur noch jede zwölfte (n = 3). Bei den schulminderleistenden Mädchen ist der Prozentsatz der arbeitsscheuen, unständig beschäftigten und extrem häufig den Arbeitsplatz wechselnden Eltern über 2,2mal so hoch wie der bei den leistungspositiven.

So können wir festhalten:

1. 17 % der Untersuchten haben arbeitsscheue, unständig arbeitende oder extrem häufig den Arbeitsplatz wechselnde Eltern.

2. Die Gruppe mit Schulminderleistungen ist stärker mit in diesem Sinne auffälligen Eltern belastet als die leistungspositiven Individuen.
3. Nur relativ wenige Mädchen mit Volksschulabschluß haben Eltern mit schwerwiegenden Mängeln im Arbeitsverhalten.

IX. Psychiatrische und psychologische Untersuchung der leiblichen Eltern

Die psychiatrischen (und in einigen Fällen psychologischen) Untersuchungen der Eltern oder eines Elternteils unseres Untersuchungsgutes erfolgten in der Regel aus schwerwiegendem Anlaß. Anders als bei den Kindern und Jugendlichen, bei denen schon Entwicklungsstörungen mittleren und auch leichten Grades, ausgeprägtere Verhaltensaberrationen wie Schulschwänzen oder Unverträglichkeit in der Gruppe oder auch allgemeines schulisches Versagen zu psychologischen (diese überwiegen!) und psychiatrischen Untersuchungen führen können, kommt es, wie unsere Unterlagen zeigen, bei Erwachsenen erst in ausgesprochen schweren Fällen zu einer solchen Maßnahme. Das abartige Verhalten muß so auffällig sein und die Person selbst oder deren Umgebung so gefährden, daß die psychiatrische Untersuchung sich zwingend gebietet.

Es wurden Untersuchungen vorgenommen in Fällen schwerer Charakteranomalien, bei Nerven-, Geistes- und Gemütskrankheiten (so bei Verdacht auf Schizophrenie, manisch-depressives Irresein, bei schweren Depressionen, nach Suizidversuchen), bei schweren Formen von Sucht (Alkoholabusus, Arzneimittelmißbrauch), in Fällen extrem abartigen Verhaltens (ein Vater sammelt Exkremente in der Wohnung und trinkt den eigenen Urin) und bei bestimmten Formen von Kriminalität, wie Unzucht mit Kindern, Notzucht, Inzest und Exhibitionismus. In einigen Fällen lagen so schwere Störungen vor, daß ein Entmündigungsverfahren eingeleitet werden mußte und daß auch auf zeitweilige oder dauernde Anstaltsbedürftigkeit erkannt wurde.

Wir brauchen nicht im einzelnen zu belegen, daß Kinder, die so stark verhaltens- und persönlichkeitsgestörte Eltern haben, hinsichtlich ihres Milieus extrem benachteiligt sind. Hinzu kommt, daß die in den meisten Fällen vorliegende dominante Basisstörung einen ganzen Fächer von sekundären Störsymptomen auslöst, die sich dann intensiv belastend für die ganze Familie auswirken.

Die psychischen Anomalien der Eltern führen, wie wir weiter feststellten, stets zu einer unausgeglichenen und unsicheren Lebensplanung und zu einer Entstabilisierung der gesamten familiären und erzieherischen Situation. Die prägende Kraft der Familie wirkt sich außerdem mehrfach im Sinne einer Identifikation der Kinder mit der Abartigkeit der Eltern oder des einen Elternteils aus, so daß sich hierbei biologisches und soziales Erbe gegenseitig verstärken.

28 % der Individuen des Untersuchungsgutes haben Eltern, die wegen schwerwiegender Persönlichkeits- und Verhaltensstörungen psychiatrisch untersucht werden mußten. STUTTE stellt in der von ihm untersuchten Gruppe praktisch unerziehbarer Fürsorgezöglinge bei 55 % der Väter und bei 66 % der Mütter psychische und soziale Auffälligkeiten fest (STUTTE, 162). Wenn wir davon ausgehen – und das ist aufgrund der biologischen Partnerregel sachlich gerechtfertigt –, daß in den meisten Fällen die auffälligen Mütter und Väter gleichen Familien angehören, so müssen wir für STUTTES Untersuchungsgut etwa drei

Tab. 47: Häufigkeit der psychiatrischen bzw. psychologischen Untersuchungen bei den leiblichen Eltern (in Prozent)

		Die Eltern wurden		
	n	untersucht	nicht untersucht	%
Gesamtes Untersuchungsgut	528	28	72	100
Individuen mit Volksschulabschluß	110	14,5	85,5	100
Individuen mit Schulminderleistung	418	31,5	68,5	100
Alle Jungen	367	29	71	100
Alle Mädchen	161	26	74	100
Jungen mit Volksschulabschluß	74	16	84	100
Jungen mit Schulminderleistung	293	32	68	100
Mädchen mit Volksschulabschluß	36	12	88	100
Mädchen mit Schulminderleistung	125	30	70	100

Viertel psychisch und sozial auffälliger Eltern ansetzen. Dieser etwa dreimal so hohe Anteil – im Vergleich zu der Belastung der Individuen unserer Siebungsgruppe mit solchen Eltern – läßt sich sicher nicht allein dadurch erklären, daß STUTTES Gruppe praktisch unerziehbarer Fürsorgezöglinge eine nochmalige negative Siebung darstellt.

Ebensowenig ist der gleichfalls recht hohe Befund MÄRTINS, der in einer Gruppe Straffälliger bei 50 % der Probanden Abartigkeiten des Vaters, der Mutter oder der Geschwister, wie z. B. Trunksucht, Geisteskrankheit (9 %), „lockeren Lebenswandel" und Kriminalität, findet (MÄRTIN, 112), ausschließlich auf die andere Zusammensetzung der Siebungsgruppe zurückzuführen und ebenso nicht darauf, daß der Autor die Auffälligkeiten der Geschwister und auch leichte Formen der Kriminalität sowie den häufig wechselnden Geschlechtsverkehr der Mütter (und Schwestern) mit in seine Erhebung einbezieht, wenngleich aus den zuletzt genannten Gründen ein etwas höherer Wert zu erwarten war.

Die Differenz geht vielmehr mit großer Wahrscheinlichkeit darauf zurück, daß wir nur die Eltern erfassen, die psychiatrisch (oder psychologisch) untersucht wurden, und damit ein strengeres Kriterium setzen, das unseres Erachtens gleichzeitig ein höheres Maß an Objektivität und Exaktheit gewährleistet, da erfahrungsgemäß Begriffe wie „psychische und soziale Auffälligkeit" und „Abartigkeit" von Fall zu Fall unterschiedlich definiert werden und da in der Praxis die Grenzen fließend sind. Zu einer psychiatrischen Untersuchung dagegen kommt es – darauf wiesen wir bereits hin – bei Erwachsenen erst in ausgesprochen schweren Fällen.

So läßt sich auch GEHRECKES Befund nur bedingt zum Vergleich heranziehen. GEHRECKE stellt in einer repräsentativen Sonderschulgruppe 26 % „auffällige" Mütter fest (GEHRECKE, 59). Auch hier sind offensichtlich psychische und soziale Auffälligkeiten mit erfaßt, die bei unserer Erhebung als nicht gravierend genug unberücksichtigt blieben.

Um der Vergleichbarkeit der Ergebnisse willen schlagen wir vor, das Kriterium der psychiatrischen bzw. psychologischen Untersuchung bei der Feststellung elterlicher Abartigkeiten allgemein anzuwenden. –

Zwischen den beiden Geschlechtsgruppen zeigt sich hinsichtlich der Häufigkeit von psychiatrischen Untersuchungen der leiblichen Eltern nur ein geringfügiger Unterschied. Dagegen läßt eine Aufgliederung nach schulischen Leistungsgruppen eine deutliche Divergenz in der Belastung mit leiblichen Eltern erkennen, die psychiatrisch untersucht werden mußten. Die leistungsnegativen Individuen haben prozentual sehr viel öfter pathologisch auffällige Eltern.

Wenn wir die beiden Schulleistungsgruppen weiter nach Geschlechtern differenzieren, stellen wir auch hier in der jeweils isoliert betrachteten männlichen und weiblichen leistungsschwachen Gruppe eine größere Belastung durch pathologisch auffällige leibliche Eltern fest. Während nur jedes achte Mädchen mit Volksschulabschluß Eltern hat, die psychiatrisch untersucht werden mußten, ist bereits jeder dritte schulminderleistende Junge mit solchen leiblichen Eltern belastet.

Damit ergibt sich:

1. 28 % der Individuen unserer Siebungsgruppe haben leibliche Eltern, die wegen ihrer schweren Persönlichkeits- und Verhaltensstörungen psychiatrisch untersucht wurden.
2. Die Probanden der negativen Schulleistungsgruppe sind signifikant häufiger als die der leistungstüchtigen mit solchen Eltern belastet.
3. Auch bei einer Differenzierung der beiden Leistungsgruppen nach Geschlechtern finden wir sowohl in der männlichen als auch in der weiblichen Gruppe mit geringen Schulleistungen prozentual mehr Individuen, deren leibliche Eltern aufgrund schwerwiegender Persönlichkeits- und Verhaltensanomalien psychiatrisch untersucht wurden. Die Unterschiede sind statistisch gesichert.

5. Kapitel
Diskussion der Ergebnisse

Allgemeine Vorbemerkungen: Es ist ein durch eine Reihe von umfassenden Erhebungen belegtes Faktum, daß zwischen Verwahrlosung und niedrigen Schulleistungen eine hohe positive Korrelation besteht. Die summarische Feststellung vieler Autoren gründet sich auf die Tatsache, daß sich in den verschiedenen untersuchten Gruppen von Kindern und Jugendlichen, die der öffentlichen Erziehung bedürfen, jedesmal ein sehr hoher Prozentsatz schulminderleistender Individuen im Vergleich zu repräsentativen Gruppen Schulpflichtiger der Durchschnittsbevölkerung befindet. Das bestätigt sich auch für unser Untersuchungsgut.

Bei der Herausarbeitung der Zusammenhänge zwischen sozialer und schulischer Leistungsfähigkeit müssen wir berücksichtigen, daß sich die Verwahrlosung als eine Verhaltensweise darstellt, die einerseits in ihrer spezifischen Ausprägung der Gemeinschaftswidrigkeit individuell stark differiert, also in ihrer Erscheinung kein einheitliches Bild bietet, für die andererseits aber gerade das Auftreten der einzeln relativ unbedeutenden Gemeinschaftswidrigkeiten in gebündelter Form als Häufung von derartigen Verhaltensauffälligkeiten charakteristisch ist. Daraus ergibt sich die Notwendigkeit, zu prüfen, welche der verschiedenartigen Verwahrlosungsmerkmale, die bei all ihrer Auswirkung als gemeinsames Kriterium haben, daß sie *sozial* belasten und stören, tatsächlich auch im Sinne eines *schulischen* Leistungsdefizits wirken, und aufzuzeigen, welche dieser die Schultüchtigkeit der Probanden einschränkenden Symptome in charakteristischen Kombinationen auftreten und damit kumulativ im Sinne schulischen Versagens wirken.

Durch die Herausstellung der einzelnen Konstellationen, bei denen ein Zusammenhang zwischen der Schulminderleistung der Untersuchten und deren Bedürftigkeit für öffentliche Erziehung vorliegt, wird gleichzeitig die große Differenziertheit der Beziehungen in umfassender Weise sichtbar, die bei der Analyse und Interpretation der einzelnen Merkmale in den vorangegangenen Kapiteln bereits in Teilbereichen deutlich wurde. Es lassen sich zudem bedeutsame Aufschlüsse über die vielfältigen Wirkungsmechanismen zwischen Dissozialität und Schulminderleistung erwarten.

Wir haben bereits zu Anfang unserer Untersuchung der Beziehungen zwischen Schulminderleistung und der Bedürftigkeit für öffentliche Erziehung darauf hingewiesen, daß wir bei der Entflechtung der komplizierten Zusammenhänge weder davon ausgingen noch darauf zielten, eindeutige Erb- oder Milieudeterminationen herauszuarbeiten. Unsere Grundkonzeption, die beiden Problemfelder der Schulminderleistung und der Dissozialität und ihr Verhältnis zueinander unter dem Aspekt des prinzipiellen Zusammenspiels von Anlage- und Umweltfaktoren und ihrer gegenseitigen Bedingtheit zu untersuchen, ermöglicht es, in jedem Stadium der empirischen Analyse das komplizierte Zusammenwirken beider Faktorenkomplexe in ihrer engen Beziehung ohne theoretische Einengung aufzudecken und in allen Fällen den prozeßhaften Charakter dieses dynamischen Wechselspiels sichtbar zu machen.

In den nachfolgenden Abschnitten wollen wir die vielseitigen und intimen Verflechtungen zwischen den einzelnen Tatbeständen und Vorgängen in ihrer Beziehung zu den uns interessierenden Fragen darstellen und versuchen, aus dem vielfältigen Bild der Einzelbefunde einheitliche Tendenzen zu erkennen.

Aufbau der Diskussion: Um die vielschichtige Struktur der komplizierten Zusammenhänge aufzeigen zu können, ist ein differenzierter Aufbau der Diskussion erforderlich.

Die in den verschiedenen Bereichen gewonnenen Ergebnisse werden in vier Hauptkomplexen zusammengefaßt:

A) Prozeßhafte Verknüpfung und wechselseitige Bedingtheit der Bedürftigkeit für öffentliche Erziehung einerseits und der Schulminderleistung unter besonderer Berücksichtigung der intellektuellen Behinderung andererseits,

B) Unterschiede in der Art und dem Zeitpunkt des Auftretens der Verhaltensaberrationen bei Individuen mit Schulminderleistung im Vergleich zu denen mit Volksschulabschluß unter Einbeziehung des ätiologischen Aspekts,

C) Unterschiedliche und übereinstimmende Verhältnisse hinsichtlich der dissozialen Phänomene zwischen den nach Geschlechtern getrennten Schulleistungsgruppen, nämlich
zwischen den schulminderleistenden und den schulisch erfolgreichen männlichen Individuen,

zwischen den schulisch leistungsschwachen und den schultüchtigen Probandinnen,
unter Einschluß eines Vergleichs der dissozialen Verhältnisse der beiden geschlechtsspezifischen Schulminderleistungsgruppen,

D) Sozialbiologische Zusammenhänge zwischen der Bedürftigkeit für öffentliche Erziehung und der Schulminderleistung.

Die gewonnenen Erkenntnisse werden zu Beginn jedes größeren Abschnittes thesenartig formuliert und anschließend in ihren inneren Beziehungen ausführlicher interpretiert.

Die Darstellung der sozialbiologischen Zusammenhänge zwischen der Bedürftigkeit für öffentliche Erziehung und der Schulminderleistung weicht von dieser Form ab, da es sich dabei um eine Zusammenschau unter dem zentralen Aspekt des Themas handelt, die alle in den einzelnen Bereichen gewonnenen Erkenntnisse in die Erörterung einbezieht.

Wo es zweckmäßig erscheint, werden diese größeren Teilkapitel noch weiter untergliedert.

A) *Prozeßhafte Verknüpfung und wechselseitige Bedingtheit der Bedürftigkeit für öffentliche Erziehung und der Schulminderleistung*

Hinsichtlich der Prozeßhaftigkeit und der wechselseitigen Bedingtheit der Bedürftigkeit für öffentliche Erziehung einerseits und der Schulminderleistung unter besonderer Berücksichtigung der intellektuellen Behinderung andererseits stellen wir fest:

Unser Untersuchungsgut stellt insgesamt eine negative Siebungsgruppe aus überwiegend ungünstigem familiärem und sozialem Milieu dar. Ein relativ hoher Prozentsatz weist in der Schule Minderleistungen auf.

Die geringe Schultüchtigkeit der meisten Individuen ist in den wenigsten Fällen auf eine meßbare Intelligenzschwäche zurückzuführen, sondern es wirken vielmehr Anomalien in den Anpassungsfunktionen und in der charakterlichen Entwicklung der Probanden determinierend in Richtung des schulischen Versagens.

1. Anomalien in den Anpassungs- und Steuerungsfunktionen als Determinanten für Schulminderleistung

Die Zusammensetzung unseres Untersuchungsgutes bestätigt sowohl in geschlechts- wie in leistungsspezifischer Hinsicht die Befunde, die sich allgemein in der Literatur bei vergleichbaren Siebungsgruppen finden. In allen Veröffentlichungen werden das starke Überwiegen männlicher Individuen und die sehr hohen Werte für niedrige Schulleistungen herausgestellt. Ganz offensichtlich besteht also in der Mehrzahl der Fälle eine positive Beziehung zwischen der Schulminderleistung und der Bedürftigkeit für öffentliche Erziehung.

Nun wird von vielen Autoren Schultüchtigkeit mit Intelligenz gleichgesetzt oder zumindest die Intelligenz als der entscheidende Faktor bezeichnet, der die schulische Leistung bestimmt. Es ist unbestritten, daß der Schüler über ein bestimmtes Intelligenzpotential verfügen muß, um ein entsprechendes Schulleistungsniveau erreichen zu können, so daß beim Vorliegen bestimmter schulischer Leistungen auf eine dazu notwendige intelligente Mindestausstattung zurückgeschlossen werden kann. Aus dieser Tatsache, daß erst ein gewisses Maß an Intelligenz das Bewältigen bestimmter schulischer Anforderungen ermöglicht, darf jedoch keinesfalls umgekehrt hergeleitet werden, daß das vorhandene Intelligenzpotential gleichsam zwangsläufig entsprechend leistungsintensiv und leistungseffektiv eingesetzt wird.

Diese Annahme ist bereits bei Durchschnittsgruppen von Schulpflichtigen fragwürdig, da auch hier Schulniveau und Intelligenzniveau oft stark differieren. Diese Diskrepanz zwischen potentieller Fähigkeit (wenn wir das vorhandene Leistungspotential zugrunde legen) und der effektiven schulischen Leistung macht deutlich, daß die Frage nach der schulischen Begabung und ihren Bedingungen keineswegs so eindimensional beantwortet werden kann, sondern daß begabtes schulisches Verhalten ein sehr komplexes Geschehen darstellt, das auf die erbliche Gesamtausstattung der Person hinweist und erblich gegebene Dispositionen in allen Schichten der Persönlichkeit umfaßt.

Neben intellektuellen Funktionen spielen also auch emotionelle Komponenten, Aktivitäts- und Willensdispositionen eine entscheidende Rolle. Dieser Sachverhalt, der bereits für schulpflichtige Durchschnittsgruppen gilt, verschärft sich entscheidend für die Individuen unserer negativen Siebungsgruppe, bei denen wir außer Störungen in diesen

Persönlichkeitsbereichen vor allem auch Anomalien in den Anpassungsfunktionen finden. Der leistungseffektive Einsatz der Intelligenz unterliegt hier schweren Behinderungen durch unangepaßtes Verhalten in der Schulklasse (als Gemeinschaftsauffälligkeit im Sinne von Streitsucht, Unverträglichkeit und anderen Spielarten gemeinschaftswidrigen Verhaltens) und allgemein in der unterrichtlichen Situation überhaupt durch dauerndes Stören.

Die schulische Begabung als komplexes Phänomen ist aber nicht nur als Teilstruktur eingebettet in die Gesamtpersönlichkeit und vom Zusammenspiel aller psychischen Funktionen getragen, so daß der Einsatz der Intelligenz ebenso vom Gefühls-, Willens- und Triebleben abhängig ist wie von den bewußten und unbewußten Konflikten des Kindes, sondern sie durchläuft auch einen Entwicklungs- und Funktionalisierungsprozeß, so daß im Leistungsbild eines Kindes ererbte Dispositionen und erworbene Eigenschaften zu einem dynamischen Ganzen verschmelzen und daß sich die allgemeine Schulleistung auch als Ergebnis eines dynamischen Entwicklungsgeschehens und als eine Funktion der äußeren Einflüsse darstellt.

11. Negatives familiäres Milieu und Schulleistungsniveau

In der Familie als dem primären sozialen und kulturellen Prägeinstrument der Gesellschaft werden im Rahmen des Sozialisationsprozesses Dauereinstellungen und Gewohnheiten geschaffen, die später neben der intellektuellen Leistungsfähigkeit des Individuums als Leistungsbedürfnis und Anstrengungsbereitschaft die entscheidenden Grundlagen der schulischen Leistungen darstellen. Das überwiegend negative familiäre Milieu unserer Probanden, das sich, wie wir dargelegt haben, oft durch geringen Kulturgehalt, durch ungünstige Erziehungseinflüsse und durch kriminelle, süchtige, sexuell auffällige und auch zustandsasoziale Eltern auszeichnet (vgl. dazu auch JÜRGENS, 79), verhindert in vielen Fällen den Aufbau adäquater Leistungsformen, bewirkt falsche Lebenseinstellungen und hält das Anspruchsniveau niedrig, führt damit zu Störungen im Leistungssektor, senkt allgemein das Schulleistungsniveau und läßt das Kind schließlich schulisch scheitern.

Dieses Konzept einer polyätiologisch orientierten Betrachtungsweise der schulischen Leistung gründet sich auf die bisher herangezogenen

Daten unserer Untersuchung und wird außerdem erhärtet durch den anderenfalls erstaunlichen Befund von nur 17 % debilen Probanden in unserem Untersuchungsgut bei 35 % sonderschulbedürftigen Individuen und 44 % Volksschulrepetenten. Diese prozentualen Verhältnisse machen deutlich, daß neben Intelligenzschwäche ebenso charakterliche Mängel und ungünstige Entwicklungsbedingungen im Sinne einer Einschränkung der schulischen Leistungsfähigkeit wirken und zu schulischen Mißerfolgen führen können.

III. Überschätzung der negativen Bedeutung der Debilität

Bereits aus diesen Feststellungen und außerdem aus der Tatsache, daß bei unseren schulisch leistungsschwachen Individuen die Schulminderleistung in den meisten Fällen nicht durch einen einzigen Faktor bedingt ist, sondern daß anlage- und umweltbedingte Faktoren in einem von Fall zu Fall unterschiedlichen Mischungsverhältnis zusammenwirken, läßt sich für unser Untersuchungsgut begründen, daß vielmehr die Dynamik des Zusammenspiels charakteropathischer und soziopathischer Faktoren, die auch dem Verwahrlosungsprozeß als Bedingungen zugrunde liegen, determinierend im Sinne des Versagens auf die Leistungen der schulschwachen Individuen einwirken. Auch JÜRGENS unterstreicht, daß das Versagen dissozialer Minderjähriger gegenüber schulischen Anforderungen nicht zu dem Schluß berechtigt, daß bei ihnen Debilität gehäuft auftritt (JÜRGENS, 79). Unsere Befunde bestätigen seine Feststellung, daß eine auch nur annähernde Gleichsetzung des hohen Anteils der sonderschulbedürftigen Probanden mit dem der Debilen nicht möglich ist, da bei dissozialen Minderjährigen für die Umschulung in die Sonderschule vielfach weniger der Intelligenzmangel als andere Ursachen entscheidend waren.

Unsere Feststellungen reduzieren gleichzeitig die in den meisten Veröffentlichungen betonte Bedeutung der Debilität für die Verwahrlosung. Die meisten Autoren heben nicht oder jedenfalls nicht genügend hervor, daß die angegebenen hohen Prozentwerte für Debilität nicht nur „reine Debile“ enthalten, sondern ebenso auch Individuen umfassen, bei denen psychopathische Züge und genetisch bedingte Charakteranomalien kombiniert mit intellektueller Behinderung auftreten. Diagnostisch aber ist der Faktor Debilität leichter zu isolieren, so daß viele

Autoren dazu neigen, Individuen, bei denen Debilität und andere erbliche Minusvarianten kombiniert auftreten, der Gruppe der Debilen zuzuschlagen (es sei denn, es handelt sich um schwere Charakteropathien und Psychopathien).

Es bedarf keiner weiteren Begründung, daß die bessere Diagnostizierbarkeit eines defizienten Faktors noch nichts aussagt über seine pathogene Wirksamkeit oder seine Relevanz in bezug auf den Verwahrlosungsprozeß. So nehmen gerade die anderen, diagnostisch schwierig zu erhebenden und zu umschreibenden Teilmerkmale im Verband der Ursachen oft eine besonders ausgeprägte Stellung ein.

Wir können abschließend festhalten: Die Ergebnisse der Untersuchung lassen für unsere negative Siebungsgruppe den Schluß zu, daß der Faktor Debilität nur in einer sehr begrenzten Anzahl von Fällen die zentrale Bedingung für die schulischen Minderleistungen der Probanden darstellt und daß sich ebenfalls nur in seltenen Fällen – und dann vorwiegend bei weiblichen Individuen – Intelligenzmangel als relativ dominierendes Anlagemoment aus dem Persönlichkeitsgesamt im Sinne eines zur Verwahrlosung disponierenden Faktors heraushebt.

B) *Unterschiede in der Dissozialität der positiven und negativen Schulleistungsgruppe*

Im Hinblick auf die Unterschiede in der Art und dem Zeitpunkt des Auftretens der Verhaltensaberrationen der Individuen mit Schulminderleistung im Vergleich zu denen mit Volksschulabschluß ergibt sich unter Einbeziehung des ätiologischen Aspekts:

Die schulminderleistenden Individuen werden im Gegensatz zu den schulisch erfolgreichen besonders oft früh verhaltensauffällig und früh in öffentliche Erziehung genommen.
Sie fallen in der Gemeinschaft und in der Schule sehr viel häufiger als aggressiv-streitsüchtig und als Störer auf.
Ebenfalls häufen sich bei ihnen die psychologisch und psychiatrisch relevanten Auffälligkeiten – besonders Erethismus und Konzentrationsmängel – und das Schulschwänzen.
Die schulminderleistenden Individuen sind auch familiär stärker belastet als die schultüchtigen: bei ihnen sind häufiger Eltern und leib-

liche Geschwister selbst Schulversager und selbst in öffentlicher Erziehung gewesen; viele der Eltern sind pathologisch auffällig.
Auch die Wohnverhältnisse sind hier sehr viel ungünstiger als bei der Gruppe mit Volksschulabschluß.

Bei der Erörterung der Frage, hinsichtlich welcher Faktoren sich die schulisch unterschiedlich leistungstüchtigen Individuen unseres Untersuchungsgutes entscheidend voneinander abheben, stellen wir zuerst die Gesamtgruppe mit Schulminderleistung der Gruppe mit Volksschulabschluß gegenüber, ohne geschlechtlich zu differenzieren.

1. Frühe Verhaltensaberrationen bei den schulleistungsschwachen Individuen

Dabei hat als erstes die durchschnittlich wesentlich frühere Verhaltensauffälligkeit der schulminderleistenden Individuen deutlich negatives Gewicht. Die Bedeutsamkeit des frühzeitigen Auftretens der Verhaltensaberrationen wird dadurch erhärtet, daß auch der Zeitpunkt der ersten Einweisung in öffentliche Erziehung für die schulisch leistungsschwachen Individuen durchschnittlich erheblich früher liegt als bei der Gruppe mit Volksschulabschluß. Die dissozialen Verhaltensweisen haben also nicht nur zeitiger eingesetzt, sondern auch schon in niedrigerem Lebensalter den kritischen Intensitätsgrad erreicht, der erzieherische Sondermaßnahmen unter fachpädagogischer Aufsicht in Form von Heimerziehung auslöste. Dies hatte zur Folge, daß ein wesentlich höherer Prozentsatz der schulleistungsschwachen Gruppe bereits vor und während der Schulzeit in öffentliche Erziehung genommen wurde.

Die Möglichkeit, die Entstehung der Verhaltensabweichungen als Folge rationaler schulischer Überforderung zu erklären, ist zwar unter kasuistischem Aspekt nicht völlig auszuschließen (in der Tat lassen sich auch für unser Untersuchungsgut einige wenige Fälle in dieser Richtung belegen). Dies fällt aber nicht ins Gewicht, da bei unserer großstädtischen Siebungsgruppe die schulorganisatorischen Bedingungen durchweg gegeben sind, daß Schüler bei schulischen Lern- und Leistungsstörungen sehr bald im Hinblick auf ihr Leistungsvermögen überprüft und auf die ihnen angemessene Schulform umgeschult werden.

Für schulpflichtige Probanden mit so schwerwiegenden Verhaltensaberrationen, daß es zur Heimeinweisung kommt, gilt das in noch höherem Maße, und zwar nicht nur deshalb, weil diese Kinder durch ihre Verhaltensauffälligkeiten die besondere Aufmerksamkeit ihrer Umwelt auf sich ziehen, sondern die psychologischen und psychiatrischen Fachkräfte, die den Heimen zur Verfügung stehen oder mit denen sie zusammenarbeiten, beziehen bei der in den meisten Fällen obligatorischen Aufnahmeuntersuchung auch diesen Bereich mit in ihre Differentialdiagnose ein, so daß gerade bei den frühzeitig in öffentliche Erziehung eingewiesenen Individuen ein Höchstmaß an Wahrscheinlichkeit gegeben ist, daß der betreffende Schüler die ihm angemessene Schule besucht.

II. Die Schule als Ort sozialer Anforderungen

Der Spielraum, den Verwahrlosungsprozeß als reaktiven Überbau auf primäres Schulversagen als Folge permanenter Überforderung im Sinne überhöhter unterrichtlicher Anforderungen aufzufassen, ist also sehr gering. Ganz anders aber stellen sich die Zusammenhänge dar, wenn wir die Schule gleichzeitig als Ort sozialer Anforderungen begreifen, auf deren Erfüllung die Gesellschaft nachdrücklich besteht und deren Nichterfüllung bei der Organisation unseres Schulsystems in der Tat zu Schulversagen führt.

Wenn die konstitutionelle Ausrüstung aufgrund bestimmter Genkombinationen (bei durchschnittlicher Intelligenz) die ausreichende Anpassung an die sozialen schulischen Normen verhindert und wenn inadäquate soziale Leistungsanstrengungen gefordert werden, muß die bestehende Schulstruktur im Sinne eines negativen Verstärkers wirken, und zwar insbesondere dann, wenn die biologisch affine Umwelt der Familie und das gerade in der frühen Kindheit entscheidend wichtige häusliche Milieu als stärkster Umweltfaktor auf der Basis dieser spezifischen Genkomplexe beim Kind schulfremde Verhaltensmuster entwikkeln und damit die soziale Flexibilität weiter einengen.

In diesem Zusammenhang ist die Schule nicht primär in ihrer Funktion als Stätte rationalen Anspruchs zu sehen, sondern als Institution, die die spezifischen Forderungen der Gesellschaft an die sozialen Tugenden des Individuums in komprimierter Form und weitgehend unnachgiebig – und dies unter den erschwerenden Bedingungen geplanten und rational orientierten Lernens – zur Geltung bringt. Denn in der Schule werden nicht nur intelligentes Handeln erwartet und rationale Leistungen gefordert, sondern ebensosehr Arbeitsamkeit, Strebsamkeit, Stetigkeit, Pünktlichkeit und Pflichterfüllung, Ordnung und Sauberkeit der Person und Kleidung sowie ordnungsgemäßes Verhalten (keine Belästigung, keine Bedrohung, keine Zerstörung, keine Gewalt usf.) verlangt. Hier aber ist deutlich, daß die Gesellschaft über ihre Institution Schule vordringlich soziale Leistungserwartungen an die schulpflichtigen Individuen heranträgt, denn es handelt sich bei den geforderten Eigenschaften ganz offenbar nicht primär um den Ausfluß rationaler Leistungsfähigkeiten, sondern überwiegend um soziale Leistungsprozesse.

Unsere Befunde ordnen sich ohne jede Schwierigkeit in die geäußerten Überlegungen ein. Wir finden kennzeichnenderweise gerade in der Gruppe mit Schulminderleistungen absolut und prozentual sehr viel mehr Individuen, die in der Gemeinschaft durch negatives und vor allem durch aggressiv-unverträgliches Verhalten auffallen, und sie werden außerdem viel öfter als die schulisch erfolgreichen Individuen als chronische Störer in der Gruppe und während des Unterrichts beschrieben. Bei ihnen finden wir häufig psychogene und pathologische Auffälligkeiten, die vielfach zu ungünstigen Symptomkombinationen kumulieren. Besonders Konzentrationsmängel und auch Erethismus treten bei ihnen zahlreicher auf als bei den Individuen, die den Abschluß der Volksschule erreichen.

III. Soziale Überforderung durch die Schule als eine Ursache für Leistungsversagen

Wenn Schule nicht nur als Ort rationaler Anstrengung, sondern auch als Stätte sozialer Anforderungen aufgefaßt werden muß, dann funktionieren diese Faktoren, die den Vollzug sozialer Prozesse unmittelbar betreffen oder sich jedenfalls unmittelbar auf die soziale Leistungstüchtigkeit des Probanden beziehen bzw. auf sie auswirken und hinsichtlich derer sich die Gruppe der schulminderleistenden Individuen deutlich ungünstig von den schulisch erfolgreichen abhebt, im Sinne negativer Belastungsmomente, deren Wirkkraft weit über den sozialen Sektor hinausreicht und tief in die rationalen Leistungsvorgänge eingreift.

Die ungünstigen Einflüsse dieser Faktoren auf die Schulleistung, die sich in vielfältigen Lernstörungen und allgemein in einem niedrigen schulischen Leistungseffekt zeigen, werden dabei gerade bei den Individuen deutlich sichtbar, deren Intelligenzausstattung für die rationalen Anforderungen der Volksschule ausreichen würde.

Weniger offen liegen die Zusammenhänge in dieser Hinsicht bei den intelligenzgeschädigten Kindern, aber auch für sie haben wir aufgrund unserer Überlegungen davon auszugehen, daß neben der Debilität auch diese Faktoren die intellektuellen Leistungsprozesse in Richtung auf eine Niveauminderung entscheidend beeinflussen.

Das gerade in der schulleistungsschwachen Gruppe häufig frühzeitige Auftreten dieser dissozialen und pathologischen Symptome, auf das wir oben bereits hinwiesen, erklärt die in vielen Fällen schon in den ersten und mittleren Schulbesuchsjahren belegten Schulleistungsmängel bei Probanden mit ausreichender Intelligenzkapazität. Die anfangs aus den für diese Individuen inadäquaten Leistungsansprüchen der Institution Schule im sozialen Bereich erwachsende Überforderung der sozialen Leistungsperson wirkt sich allmählich zwangsläufig über die einzelnen rationalen Lernprozesse auf das gesamte schulische Leistungsbild aus. Das Dauererlebnis sozialer Insuffizienz in einer solchermaßen unangepaßten Schule und die fortschreitende Minderung der schulischen Leistungsfähigkeit machen die Schule zum Ort chronischer Konflikte und Frustrationen, denen das betreffende Kind schließlich überhaupt ausweicht.

Im Schulschwänzen, das bei den schulminderleistenden Individuen im Vergleich zur schulisch erfolgreichen Gruppe gleichfalls häufiger und früher vorkommt, tritt nun ein Faktor in Erscheinung, der einerseits als Gipfel einer Entwicklung gesehen werden kann, in der sich das Individuum der Schule allmählich entfremdete, der andererseits aber gleichzeitig als Verstärker dieser Entwicklung wirkt, da der Aufbau rationaler und sozialer Leistungsformen im Raum der Schule nun überhaupt nicht mehr möglich ist, so daß sich chronisches Schwänzen als eine Form der Selbstvernachlässigung darstellt. Hier ist in den meisten Fällen die Bedürftigkeit für öffentliche Erziehung gegeben.

IV. Die hereditäre Belastung der Individuen mit niedrigem Schulleistungsniveau

Da immer die Wechselwirkungen eines Komplexes von vielfach ineinandergreifenden Erbanlagen mit den verschiedenartigen Einflüssen einer vielschichtigen Umwelt das Erscheinungsbild eines Individuums bilden, sind nun noch die familiären Bedingungen mit in unsere Betrachtung einzubeziehen. Dabei stellen wir fest, daß die schulminderleistenden Individuen häufiger als die schulisch erfolgreichen aus Familien stammen, in denen auch andere Geschwister oder mindestens ein Elternteil in der Schule versagt haben.

Wir werten dies mit Vorsicht als Hinweis darauf, daß in diesen Familien öfter als in den Familien der Probanden mit Volksschulabschluß Debilität vorkommt (eine Verifizierung dieser Annahme ist nicht möglich, da hierüber keine Angaben vorliegen).

Sehr viel interessanter in diesem Zusammenhang ist aber, daß die Eltern der schulleistungsschwachen Gruppe öfter selbst in öffentlicher Erziehung waren und daß ebenfalls mehr leibliche Geschwister der schulisch wenig leistungsfähigen Individuen in öffentliche Erziehung genommen wurden. Außerdem fallen erheblich mehr Eltern dieser Gruppe durch pathologische Verhaltensweisen auf. Diese Fakten legen den Schluß auf sozialbiologische Zusammenhänge nahe. Wir halten es, wie schon einleitend gesagt, nicht für möglich, den „Anteil" genetischer Faktoren herauszufinden, doch können hier hereditäre Bedingtheiten als sicher angenommen werden, aus denen sich konstitutionell affine Persönlichkeitsstrukturen mit spezifischen, selbstverständlich jeweils anders gelagerten inneren Schwächemomenten folgern lassen.[1]

Die in der erblich bedingten Konstitution des Minderjährigen begründeten strukturellen Persönlichkeitsmängel werden dann in vielen Fällen durch die negative Vorbildwirkung der Eltern verstärkt.

1 Für die Wirkung der Vererbung auf das Zustandekommen des gemeinschaftswidrigen Verhaltens ist damit selbstverständlich kein strenger Beweis geliefert. Dieser Nachweis für die Bedeutung der Erbanlagen wäre allein aufgrund von Untersuchungen an eineiigen und zweieiigen Zwillingen zu erbringen (JÜRGENS, 79).

v. Asozialität des Milieus

Diese sozialbiologischen Beziehungen werden noch deutlicher dadurch sichtbar, daß die schulleistungsschwachen Individuen unseres Untersuchungsgutes viel öfter in negativen Wohnverhältnissen, also vorwiegend oder immer im Lager leben. Lageraufenthalt aber ist, wie wir wissen – von wenigen Einzelfällen abgesehen, die wir vernachlässigen können –, immer ein Zentralsymptom für die Asozialität der Eltern (vgl. dazu S. 45). Neben dem Elternhaus ist aber für das Kind und besonders für den Jugendlichen auch die übrige Umwelt von großer Bedeutung. Im Lager findet sich häufig durch die Kumulierung der Asozialen eine Summierung und Intensivierung der Asozialität des Milieus, durch die die Kinder der Familien stärker in das gemeinschaftswidrige Verhalten hineingezogen werden.

Es gilt auch in diesem Zusammenhang, daß die Erbanlagen unmittelbar keine dissozialen Verhaltensweisen bewirken, sondern nur dazu disponieren. Erst im Zusammenwirken mit der Umwelt können sich die Anlagen realisieren. Schulminderleistung auf der Basis und als Folge dissozialen Verhaltens ist insofern gleichfalls in dieses dynamische Wechselspiel eines multifaktoriellen Beziehungsgefüges eingebettet.

Damit haben wir für die Gesamtgruppe der schulisch minderleistenden Individuen unseres Untersuchungsgutes eine charakteristische Komplikation der in enger Wechselwirkung stehenden Faktoren herausgearbeitet.

C) *Vergleich der dissozialen Verhältnisse bei den nach Geschlechtern getrennten Schulleistungsgruppen*

Die Aufgliederung der Schulminderleistungsgruppen nach Geschlechtern soll es uns ermöglichen, im Sinne unserer Fragestellung und unter Berücksichtigung unserer bisherigen Überlegungen zu versuchen, innerhalb der einzelnen Geschlechtsgruppe die zusätzlichen Faktoren herauszustellen, die sie von der jeweiligen schultüchtigen Gruppe unterscheidet, und die dissozialen Verhältnisse der beiden geschlechtsspezifischen schulischen Minderleistungsgruppen miteinander zu vergleichen.

1. Die schulminderleistenden männlichen Probanden

Bei einer Gegenüberstellung der Gruppe der schulminderleistenden und der schulisch erfolgreichen männlichen Individuen zeigen sich hinsichtlich der dissozialen Phänomene bedeutsame Differenzen:

> Unter den männlichen Individuen mit geringen schulischen Leistungen sind die meisten Unverträglichen, Aggressiven und Störer im Gegensatz zu den schulisch erfolgreichen Jungen.
> Sie sind ferner häufiger gewalttätig, am frühesten verhaltensauffällig, sie schwänzen oft und kommen am frühesten von allen Gruppen in öffentliche Erziehung.
> Die Prognose hinsichtlich der Wirkung pädagogisch-therapeutischer Maßnahmen ist bei ihnen am ungünstigsten von allen vergleichbaren Gruppen.

1. – Frühverwahrlosung bei den Jungen mit geringer Schulleistung

In der Gruppe der schulminderleistenden männlichen Probanden finden wir absolut und prozentual die meisten aggressiv-streitsüchtigen und unverträglichen Kinder und Jugendlichen und die meisten Störer. Sie heben sich damit negativ gegen die männlichen Individuen mit Volksschulabschluß und auch negativ gegen die Mädchen mit Schulminderleistung ab. Diese letzte Tatsache, daß mehr schulleistungsschwache männliche als weibliche Individuen unverträglich sind und stören, deckt sich mit Feststellungen anderer Autoren, die für männliche Individuen allgemein häufiger aggressive Symptome fanden (GROTH, 66; HÄBERLIN, 67; V. HARNACK, 70). Entscheidend aber ist, daß in diesen Veröffentlichungen nicht nach Schulleistungsgruppen differenziert wurde und deshalb nicht erkannt werden konnte, daß hinsichtlich dieser Faktoren nicht das Geschlecht, sondern die Zugehörigkeit zu einer bestimmten Leistungsgruppe primäres Gewicht hat.

Hinsichtlich des Faktors Gewalttätigkeit finden wir ebenfalls bei den männlichen Probanden mit geringen Schulleistungen gegenüber der schulisch erfolgreichen männlichen Gruppe deutlich ungünstigere Werte, doch fallen hier im Vergleich mit den schulminderleistenden Mädchen die männlichen Probanden beider Leistungsgruppen stärker auf.

Sehr aufschlußreich ist die Tatsache, daß die meisten schon in der Vorschulzeit verhaltensauffälligen und auch die meisten der bereits zu dieser Zeit in öffentliche Erziehung genommenen Jungen der Gruppe mit geringen Schulleistungen angehören (von den weiblichen Individuen werden überhaupt nur Mädchen, die später in der Schule versagen, schon vor der Einschulung als verhaltensauffällig beschrieben). In diesen Fällen kam es also bereits zu einer Zeit zu massiven Auffälligkeiten, in der im allgemeinen der Aktionsradius des Kindes aus physischen und entwicklungspsychologischen Gründen noch gar nicht groß genug ist, um die soziale Ordnung so nachhaltig zu stören, daß zu einer derart schwerwiegenden Maßnahme wie der Anordnung der öffentlichen Erziehung gegriffen werden muß.

Überdies lebt das Kind dieser Altersstufe noch vorwiegend im Raum der Familie, die als unmittelbarer Ort der sozialen Begegnung in diesem Alter die entscheidenden sozialen Forderungen stellt, ohne daß das Kind schon gezwungen ist, sich wie später in der Schule größeren und fremden sozialen Ordnungen pflichtgemäß anzupassen und sich viel stärker normativ bestimmten Strukturen einzuordnen. Und die Spielgruppen, in die sich das Kind integriert, sind ja informelle Gruppen, denen es freiwillig angehört, die es wechseln und aus denen es sich lösen kann.

Wir haben uns oben nachdrücklich klar gemacht, daß die Schule nicht nur eine Stätte des rationalen Lernens, sondern auch der sozialen Anforderungen und Anstrengungen darstellt. Danach erscheint es geradezu als zwingend, daß Kinder, die bereits in ihrer familiären und häuslichen Umgebung sozial scheitern, durch die quantitativ größere und weniger überschaubare Sozialformation Schule mit ihrer andersartigen, fremden Struktur und ihren „strengeren", normativen sozialen Ansprüchen überfordert werden und daß die mißlungene Anpassung auch im Falle ausreichender Intelligenz sich im Sinne einer wesentlichen Beeinträchtigung des schulischen Leistungsvermögens auswirken muß.

Frühverwahrlosung hat also bei den von uns Untersuchten in der überwiegenden Anzahl der Fälle Schulversagen zur Folge und nicht als Ursache.

2. – *Primär genetische Bedingtheit der frühen Dissozialität bei den Jungen mit niedrigem Schulleistungsniveau*

Auch bei diesen Kindern ist die Verwahrlosung letztlich durch das Zusammenwirken unterschiedlicher endogener und exogener Faktoren entstanden und bietet daher auch in ihrer Erscheinungsform kein einheitliches Bild. Doch ergibt eine differentielle Analyse dieser einzelnen Fälle zahlreiche Hinweise für eine dauernde, überwiegend durch endogene Faktoren bedingte Prädisposition zur Verwahrlosung. Offenbar stehen hier primäre Persönlichkeitsmängel, die eine Bereitschaft zum sozialen Versagen gegenüber den Forderungen der sozialen Ordnung einschließen, dem Sozialisierungsprozeß des Individuums von Grund auf entgegen.

Sicher sind es auch hier mannigfache Kräfte, die das Bild der psychischen Eigenschaften und der psychischen Gesamtverfassung des Individuums ergeben, und die Verquickung anlagemäßig gegebener Reaktionsmöglichkeiten und umweltbedingter Auslöser ist sehr stark, doch wird die Tatsache der sekundären Bedeutung gestaltender Milieueinflüsse und des primären Gewichts defizienter konstitutioneller Gegebenheiten im Sinne genetisch bedingter abnormer Reaktionsbereitschaften bestätigt durch die häufige Resistenz gegenüber therapeutischen Maßnahmen und die vielfach kontinuierliche Fortdauer des dissozialen Verhaltens. Trotz der frühen Übernahme in öffentliche Erziehung und der fortgesetzten Versuche zur Resozialisierung verschärft sich der Verwahrlosungsprozeß oft immer mehr, auch bei den frühverwahrlosten Individuen, die über eine ausreichende Intelligenz verfügen, die aber keinen regulierenden Einfluß auf das soziale Handeln auszuüben vermag.

Die Prognose ist für diese bereits in der frühen Kindheit durch dissoziales Verhalten auffälligen Probanden innerhalb des von uns untersuchten Lebensabschnittes der Kindheit und Jugendzeit (bis zum 21. Lebensjahr) in sehr vielen Fällen schlecht. Dieser Befund deckt sich mit den Feststellungen zahlreicher Autoren bei Nachuntersuchungen von Fürsorgezöglingen, daß spätere Asoziale (und Kriminelle) oft gerade aus der Gruppe der früh verhaltensauffälligen Individuen stammen.

II. Die weiblichen Probanden

Bei einem Vergleich der Verhältnisse der beiden weiblichen schulischen Leistungsgruppen fallen zusätzliche geschlechtseigentümliche Besonderheiten des Verwahrlosungsprozesses auf, die wegen ihrer Relevanz in die Darstellung der Zusammenhänge einbezogen werden.

1. – Der hohe Anteil sexuell verwahrloster Mädchen

Bevor wir auf die Divergenzen in der dissozialen Symptomatik der beiden weiblichen Schulleistungsgruppen eingehen, wollen wir den sexuellen Verwahrlosungssektor herausheben, auf dem sich bei der faktoriellen Analyse unter statistischem Aspekt nur unerhebliche Differenzen zwischen den schulleistungsschwachen und den schulisch erfolgreichen Probandinnen des Untersuchungsgutes ergeben haben (der Anteil der sexuell Verwahrlosten ist in beiden Schulleistungsgruppen sehr hoch). Zwar liegt der Prozentsatz für hwG bei den weiblichen Individuen mit schlechten Schulleistungen über dem der Probandinnen mit Volksschulabschluß, doch ist der Unterschied so geringfügig, daß wir ihn aufs Ganze gesehen vernachlässigen können.

Viele unserer Mädchen sind nach den vorliegenden ärztlichen Untersuchungsbefunden körperlich akzeleriert, und zwar zeigt sich ihre somatische Frühreife besonders hinsichtlich der Geschlechtsmerkmale. Außerdem wird in den Unterlagen immer wieder auf die Betonung der sexuell-erotischen Sphäre und auf die Hemmungslosigkeit und Triebhaftigkeit auf diesem Gebiet hingewiesen, die sicher durch die frühzeitige und starke geschlechtliche Entwicklung weiter verstärkt werden. Es kommt deshalb auch zu unverhältnißmäßig früher sexueller Betätigung und in diesem Zusammenhang zu frühzeitigen geschlechtlichen Erkrankungen und zu frühzeitiger nichtehelicher Mutterschaft.

In der Literatur wird die Verwahrlosung der Mädchen weitgehend mit sexueller Verwahrlosung gleichgesetzt. So geht nach HALLERMANN die Verwahrlosung der Mädchen *stets* mit raschem sexuellem Abgleiten synchron (HALLERMANN, 69). Andere Autoren stellen fest, daß das soziale Abgleiten bei den weiblichen Individuen *allgemein* stärker mit Pubertätsvorgängen verknüpft ist, so daß sie vor allem sexuell gefährdet seien (GREGOR, 65; SPECHT, 149; SCHÜLER-SPRINGORUM, 155).

Das höhere Durchschnittsalter der weiblichen Individuen bei Auftreten der ersten gröberen sozialen Verhaltensauffälligkeiten im Vergleich zu den männlichen Probanden, das in verschiedenen Untersuchungen angegeben wird und sich auch für unsere Siebungsgruppe bestätigt, scheint diese Feststellung zu belegen. Denn die Bindung der negativen sexuellen Symptomatik an die biologischen Umstellungsprozesse und phasenspezifischen Wandlungen der Pubertät läßt das spätere Auftreten dissozialer Verhaltensweisen von daher begründet erscheinen.

Doch trifft es für die von uns untersuchten Mädchen *nicht allgemein* zu, daß sie sexuell verwahrlost sind, und vor allem bestätigen unsere Befunde *nicht*, daß die Verwahrlosung bei der Mehrzahl der weiblichen Individuen *von Anfang an* sexuell determiniert ist.

Hier erweist die Differenzierung der Individuen unter schulleistungsspezifischem Aspekt erneut ihr prinzipielles Gewicht. Denn wir halten auf der Grundlage unserer Befunde die Annahme für gerechtfertigt, daß die fehlende Aufgliederung der weiblichen Individuen nach ihrem schulischen Leistungsvermögen neben der so dominierend hervortretenden sexuellen Symptomatik die zentrale Ursache für den Fehlschluß ist, die Verwahrlosung der Mädchen stelle sich primär als sexuelle Entgleisung dar, und den entscheidenden Sachverhalt verdeckt, daß dies nur für die überwiegende Mehrzahl der schulisch erfolgreichen Probandinnen zutrifft, während für die meisten schulminderleistenden Mädchen die dissoziale Entwicklung zwar auch in die sexuelle Verwahrlosung *einmündet*, aber sowohl früher beginnt als auch von anderen Faktoren wesentlich charakterisiert ist.

2. – Primäre sexuelle Verwahrlosung bei den Probandinnen mit Volksschulabschluß

Bei der Gruppe der Probandinnen mit Volksschulabschluß liegen hinsichtlich des sexuellen Verwahrlosungssyndroms ähnliche Verhältnisse vor wie bei der Gruppe der weiblichen Individuen mit geringen Schulleistungen, aber im Hinblick auf die Art und den Zeitpunkt des Auftretens bestimmter dissozialer Phänomene stellen wir im Vergleich zu den schulminderleistenden Mädchen bei ihnen eindeutig differierende Bedingungen fest:

Die meisten weiblichen Individuen mit Volksschulabschluß sind primär *sexuell* verwahrlost.
Sie werden später als alle Vergleichsgruppen verhaltensauffällig, sind am wenigsten und am spätesten aggressiv und streitsüchtig, stören kaum in der Schule und schwänzen am seltensten.
Ihr Verwahrlosungsprozeß ist meistens eng mit puberalen Vorgängen verknüpft; sie werden oft erst nach der Schulentlassung in öffentliche Erziehung genommen.
Der häufigste Grund für die Heimeinweisung ist sexuelle Verwahrlosung in Form von hwG (und Prostitution).
Diese Mädchen mit Volksschulabschluß entweichen sehr oft aus dem Heim, treiben sich besonders oft und lange herum, und unter ihnen finden wir von allen Vergleichsgruppen die relativ meisten Arbeitsscheuen.

Eine Prüfung der verschiedenen Verwahrlosungssymptome der weiblichen Individuen mit Volksschulabschluß läßt einen eigentümlichen

Zusammenhang gegenseitiger Abhängigkeit erkennen, der für die meisten Mitglieder dieser schulisch erfolgreichen Leistungsgruppe aufgrund der bestimmten Faktorenkonstellationen und des weitgehenden Zurücktretens anderer dissozialer Faktoren eindeutig auf einen Verwahrlosungsprozeß schließen läßt, der zentral mit puberalen Vorgängen verknüpft ist, also erst zu dieser entwicklungspsychologisch kritischen Phase einsetzt und vornehmlich die Sexualsphäre betrifft.

Diese schultüchtigen Probandinnen werden prozentual am häufigsten von allen vergleichbaren Gruppen erst nach der Schulentlassung in öffentliche Erziehung eingewiesen. Bei ihnen finden wir relativ die meisten Fortläuferinnen und die meisten Entweichungen aus der Heimerziehung und im Zusammenhang mit diesen Symptomen prozentual mehr als bei den anderen Individuen der vergleichbaren Gruppen unseres Untersuchungsgutes chronisches, wochen- bis monatelanges Herumtreiben, in einigen Fällen auch Formen typischer Vagabondage. In diese Faktorengruppe ordnet sich folgerichtig der erhobene Befund ein, daß bei diesen Probandinnen mit positivem schulischem Leistungsverhalten prozentual die meisten Arbeitsscheuen vorkommen.

Schließlich ist noch hervorzuheben, daß für diese schultüchtigen weiblichen Individuen prozentual weit öfter als für Probandinnen mit negativen Schulleistungen als Begründung für den Antrag auf öffentliche Erziehung und die Einweisung in ein Heim hauptsächlich die schwerwiegenden Aberrationen des Sexualverhaltens, vor allem in der Form des häufig wechselnden Geschlechtsverkehrs (und der Prostitution), und die in diesem Zusammenhang im allgemeinen auftretenden Begleitsymptome – Fortlaufen, Herumtreiben, häufiger Arbeitsplatzwechsel, unständige Arbeit, Arbeitsbummelei und Arbeitsscheu – genannt werden.

3. – Spätes Auftreten dissozialer Verhaltensformen bei den schulleistungstüchtigen Probandinnen

Daß es sich bei der Verwahrlosung der Probandinnen mit Volksschulabschluß in der überwiegenden Anzahl der Fälle primär um sexuelle Verwahrlosung handelt, läßt sich aber nicht nur auf die starke Ausprägung und das breitgefächerte Auftreten spezifischer dissozialer Verhaltensformen stützen, die entweder unmittelbar dem sexuellen Bereich angehören oder als Begleitsymptom sexueller Entgleisungen auftreten, sondern das können wir andererseits weiter dadurch absichern, daß wir überprüfen, inwieweit andere Faktoren eine gewichtige oder geringere Rolle innerhalb des Verwahrlosungsprozesses spielen.

Dabei stellen wir fest, daß sich unter den erfolgreichen Volksschülerinnen absolut und prozentual die wenigsten negativ gemeinschaftsauffälligen Individuen finden. Bei ihnen kommen aggressive Unverträglichkeit und Streitsucht am spätesten und am seltensten vor. Sie werden auch kaum als Störer in der Schule genannt, und auch ihr Schulbesuchsverhalten weicht insgesamt positiv von den übrigen vergleichbaren Gruppen unseres Untersuchungsgutes ab, in denen wir sehr viel mehr Schwänzer ermitteln.

Die schwache Ausprägung und das seltene Auftreten der aufgeführten dissozialen Verhaltenszüge schließen die Möglichkeit weitgehend aus, sie als Schlüsselsymptome des Verwahrlosungsprozesses aufzufassen. Vielmehr weist das meistens späte Auftreten dieser bei relativ wenigen schultüchtigen Probandinnen festgestellten dissozialen Verhaltensweisen darauf hin, daß es sich hier in den meisten Fällen um Verhaltensverstöße handelt, die durch die sexuelle Entgleisung im Jugendalter ausgelöst werden und im Zusammenhang mit ihr vorkommen.

Die Verhältnisse stellen sich dagegen bei den schulminderleistenden weiblichen Individuen wesentlich anders dar als bei den schulisch erfolgreichen. Die annähernde Gleichheit des hohen prozentualen Anteils sexuell verwahrloster Mädchen in beiden Schulleistungsgruppen könnte zwar zu dem Schluß führen, daß hier die leistungsspezifische Differenzierung keinen fruchtbaren methodischen Ansatz bietet und keine neuen und weiterreichenden Einsichten in die vorliegenden Zusammenhänge gestattet. In Wirklichkeit legt erst dieses Verfahren die unterschiedliche Verwahrlosungsstruktur der beiden Schulleistungsgruppen frei und ermöglicht es uns, die andersartigen Verhältnisse bei den schulminderleistenden weiblichen Individuen deutlich herauszuarbeiten.

4. – Primäre frühe Dissozialität bei den Probandinnen mit geringen schulischen Leistungen

Während demnach zwischen den beiden weiblichen Schulleistungsgruppen in bezug auf das sexuelle Verwahrlosungssyndrom weitgehende Übereinstimmung vorliegt, gibt es hinsichtlich der Art und des Zeitpunktes des Auftretens bestimmter dissozialer Phänomene differierende Bedingungen. Die andersartige Verlaufsgestalt des Verwahrlosungsprozesses bei den schulisch leistungsschwachen Probandinnen zeigt in ihren wesentlichen Grundzügen deutliche Parallelen zu dem Verwahrlosungsbild der männlichen Individuen mit niedrigem schulischem Leistungsniveau:

> Die schulminderleistenden Mädchen werden sehr viel öfter als die schultüchtigen früh verhaltensauffällig und früher in öffentliche Erziehung genommen.
> Sie sind häufiger und frühzeitiger streitsüchtig und in einer Anzahl von Fällen sogar gewalttätig, stören intensiv in der Schule und schwänzen hartnäckig.
> Ihr Verwahrlosungsprozeß ist primär in *frühem sozialem* Versagen begründet. Sexuelle Verwahrlosungserscheinungen treten erst sekundär auf.
> Bei den meisten dieser Mädchen mit Schulminderleistungen entsprechen die dissozialen Verhaltensweisen in der frühen Kindheit und Schulzeit denen der schulisch leistungsschwachen Jungen.

Bei einem Vergleich der beiden weiblichen Schulleistungsgruppen fällt sofort auf, daß die Mädchen mit geringen schulischen Leistungen durchschnittlich wesentlich früher verhaltensauffällig werden und häufiger schon frühzeitig in öffentliche Erziehung genommen werden. Unter den Mädchen, die bereits in der Vorschulzeit in ihrem Verhalten auffallen, finden wir nur solche, die später in der Schule versagen. Während es in der Gruppe der leistungsschwachen Mädchen schon im ersten Schulbesuchsjahr zu Einweisungen in Heime der öffentlichen Erziehung kommt, geschieht das bei den schulisch erfolgreichen Probandinnen wesentlich später, und soweit ein Kind dieser Gruppe überhaupt innerhalb der Schulzeit in öffentliche Erziehung eingewiesen wird, kommt es meistens erst in der Volksschuloberstufe zu dieser Maßnahme.

Da dem Antrag auf Übernahme eines Kindes in öffentliche Erziehung nur dann entsprochen wird, wenn Verwahrlosung vorliegt oder droht, und da besonders bei jüngeren Kindern lange gezögert wird, bis die Jugendämter und Gerichte bereit sind, sich zur Anwendung dieser Maßnahme zu entschließen, müssen diesen häufigen Früheinweisungen der später schulminderleistenden Probandinnen sehr frühzeitig in Erscheinung getretene Verhaltensmängel mit hohem negativem Symptomwert zugrunde liegen, so daß schließlich nur noch diese Möglichkeit offen blieb.

Schon aus der Tatsache, daß die Verhaltensauffälligkeiten sich so früh zeigen und so früh zu öffentlicher Erziehung führen, können wir ableiten, daß es sich nicht um soziale Entgleisungen im sexuellen Bereich handelt. Eine Prüfung der Verhältnisse läßt vielmehr erkennen, daß bei diesen schulleistungsschwachen weiblichen Individuen Verwahrlosungsmerkmale vorliegen, die besonders das soziale Verhalten gegenüber der Mitwelt betreffen und die im Einzelfalle vielfach geringfügig erscheinen, sich in der Häufung aber als Belastung und Störung sozialer Ordnungsverhältnisse auswirken.

Es ist ein Symptomkomplex, der das dissoziale Verhalten in der Gruppe betrifft und der sich bei den betreffenden Probandinnen mit geringen Schulleistungen manchmal schon in der Vorschulzeit innerhalb der Familie, im Kindergarten und in den wechselnden Spielgemeinschaften der frühen Kindheit nachweisen läßt und den wir bei ihnen immer während des Schulbesuchs feststellen. Konkret sind vor allem aggressive Unverträglichkeit und Streitsucht, störungsintensives Verhalten im Unterricht und in bezug auf die Schulordnung und schließlich sogar gewalttätige Aggressivität zu nennen. Dabei tritt besonders das streitsüchtige Verhalten schon sehr früh auf. Diese Symptomkonstellation setzt eine große Anzahl der weiblichen Individuen mit Schulminderleistungen deutlich ab gegen die schulisch erfolgreichen und weist hin auf eine bedingte Affinität zur Verwahrlosungsstruktur der schulleistungsschwachen männlichen Individuen.

5. – Übereinstimmungen in der Struktur der Frühverwahrlosung bei schulminderleistenden Jungen und Mädchen

Dieser Sachverhalt einer begrenzten Annäherung und bedingten Vergleichbarkeit der Verhältnisse, soweit sie bestimmte Teilstrukturen der Verwahrlosung betreffen, wird bestätigt durch die Tatsache, daß auch das Schulbesuchsverhalten eines hohen Prozentsatzes der schuluntüchtigen weiblichen Gruppe mangelhaft ist, während nur sehr wenige der Mädchen mit Volksschulabschluß schwänzen. Auch hier lassen sich ohne Schwierigkeiten Parallelen ziehen zu der entsprechenden Diskrepanz zwischen den beiden männlichen Schulleistungsgruppen.

Daß wir unter den weiblichen Individuen mit niedrigem Schulniveau die meisten mit extremer dissozialer Merkmalshäufung finden, zeigt uns, daß für viele dieser frühzeitig dissozialen Mädchen der Verwahrlosungsprozeß später in eine sexuelle Verwahrlosung einmündet und daß sich bei diesem vielschichtigen Geschehen die früher auftretende Symptomgruppe, die im wesentlichen Formen sozialwidrigen Verhaltens gegenüber Mitmenschen und in Gruppen umfaßt, mit den Symptomen, die soziale Entgleisungen in sexueller Hinsicht kennzeichnen, zu einer neuartigen, „dichteren" Symptomkonstellation verbindet, in der die Merkmalsgruppe, die sich auf die Sexualsphäre bezieht, die frühen Verwahrlosungsmerkmale gleichsam überdeckt.

Diese phänomenologische Dominanz läßt sich am befriedigendsten aus der noch immer weitreichenden Tabuierung sexueller Verhaltensaberrationen interpretieren, aus der die gravierende moralische Verurteilung von Verstößen gegen die durchschnittlichen Sexualnormen durch die Gesellschaft folgt, die wiederum sexuelle Verwahrlosungssymptome besonders negativ besetzt und damit überakzentuiert in das Blickfeld bringt.

Hinzu kommt andererseits das späte, erst im Verlauf der Pubertät erfolgende Auftreten der sexuellen Verhaltensauffälligkeiten, die die frühen dissozialen Symptome als zeitlich begrenzte und nun überwundene Verhaltensbesonderheit erscheinen lassen (was sie ganz offensichtlich *nicht* sind!), und dies um so mehr, als in der Tat in einer Anzahl von Fällen die sexuelle Dynamik in die bisherige Verwahrlosungsstruktur mit einer solchen Vehemenz einbricht, daß es nicht mehr nur zu einer Verbindung der beiden Symptomgruppen kommt, sondern daß die frühen dissozialen Verhaltensformen in die neue Verwahrlosungsstruktur gleichsam eingeschmolzen werden.

6. – Negative Auswirkungen des frühen sozialwidrigen Verhaltens auf rationale Lern- und Leistungsprozesse

Wenn wir nun rekapitulieren, welche Einflüsse von den bei vielen schulschwachen weiblichen Individuen auftretenden frühen Verwahrlosungsäußerungen, die wir oben dargestellt haben, auf das schulische Leistungsvermögen ausgehen, so erinnern wir in diesem Zusammenhang an unsere Ausführungen, die wir hinsichtlich der Beziehungen zwischen dem Niveau der Schulleistungen der schuluntüchtigen männlichen Probanden und der bei der überwiegenden Anzahl von ihnen vorliegenden frühen Verwahrlosungssymptomatik gemacht haben.

Die vorhandenen Entsprechungen im Hinblick auf die frühen dissozialen Ausprägungsformen bei den meisten Angehörigen der männlichen und weiblichen Schulminderleistungsgruppe lassen für die betreffenden Probandinnen folgerichtig analoge Auswirkungen auf ihre schulische Leistungsfähigkeit erwarten. Das Unvermögen, soziale Anforderungen zu bewältigen, muß in einer so stark auf Anpassungsleistungen hin formierten Schule von der Basis des sozialen Versagens aus zu tiefgreifenden negativen Einwirkungen auf die rationalen Lern- und Leistungsprozesse führen. Auf diesen Sachverhalt, daß die Schulen nicht nur Stätten rationalen Lernens, sondern mindestens im gleichen Maße Ort sozialen Anspruchs und sozialer Leistung sind, haben wir bereits mehrfach nachdrücklich hingewiesen.

Wenn also die Schule neben den intellektuellen Leistungsanforderungen gleichzeitig auch spezifische Ordnungsvorstellungen durchzusetzen versucht, muß sich das frühe soziale Versagen der betreffenden weiblichen Individuen im Sozialfeld Schule auch bei durchschnittlichem Intelligenzpotential in einer Minderung der allgemeinen intellektuellen Leistungsfähigkeit auswirken, so daß diese Probandinnen schließlich schulisch scheitern.

Bei den debilen Mädchen, die die von uns genannten typischen frühen Verwahrlosungssymptome dieser schulminderleistenden weiblichen Individuen zeigen, kommt es nach unseren Unterlagen zu besonders gravierenden schulischen Leistungsausfällen. Wir verweisen in diesem Zusammenhang auf unsere obigen Ausführungen zu der schulischen Leistungssituation der debilen Jungen, bei denen die Verhältnisse ähnlich liegen.

Überdurchschnittliche Intelligenz kann in seltenen Einzelfällen frühes dissoziales Verhalten bis zu einem gewissen Grade kompensieren. So finden wir unter den Mädchen einige früh verhaltensauffällige Probandinnen, die den Volksschulabschluß erreichen. Aber auch in diesen Fällen handelt es sich nur um einen bedingten Kompensationserfolg, da der nach den Testunterlagen ermittelte Intelligenzquotient zeigt, daß nach der intellektuellen Veranlagung der Besuch einer weiterführenden Schule hätte erfolgreich abgeschlossen werden können.

D) *Sozialbiologische Zusammenhänge zwischen der Bedürftigkeit für öffentliche Erziehung und der Schulminderleistung*

Aus unseren Untersuchungsergebnissen lassen sich eindeutige sozialbiologische Zusammenhänge zwischen der Bedürftigkeit für öffentliche Erziehung und der Schulminderleistung ableiten, die die Wechselwirkung von vielschichtig ineinandergreifenden Erbfaktoren und verschiedenartigen Einflüssen der Umwelt belegen.

1. Das „angeborene" Milieu

So stammen die schulisch erfolgreichen Individuen unserer Siebungsgruppe prozentual häufiger aus Familien mit schulisch leistungstüchtigen Eltern und Geschwistern, ihre Wohnverhältnisse sind günstiger, und die bei nur relativ wenigen Eltern auftretenden pathologischen Auffälligkeiten sind auch weniger stark ausgeprägt.

Die schulminderleistenden Individuen dagegen kommen signifikant öfter aus Familien mit schulisch leistungsschwachen Eltern und Geschwistern, die außerdem oft selbst in öffentlicher Erziehung waren. Der Anteil der pathologisch auffälligen Eltern und unter ihnen wiederum der der stark und extrem auffälligen ist bei ihnen sehr viel höher, und sie leben signifikant häufiger in schlechten und sehr schlechten Wohnverhältnissen. Die Aufgliederung unseres Untersuchungsgutes in Schulleistungsgruppen zeigt also, daß sich die Gruppe mit Schulminderleistungen in dieser Hinsicht durch eine stärkere Belastung auszeichnet und sich als besonders negative Siebungsgruppe deutlich von der mit Volksschulabschluß abhebt.

Wie unsere Befunde bestätigen, handelt es sich bei den schulminderleistenden Individuen, die in diese defizitären Verhältnisse hineingeboren werden, besonders auch um Kinder mit hereditären Belastungen wie Antriebs- und Temperamentsstörungen, Anomalien der Gemüts- und Stimmungslage, Haltlosigkeit, Charakteropathien und Debilität. Gerade für die Gruppe der Individuen mit geringen schulischen Leistungen bestehen demnach sehr enge sozialbiologische Zusammenhänge zwischen der durch die Eltern gegebenen und unter der entscheidenden Mitwirkung ihrer oft mangelhaften konstitutionellen Beschaffenheit geformten ungünstigen häuslichen Umwelt und der eigenen defizienten Persönlichkeitsstruktur.

11. Kumulative Wirkung des negativ determinierenden Milieus

Die Tatsache, daß diese Kinder mit genetisch bedingten psychischen und geistigen Mängeln und der daraus folgenden Bereitschaft zu aberrativen endogenen Erlebnisreaktionen im „angeborenen" Milieu auf Bedingungen treffen, die infolge ihrer Struktur die Milieuempfindlichkeit der betreffenden Individuen im Rahmen des gegebenen Spielraums in adäquater Weise ansprechen, erklärt die tiefgreifenden Wirkungen der exogenen Gefährdungsfaktoren. Durch sie können die biologisch bedingten und latenten Dispositionen zur Verwahrlosung gefördert und die genotypisch anfangs noch schwach ausgeprägten negativen Abweichungen im Laufe der Entwicklung durch die gleichsinnige und sich damit verdoppelnde Wirkung frühzeitig manifest und phänomenologisch stark ausgeprägt werden.

Das signifikant häufiger frühe und komplexe Auftreten dissozialer Verhaltensweisen, das wir in der gesamten Schulminderleistungsgruppe beobachten und das sich auch bei einer Aufgliederung der schulisch leistungsschwachen Individuen nach Geschlechtern sowohl für die Jungen als auch für die Mädchen als signifikant bestätigt, läßt erkennen, daß hier ungünstige konstitutionelle Faktoren durch das negativ determinierende Milieu kumulativ verstärkt und frühzeitig zur sozial belastenden Symptomatik entwickelt werden.

Da sich das familiäre Milieu in der Regel vor allem als Ausfluß elterlichen Wesens und auch seiner vorhandenen Mängel darstellt, weist es im allgemeinen eine hohe Affinität zu der primären Bedürfnisstruktur des Kindes auf. Das bedeutet, daß von Anfang an eine erhebliche Wahrscheinlichkeit dafür spricht, daß Kinder mit Persönlichkeitsmängeln aus hereditär wie sozial belasteten Familien kommen und in einer ungünstigen Umwelt aufwachsen.

Diese Tatsache, daß Anlage und Umwelt prinzipiell keine polaren Gegensätze, sondern in Wirklichkeit eine dynamische Einheit bilden, erklärt auch die Wechselwirkung zwischen den anlagemäßig gegebenen Persönlichkeitsstrukturen der betreffenden Individuen und den biologisch bedingten Umweltverhältnissen, auf die wir bereits hingewiesen haben, und die Kumulation der in gleiche Richtung gehenden Erb- und Umwelteinflüsse, die sich zu der äußerst negativen Wirkung steigern, wie wir sie besonders für viele Probanden aus der Gruppe mit geringen Schulleistungen aufgezeigt haben.

III. Primäre Bedürfnisstruktur und Milieuwahl

Die konkreten Milieubedürfnisse, die sich bei einer größeren Anzahl der Gruppe mit schulminderleistenden Individuen unseres Untersuchungsgutes auf der Basis ungünstiger Genkombinationen entwickeln und die, wie wir erkannt haben, häufig durch affine Milieustrukturen der Elternhäuser verstärkt werden, führen schließlich zu einer entsprechend negativen Umweltwahl des Minderjährigen. Die Bevorzugung einer spezifischen, persönlichkeitskonformen sozialen Umwelt äußert sich bei unseren Individuen vor allem in der Art der Wahl ihrer Spiel-, Straßen- und Schulfreundschaften, in der Zugehörigkeit zu bestimmten Banden ihres Wohnviertels und später oft auch in der Berufswahl.

Gerade die früh verhaltensauffälligen und frühzeitig in öffentliche Erziehung eingewiesenen Individuen der Schulminderleistungsgruppe tendieren auch im Heim zum Anschluß an besonders extrem dissoziale Zöglinge. Beurlaubungen ins Elternhaus, die während der öffentlichen Erziehung nach einer positiven Entwicklungsperiode im Heim zum Zwecke der sozialen Bewährung ausgesprochen werden, führen bei ihnen in vielen Fällen zu wiederholten Mißerfolgen, da bei der Rückkehr in die gewohnte Umgebung sofort wieder die früheren negativen Freundschaften aufgenommen werden und da diese Probanden sehr bald erneut Verbindung zu ihrer alten Bande suchen. Bei ihnen sind die Erziehungserfolge deshalb gering und meistens nur kurzfristig. Aber selbst wenn es gelingt, sie dauernd in eine andere Umgebung und in ein sozial gesundes Milieu (z. B. eine Pflegestelle) zu bringen, streben sie von dort in Milieuformen zurück, die ihrer „angeborenen“ Umwelt strukturell entsprechen.

Wie wir feststellten, wählen die Jugendlichen dieser Gruppe mit geringen Schulleistungen ihr (negatives) Freizeit- und Berufsmilieu in einer Anzahl von Fällen sehr aktiv und bewußt. Doch rechtfertigen die Beobachtungen bei der frühzeitig verhaltensauffälligen und früh in öffentliche Erziehung genommenen Gruppe den Schluß, daß auch von diesen Jugendlichen das negative Milieu weitgehend gemäß endogenen Voraussetzungen aufgesucht wird, daß also auch den oft durchaus rational begründeten Entscheidungen des Jugendlichen, etwa hinsichtlich bestimmter Berufsabsichten oder der Wahl eines Arbeitsplatzes, komplizierte psychische Kräfteverhältnisse zugrunde liegen, die im Sinne einer Durchsetzung affiner Milieubedürfnisse wirken.

6. Kapitel
Dissozialität und Schulminderleistung unter gesellschaftlichem Aspekt

Die Einordnung des Menschen in die soziale Gemeinschaft, in der er lebt, stellt ein einheitliches und relevantes Kriterium des menschlichen Lebens dar. Unter diesem Aspekt können wir das Handeln des prinzipiell durch Adjustment-Tüchtigkeit ausgezeichneten Menschen als Bemühung auffassen, Probleme der Anpassung zu lösen.

Diese Lösungsversuche, von deren Gelingen die allgemeine Lebensleistung des Individuums wesentlich abhängt, sind bei unserer Siebungsgruppe insgesamt weitgehend mißlungen. Auf jeden Fall ist die Lösungswahl im sozialen Feld offensichtlich mit den Erwartungen der Gesellschaft, mit deren sozialen Normen und Standards nicht vereinbar. Das Versagen unserer Individuen muß immer in Beziehung zum zivilisatorischen und kulturellen Entwicklungsstand unserer Gesellschaft gesehen werden. Verwahrlosung ist demnach nicht nur ein individuelles Verhaltensproblem, sondern sie hat stets Bezug zur jeweiligen Gesellschaftsordnung.

Die „fordernde, belohnende und strafende" Gesellschaft erwartet also von ihren Mitgliedern ein bestimmtes Verhalten und zielt darauf, den Menschen durch vielfältige Verhaltenskontrollen den eigenen sozialen Normen anzugleichen und ihn in den gesellschaftlichen Zusammenhang einzugliedern. Insbesondere die Entwicklung des Kindes und Jugendlichen wird durch soziale Formungsvorgänge beeinflußt.

Diese Feststellungen aber begründen keine absolute gesellschaftliche Bestimmtheit des Menschen, denn die vorliegenden Ursache-Wirkungs-Zusammenhänge können in keinem Falle als starre Verlaufsstrukturen im kausalmechanistischen Sinne interpretiert werden. So betont WILHELM, daß das Wesen des Menschen gerade auch durch die Chance der selbständigen Stellungnahme ausgezeichnet ist, mit der er den Anpassungszwang der determinierenden Verhältnisse zumindest bedingt zu durchbrechen vermag (WILHELM, 176). Das Verhalten des Menschen ist also nur zu einem Teil durch seine Bereitschaft zur Anpassung charakterisiert. Doch steht andererseits ebenso fest, daß das Individuum heute *mehr* und *intensiver* sozial lernen muß.

Die Anpassung an die modernen gesellschaftlichen Bedingungen im Sinne der Einordnung des einzelnen und seiner Unterordnung unter eine bestimmte Lebensform stellt im Zuge der fortschreitenden zivilisatorischen und kulturellen Entwicklung immer höhere Anforderungen an das Individuum. Die Entwicklung unserer Gesellschaft zum modernen Staatswesen mit seiner hohen sozialen Dichte und der engen und komplizierten Verschränkung aller gesellschaftlichen Vorgänge erzeugt auf der Basis einer hochgradig arbeitsteiligen Wirtschaft schwierigere, häufigere und beschleunigte Anpassungsprozesse. Gesellschaftsrichtiges Handeln erfordert also immer mehr Anstrengung und damit auch immer mehr soziale Tüchtigkeit als Ausfluß der sozialen Leistungsfähigkeit des Individuums.

Um diesen verschärften Anpassungsbedingungen zu genügen, müssen das Kind und der Jugendliche heute höhere Mindestanforderungen erfüllen, denen eine bestimmte Gruppe von Minderjährigen offensichtlich nicht gerecht werden kann. Von der breiten Gruppe unseres Untersuchungsgutes – mit Ausnahme der Individuen mit spezifischen geistig-seelischen Regelwidrigkeiten und mit bestimmten Formen mittelschweren Schwachsinns – werden, wie die einzelnen Lebensläufe beweisen, die sozialen Mangelleistungen und die daraus erwachsenden Konflikte mit den Normen der Gesellschaft über lange Zeit als nachhaltige, aber im letzten von ihnen nicht begriffene soziale Mißerfolge erlebt. Die für diese Minderjährigen strukturell inadäquaten sozialen Anforderungen wirken auf sie als Dauerbelastung und Dauerüberforderung. Es kommt zur Ausbildung von Insuffizienzgefühlen und zu intrapsychischen Spannungszuständen und dadurch zu einer immer niedrigeren sozialen Belastungsschwelle. Damit nimmt die soziale Einordnungsbereitschaft immer mehr ab, und die soziale Konfliktbereitschaft wächst.

Während die durch psychische Prozesse ausgelösten sozialwidrigen Reaktionen nicht nur den Aufbau höherer sozialer Leistungsformen verhindern, sondern außerdem die allgemeine soziale Leistungsfähigkeit zwangsläufig weiter herabsetzen, stellt die Gesellschaft andererseits mit zunehmendem Alter des Menschen wachsende soziale Anforderungen an das Individuum, hinter denen das Kind und der Jugendliche nun noch stärker zurückbleiben; die Diskrepanz zwischen den altersgemäßen Verhaltenserwartungen der Gesellschaft und dem tatsächlichen Verhalten des Probanden vergrößert sich.

Die Verschärfung der dissozialen Symptomatik aber wird auch dadurch weiter vorangetrieben, daß die ursprünglich stärker sozialorientierte negative Persönlichkeitsbewertung des Minderjährigen durch den sozialen Verband, in dem er lebt, mit höherem Lebensalter und mit dem im Verlaufe des Verwahrlosungsprozesses zunehmenden Störwert der Symptome immer mehr in eine moralische Verurteilung des Individuums umschlägt. Diese moralische Ächtung des in seiner sozialen Leistung Versagenden durch die Gesellschaft ist besonders in den sozial geordneten Wohngebieten und oft auch in den Schulen zu beobachten. Die Diffamierung des sozial entgleisenden Minderjährigen als sittlich minderwertig bahnt in vielen Fällen den endgültigen Aus- und Absonderungsprozeß aus den bestehenden Spiel-, Straßen- und Klassengemeinschaften an. Durch diese zunehmende Isolierung und Ablehnung in den „Legitimgruppen" wird die Tendenz des dissozialen Kindes und Jugendlichen zur negativen Milieuwahl, die bei ihm häufig bereits aktiv besteht, zusätzlich reaktiv verstärkt. Dabei ist dieses Aufsuchen eines randständigen Milieus als Suchen nach einer affinen Lebensform aufzufassen, die ihm innerhalb der legitimen gesellschaftlichen Bedingungen nicht in adäquater Weise geboten werden kann. Der Minderjährige mit seinem für unsere modernen gesellschaftlichen Verhältnisse strukturell zu niedrigen sozialen Leistungspotential wird also im Verlaufe des Verwahrlosungsprozesses notwendigerweise in subkulturelle Bereiche mit ihm affinen Verhaltens- und Handlungsnormen abgedrängt, die er gleichzeitig als ihm wesensverwandte Sozialstrukturen unwillkürlich sucht.

Dieser Prozeß ist einerseits biologisch gesteuert und wird andererseits außerdem durch die Gesellschaft reaktiv verstärkt, da die gegen die zivilisatorisch und kulturell gültigen Normen gerichteten Verhaltensverstöße der Verwahrlosten den sozialen Toleranzraum deutlich überschreiten und damit vielfältige Gegenmaßnahmen der Gesellschaft herausfordern. Dieser Vorgang läßt neben seiner entwicklungsdynamischen Immanenz erkennen, daß die Minderjährigen, denen die gesellschaftliche Struktur keinen ausreichenden Spielraum individueller Entwicklung zubilligt, sich diese Möglichkeit gleichsam außerhalb des legitimen Grundrisses der Gesellschaft schaffen. Von daher sind auch der bei einem Teil der männlichen und vor allem auch der weiblichen Jugendlichen des Untersuchungsgutes zu beobachtende Verzicht auf Rehabilitierung und auf die weitere Zugehörigkeit zur legitimen Gesellschaft zu erklären und ebenso die zunehmende Gleichgültigkeit gegenüber den moralischen Restriktionen der Gesellschaft.

COHEN sieht in seinem im übrigen interessanten Interpretationsversuch im Gegensatz zu uns in diesen Vorgängen die Tendenz zum Aufbau *komplexer* und *übergreifender* Subkulturen als Protest gegen die dominierenden Kulturformen der anderen Klassen (COHEN, 37). Er hat dabei sozial unterprivilegierte Gruppen mit voller sozialer Leistungsfähigkeit im Blick, Gruppen also, deren soziales Leistungspotential im Prinzip ausreicht, sich in das bestehende Sozialgefüge zu integrieren. Bei vielen unserer Individuen aber werden die notwendigen Anpassungsprozesse an die bestehende soziale Ordnung nicht repressiv eben durch diese Gesellschaft verhindert, sondern ihre Dissozialität ist insofern genetisch bedingt, als bei ihnen – im Einzelfalle sehr verschiedenartige – spezifische Kombinationen der für die Persönlichkeitsentwicklung ausschlaggebenden Erbanlagen im Sinne von Minusvarianten anzunehmen sind, auf deren gemeinsamer Basis die späteren sozialen Entgleisungen zustande kommen (vgl. dazu auch JÜRGENS, 79).

In den Fällen primär genetisch bedingter Schwererziehbarkeit und Verwahrlosung handelt es sich demnach um einen Komplex von vielfach ineinandergreifenden ungünstigen Erbanlagen, die dem Unvermögen, den Mindestanforderungen der Gemeinschaft an das soziale Verhalten ihrer Mitglieder zu genügen, das sich in sozialen Dauerentgleisungen ausdrückt, als bewirkende genetische Faktoren zugrunde liegen.

Doch bedarf es auch hier der Umwelteinflüsse, damit sich eine Disposition zur Verwahrlosung realisiert, wenngleich die Reizschwelle, deren Überwindung zur Auslösung der Verwahrlosung notwendig ist, bei diesen Individuen sehr niedrig liegt. Wenn also auch in den Fällen überwiegend genetisch bedingter Schwererziehbarkeit und Verwahrlosung immer ein Ergebnis des Zusammenwirkens von biologischen und sozialen Einflüssen in Richtung auf diese negative Entwicklung vorliegt, so ist hier jedenfalls aller Anlaß gegeben, zu prüfen, inwieweit das den Normen und Regeln der bestehenden Ordnung widersprechende, sozial auffällige Verhalten der Probanden auf traditionalistisch verfestigte Strukturanteile des betreffenden sozialen Beziehungsgefüges zurückgeht, ohne damit die Ursache für die mangelnde Einfügung in die Sozialordnung einseitig in den bestehenden sozialen Verhältnissen und in der Schuld der Gesellschaft zu suchen und auf diese Weise den Milieufaktor überzubewerten.

Die Begrenzung der Gestaltungsmöglichkeiten menschlichen Lebens ist prinzipiell in jeder gesellschaftlichen Bezugsgruppe gegeben, in der das Individuum lebt, da die jeweilige Gesellschaftsform nur die Verwirklichung einer einzigen der theoretisch zahlreichen Möglichkeiten menschlicher Sozietäten darstellt. Die Abhängigkeit aller individuellen Entwicklung von den realen Gegebenheiten, von denen der Mensch umgeben ist und innerhalb derer er aufwächst, zeigt sich besonders augenfällig dadurch, daß jede Gesellschaft die Beachtung ihrer Normen verlangen und sie mit entsprechenden Mitteln durchsetzen muß. Wollte sie prinzipiell darauf verzichten, ihnen Geltung zu verschaffen, wäre sie auf die Dauer nicht funktionsfähig, sondern würde ihren eigenen Verfall einleiten.

Da also die konkreten menschlichen Sozietäten als begrenzte soziale Wirklichkeiten immer nur einen Ausschnitt darstellen und die gesellschaftlichen Normen die individuelle Entwicklung insofern prinzipiell einengen und da außerdem unsere hochentwickelte Industrie- und Leistungsgesellschaft immer schwierigere, beschleunigtere und vielseitigere Anpassungsprozesse fordert, womit sie die Ansprüche an soziale Mindestleistungen fortgesetzt verstärkt, *müssen innerhalb der gesellschaftlichen Ordnungen nach Möglichkeit Toleranzräume offengehalten werden, die Verhaltensformen, die von der Norm abweichen, elastisch aufzufangen vermögen, und es muß geprüft werden, ob die vorgeformten Umwelten, in die jedes Kind hineinwächst, nicht noch mehr Spielraum für die Individuation des Menschen hergeben.*

Die geringere soziokulturelle Einengung und die daraus folgende erhöhte Möglichkeit der Variabilität menschlichen Daseins innerhalb der aufgelockerten und elastischeren gesellschaftlichen Normen könnten in Zukunft einer größeren Gruppe der Minderjährigen, die aufgrund ihrer eingeschränkten sozialen Leistungsfähigkeit den gegenwärtigen Anforderungen und Erwartungen der Sozietät nicht genügen und damit unterangepaßt sind, die Chance bieten, Mitglied der legitimen informellen und formellen Gruppen der vielschichtigen gesellschaftlichen Organisation zu bleiben. Insofern sollten Erscheinungen wie Schwererziehbarkeit, Verwahrlosung und auch Schulminderleistung nicht unter abwertendem Gesichtspunkt und auch nicht primär unter dem Aspekt der Störung normativer Ordnungen gesehen werden, sondern als kritische, neuralgische Stellen im gesellschaftlichen Gefüge immer neuen Anlaß bieten für den Versuch, die sozialen Verhältnisse und die Bildungsbedingungen immer optimaler im Sinne einer auf die verschiedenen individuellen Möglichkeiten hinzielenden Feindifferenzierung unter Zugrundelegung eines wirklichkeitsgerechten, anthropologisch fundierten Menschenbildes adäquat zu strukturieren.

Anhang

A) *Tabellen*

Tab. 11a: Verteilung der unterschiedlichen Intelligenzquotienten bei den getesteten Individuen (in Prozent)

	n	Intelligenzquotient unter 80	80 bis 94	95 bis 105	über 105	%
Gesamtes Untersuchungsgut	306	29	45	14	12	100
Individuen mit Volksschulabschluß	27	–	4	48	48	100
Individuen mit Schulminderleistung	279	33	49	10	8	100
Alle Jungen	207	32	43	13	12	100
Alle Mädchen	99	25	50	17	8	100
Jungen mit Volksschulabschluß	16	–	5	24	71	100
Jungen mit Schulminderleistung	191	34	46	12	8	100
Mädchen mit Volksschulabschluß	11	–	9	76	15	100
Mädchen mit Schulminderleistung	88	28	56	9	7	100

Tab. 48: Tabellarische Zusammenstellung der wichtigsten statistisch gesicherten Unterschiede zwischen der Gesamtgruppe mit Volksschulabschluß und mit Schulminderleistung und zwischen den nach Geschlechtern differenzierten Schulleistungsgruppen mit Volksschulabschluß und mit Schulminderleistung[1]

<table>
<tr><th></th><th colspan="2">beide Geschlechter</th><th colspan="2">Jungen</th><th colspan="2">Mädchen</th></tr>
<tr><th></th><th>mit Volksschulabschluß</th><th>mit Schulminderleistung</th><th>mit Volksschulabschluß</th><th>mit Schulminderleistung</th><th>mit Volksschulabschluß</th><th>mit Schulminderleistung</th></tr>
<tr><td>Beginn der öffentlichen Erziehung vor der Schulentlassung</td><td colspan="2">xx</td><td colspan="2">xx</td><td colspan="2">xx</td></tr>
<tr><td>Erste Verhaltensauffälligkeit vor dem 10. Lebensjahr</td><td colspan="2">xx</td><td colspan="2">xx</td><td colspan="2">x</td></tr>
<tr><td>Wohnverhältnisse schlecht und sehr schlecht</td><td colspan="2">xx</td><td colspan="2">xx</td><td colspan="2">x</td></tr>
<tr><td>Streitsucht</td><td colspan="2">xx</td><td colspan="2">xx</td><td colspan="2">x</td></tr>
<tr><td>Schulschwänzen</td><td colspan="2">xx</td><td colspan="2">x</td><td colspan="2">xx</td></tr>
<tr><td>Stören in der Schule</td><td colspan="2">xx</td><td colspan="2">xx</td><td colspan="2">x</td></tr>
<tr><td>Mehrfache pathologische Auffälligkeit stark und extrem</td><td colspan="2">xx</td><td colspan="2">xx</td><td colspan="2">x</td></tr>
<tr><td>Anordnung der öffentlichen Erziehung bei den leiblichen Eltern</td><td colspan="2">xx</td><td colspan="2">x</td><td colspan="2">x</td></tr>
<tr><td>Beide leiblichen Eltern mit Schulminderleistung</td><td colspan="2">xx</td><td colspan="2">x</td><td colspan="2">x</td></tr>
<tr><td>Mindestens ein Elternteil mit Schulminderleistung</td><td colspan="2">xx</td><td colspan="2">xx</td><td colspan="2">xx</td></tr>
<tr><td>Mindestens ein leibliches Geschwister mit Schulminderleistung</td><td colspan="2">xx</td><td colspan="2">xx</td><td colspan="2">x</td></tr>
<tr><td>Psychiatrische Untersuchung der leiblichen Eltern</td><td colspan="2">xx</td><td colspan="2">x</td><td colspan="2">x</td></tr>
</table>

1 Die Signifikanz wurde mit dem Chi-Quadrat-Test geprüft. Ein Signifikanzniveau von 1 % ist in der Tabelle mit xx gekennzeichnet bzw. 5 % mit x.

B) *Literaturverzeichnis*

1. *Aichhorn, August*
Verwahrloste Jugend. Die Psychoanalyse in der Fürsorgeerziehung, 4. Aufl., Bern 1957
2. *Asperger, Hans*
Gegenwartsprobleme des Schwachsinns.
Z. Heilpädag. 12 (1961)
3. *Ders.*
Heilpädagogik.
Wien 1952
4. *Ders.*
Seelische Abwegigkeiten als Ursache der Jugendverwahrlosung.
In: Die Jugendverwahrlosung und ihre Bekämpfung (Hrsg. Friedrich Schneider),
Salzburg 1950
5. *Bader, K.*
Soziologie der Jugendkriminalität.
In: Bekämpfung der Jugendkriminalität,
Wiesbaden 1955
6. *Beck, Marie*
Die Verwahrlosung als soziologisches Problem.
Z. Kinderforsch. 48 (1940)
7. *Behn, Siegfried*
Die Urteilskraft der Minderbegabten.
Psychol. Beitr. 4 (1960)
8. *Bennett, Ivy*
Delinquent and neurotic children, a comparative study.
London 1961
9. *Benjamin – Isserlin – Hanselmann – Lutz – Ronald*
Lehrbuch der Psychopathologie des Kindesalters.
Leipzig 1938
10. *Berg, Karl-Heinz*
Verhaltensgrundformen bei Hilfsschülern.
Heilpädagog. Beitr. (1964)

11. *Bergler, Reinhold*
Kinder aus gestörten und unvollständigen Familien.
Quellenhefte zur sozialen Ausbildung,
Berlin 1955
12. *Bernart, Emanuel*
Begabung, Schulreife und Schulleistung.
Schule u. Psychol. 6 (1959)
13. *Ders.*
Hilfsschulbedürftige Kinder in Volksschulklassen.
Schulreife und heilpädagogische Früherfassung.
Erziehung und Psychologie, Beih. 15 der
Schule u. Psychol.,
München 1961
14. *Ders.*
Schulleistung und Begabung.
Messen und Beurteilen der Schülerleistungen
(1.–3. Grundschuljahr).
Erziehung und Psychologie, Beih. 19 der
Schule u. Psychol.,
München 1962
15. *Biermann, Gerd*
Wege zur Jugendkriminalität. Soziologie der Jugendkriminalität.
Kölner Z. Soziol., Sonderh. 2,
Köln 1957
16. *Bissonier, Henri*
Die äußeren Ursachen der Jugendverwahrlosung.
In: Die Jugendverwahrlosung und ihre Bekämpfung
(Hrsg. Friedrich Schneider),
Salzburg 1950
17. *Böhm, H. und Böhm, A.*
Die jugendliche Mutter.
Untersuchungen an Müttern unter 16 Jahren.
In: Jb. Jugendpsychiat. (Hrsg. W. Villinger), Bd. I,
Stuttgart 1956
18. *Bondy, Curt*
Probleme der Jugendhilfe.
Schr. dt. Ver. öff. priv. Fürs.,
Köln 1957

19. *Bondy – Braden – Cohen – Eyferth*
Jugendliche stören die Ordnung.
SchrReihe ArbGemein. Jugendpfl. Jugendfürs., Bd. I,
München 1957
20. *Bornemann, Ernst*
Erziehungsberatung.
München 1963
21. *Bornemann – Böttcher*
Der Jugendliche und seine Freizeit.
Göttingen 1964
22. *Bracken, Helmut von*
Entwicklungsgestörte Jugendliche.
Überbl. wiss. Jugendk., Bd. XVIII,
München 1965
23. *Brauneck, Anne-Eva*
Die Entwicklung jugendlicher Straftäter.
Hamburg 1961
24. *Brückner, Günther*
Die Jugendkriminalität.
Erscheinungsformen – Ursachen – Behandlung.
Hamburg 1956
25. *Brugger, C.*
Die Vererbung des Schwachsinns.
In: Handb. Erbbiol. d. Mensch. (Hrsg. Günther Just), Bd. V/2,
Berlin 1939
26. *Busemann, Adolf*
Geborgenheit und Entwurzelung des jungen Menschen, 2. Aufl.,
Ratingen 1955
27. *Ders.*
Geschwisterzahl, Schultüchtigkeit und Charakter.
In: Beitr. z. pädag. Milieuk. aus dreißig J.,
Hannover 1956
28. *Ders.*
Die Hilfsschule und ihre psychologischen Probleme.
In: Handb. Psychol., Bd. X, 2. Aufl.: Pädagogische Psychologie,
Göttingen 1959

29. *Ders.*
Milieu und jugendliches Selbstbewußtsein.
In: Beitr. z. pädag. Milieuk. aus 30 J.,
Hannover 1956
30. *Ders.*
Das Milieuprinzip in der Pädagogik und seine Grenzen.
In: Beitr. z. pädag. Milieuk. aus 30 J.,
Hannover 1956
31. *Ders.*
Psychische Entwicklung und Umwelt.
In: Vererbung und Erziehung (Hrsg. Günther Just),
Berlin 1930
32. *Ders.*
Psychologie der Intelligenzdefekte mit besonderer
Berücksichtigung der hilfsschulbedürftigen Debilität.
München 1959
33. *Ders.*
Zur Psychologie des Sitzenbleibers.
Z. pädag. Psychol. (1932)
34. *Ders.*
Umwelt und Charakter.
In: Beitr. z. pädag. Milieuk. aus 30 J.,
Hannover 1956
35. *Carspecken, Ferdinand*
Warum Fürsorgeerziehung?
Eine Untersuchung über das Verschuldensprinzip.
SchrReihe ArbGemein. Jugendpfl. Jugendfürs., Bd. VI,
München 1960
36. *Claessens, Dieter*
Familie und Wertsystem.
Soziolog. Abh.,
Berlin 1962
37. *Cohen, Albert K.*
Kriminelle Subkulturen. Soziologie der Jugendkriminalität.
Kölner Z. Soziol., Sonderh. 2,
Köln 1957

38. *Correll, Werner*
Lernstörungen beim Schulkind, 2. Aufl.,
Donauwörth 1964
39. *Destunis, Georg*
Die pathogenetischen Milieueinwirkungen auf die Entwicklung des Kindes.
In: Zur Psychologie der Lebenskrisen,
Frankfurt a. M. 1962
40. *Dohrmann, Paul*
Gemeinschaftsschwierige Kinder.
Z. Heilpädag. 5 (1954)
41. *Dubitscher, Fred*
Der Schwachsinn.
In: Handb. Erbkrankheiten (Hrsg. Arthur Gütt), Bd. I,
Leipzig 1937
42. *Dührssen, Annemarie*
Heim- und Pflegekinder in ihrer Entwicklung.
Göttingen 1958
43. *Düker, Heinrich*
Experimentelle Untersuchungen über die Steigerung der geistigen Leistungsfähigkeit bei Minderbegabten.
Z. Heilpädag. 2 (1951)
44. *Ehrlicher, Friedrich*
Jugendschicksal als Grund sozialer Entwurzelung.
In: Der nichtseßhafte Mensch,
München 1938
45. *Engelmayer, Otto*
Erfolg und Mißerfolg in der Schule.
Pädag. Wissen u. Wirken,
Donauwörth 1950
46. *Engels, Hans Joachim*
Beitrag zur Erfassung des schulischen Wissens und der schulischen Fertigkeiten, der Schul-Reife, des seelisch-geistigen Entwicklungs-Standes und der Intelligenz bei seelisch und geistig kranken Kindern und Jugendlichen.
Z. Heilpädag. 12 (1961)

47. *Exner, Franz*
Kriminologie, 3. Aufl.,
Berlin 1949
48. *Eyferth, Klaus*
Schwererziehbarkeit, ihre Ursachen und Formen.
In: Handb. Psychol., Bd. X, 2. Aufl.: Pädagogische Psychologie,
Göttingen 1959
49. *Ferguson, Thomas*
Schulzeit und Delinquenz. Soziologie der Schule.
Kölner Z. Soziol., Sonderh. 4,
Köln 1959
50. *Flitner, Andreas*
Soziologische Jugendforschung.
Anthropol. u. Erz.,
Heidelberg 1963
51. *Flusin, (Mlle)*
Das Sexualproblem in der Verwahrlosten-Erziehung.
In: Die Jugendverwahrlosung und ihre Bekämpfung
(Hrsg. Friedrich Schneider),
Salzburg 1950
52. *Frey, Erwin*
Der frühkindliche Rückfallverbrecher.
Schweiz. Kriminal.Stud., Bd. IV,
Basel 1951
53. *Ders.*
Reform des Maßnahmerechts gegen Frühkriminelle.
Schweiz. Kriminal.Stud., Bd. V,
Basel 1951
54. *Frommberger, Herbert*
Das Sitzenbleiberproblem. Untersuchungen über das Versagen
von Kindern in der Volksschule.
SchrReihe Hochsch. Int. Pädag. Forsch.,
Frankfurt a. M., Dortmund 1955
55. *Frye, Ida*
Erziehungsschwierigkeiten bei emotionell Verwahrlosten.
In: Das schwererziehbare Kind,
Düsseldorf 1959

56. *Fuchs, Arno*
Erziehungsklassen für schwererziehbare Kinder
in der Volksschule.
Halle 1930
57. *Furck, Carl-Ludwig*
Das Leistungsbild der Jugend in Schule und Beruf.
Überbl. wiss. Jugendk., Bd. XIV,
München 1965
58. *Gehrecke, Siegfried*
Elternhaus und Freizeitgestaltung bei Hilfsschülern.
Z. Heilpädag. 17 (1966)
59. *Ders.*
Familien von Hilfsschulkindern in den Großstädten
der Bundesrepublik.
SchrReihe Hochsch. Int. Pädag. Forsch.,
Frankfurt a. M., Meisenheim 1958
60. *Gerson, Walter*
Zur Frage des § 105 JGG.
Die Samml. 9 (1954)
61. *Ders.*
Zur Frage der Unerziehbarkeit.
Die Samml. 9 (1954)
62. *Göbbels, Hans*
Die Asozialen. Über Wesen und Begriff der Asozialität.
Hamburg 1947
63. *Gottschaldt, Kurt*
Erbpsychologie der Elementarfunktionen der Begabung.
In: Handb. Erbbiol. d. Mensch. (Hrsg. Günther Just), Bd. V/1,
Berlin 1939
64. *Ders.*
Probleme der Jugendverwahrlosung.
Arb.Entwicklungspsychol., Bd. II,
Leipzig 1950
65. *Gregor, Adalbert*
Verwahrlosung und Vererbung.
In: Handb. Erbbiol. d. Mensch. (Hrsg. Günther Just), Bd. V/2,
Berlin 1939

66. *Groth, Sepp*
Kinder ohne Familie.
Das Schicksal des unehelichen Kindes in unserer Gesellschaft.
SchrReihe ArbGemein. Jugendpfl. Jugendfürs., Bd. VIII,
München 1964
67. *Häberlin, Annemarie*
Der Ungehorsam.
Schweiz. Z. Psychol., Beih. 23,
Bern 1953
68. *Hagedorn, Ernst*
Erbbedingte Reaktionsnormen.
In: Schuld – Verantwortung – Strafe im Lichte der Theologie, Jurisprudenz, Soziologie, Medizin und Philosophie
(Hrsg. Erwin Frey),
Zürich 1964
69. *Hallermann, W.*
Psychopathologie der jugendlichen Kriminellen einschließlich der Problematik jugendlicher Gewaltverbrecher.
In: Bekämpfung der Jugendkriminalität,
Wiesbaden 1955
70. *Harnack, Gustav-Adolf von*
Nervöse Verhaltensstörungen beim Schulkind.
Stuttgart 1958
71. *Ders.*
Wesen und soziale Bedingtheit frühkindlicher Verhaltensstörungen.
Bibliotheca Paediatrica (1953)
72. *Hege, Marianne*
Kriminalpsychologische Motivationsforschungen an weiblichen jugendlichen Strafgefangenen.
Phil. Diss., Univ. München 1959
73. *Hellbrügge – Rutenfranz – Graf*
Gesundheit und Leistungsfähigkeit im Kindes- und Jugendalter.
Stuttgart 1960
74. *Hesse, Otto*
Asoziale Familien.
Kölner Z. Soziol. 5 (1952/53)

75. *Hetzer, Hildegard*
Kindheit und Armut.
Leipzig 1937
76. *Hochheimer, Wolfgang*
Über Schwererziehbarkeit in unserer Zeit.
Z. Heilpädag. 11 (1960)
77. *Isemann, K.*
Psychopathie und Verwahrlosung.
Z. Kinderforsch. 49 (1943)
78. *Juda, Adele*
Höchstbegabung. Ihre Erbverhältnisse sowie ihre Beziehungen zu psychischen Anomalien.
München 1953
79. *Jürgens, Hans W.*
Asozialität als biologisches und sozialbiologisches Problem.
Stuttgart 1961
80. *Ders.*
Familiengröße und Bildungsweg. Untersuchungen über den Bildungsweg von Kindern aus unterschiedlich großen Familien.
Stuttgart 1964
81. *Ders.*
Zur Sozialanthropologie von Repetenten.
Schule u. Psychol. 4 (1957)
82. *Ders.*
Das stigmatisierte Kind.
Beiträge zur Typologie des Hilfsschulkindes.
Z. Heilpädag. 12 (1961)
83. *Ders.*
Familiengröße und Bildungsweg der Kinder.
Ein Beitrag zum ersten Familienbericht der Bundesregierung (Hrsg. Bundesminist. Fam. u. Jugend),
Rheindruck Boppard 1968
84. *Just, Günther*
Vererbung, Umwelt, Erziehung.
In: Vererbung und Erziehung (Hrsg. Günther Just),
Berlin 1930

85. *Ders.*
Erbpsychologie der Schulbegabung.
In: Handb. Erbbiol. d. Mensch. (Hrsg. Günther Just), Bd. V/1,
Berlin 1939

86. *Kaiser, Günther*
Randalierende Jugend. Eine soziologische und kriminologische
Studie über die sogenannten „Halbstarken",
Heidelberg 1959

87. *Kätner – Wegener*
Das Umschulungsverfahren in die Sonderschule (Hilfsschule).
Wegweiser Lehrerfortb.,
Kiel 1961

88. *Kern, Artur*
Sitzenbleiberelend und Schulreife.
Freiburg 1951

89. *Kirchhoff, Hans*
Versager in der Grundschule.
Psycholog. Prax. (1965)

90. *Klauer, Karl Josef*
Das Schulbesuchsverhalten bei Volks- und Hilfsschulkindern.
Ratingen 1963

91. *Ders.*
Subnormalität und Rehabilitation bei Hilfsschulkindern.
Z. Heilpädag. 11 (1960)

92. *Klink, Job Günter*
Schwererziehbarkeit und Erziehungsschwierigkeit in der Schule.
Hamburg 1962

93. *Klinke, Karl*
Das trotzige Kind.
In: Das schwererziehbare Kind,
Düsseldorf 1956

94. *Kolle, Kurt*
Psychiatrie, 4. Aufl.,
München 1955

95. *König, René*
Einige Bemerkungen zur Stellung des Problems der Jugendkriminalität in der allgemeinen Soziologie.
Soziologie der Jugendkriminalität.
Kölner Z. Soziol., Sonderh. 2,
Köln 1957

96. *Ders.*
Sozialpsychologie der gegenwärtigen Familie.
Universitas 17 (1957)

97. *Köttgen, Ulrich*
Heimkinder und ihre Entwicklung.
Ärztl. Mitt., Köln (1962)

98. *Kroh, Oswald*
Erbpsychologie der Berufseignung und Berufsneigung sowie der Sonderbegabung.
In: Handb. Erbbiol. d. Menschen (Hrsg. Günther Just), Bd. V/1,
Berlin 1939

99. *Künzel, Eberhard*
Jugendkriminalität und Verwahrlosung.
Prax. Kinderpsychol. Kinderpsychiat., Beih. 7,
Göttingen 1965

100. *Landecho, Carlos Maria de, S.J.*
Körperbau, Charakter und Kriminalität.
Kriminologische Anwendungsmöglichkeiten der Typologie Kretschmers.
In: Kriminolog. Unters.,
Bonn 1964

101. *Landespolizei Schleswig-Holstein* (Hrsg.)
Jahresbericht und Polizeiliche Kriminalstatistik 1961–1965

102. *Leferenz, Heinz*
Die Kriminalität der Kinder.
Tübingen 1957

103. *Leiter, A.*
Über Erbanlagen und Umwelt bei gemütsarmen antisozialen Kindern und Jugendlichen.
Z. Kinderforsch. 49 (1943)

104. *Lenz, A.*
Die kriminogenen Persönlichkeitsstrukturen,
insbesondere der Asozialen.
Mitt. kriminalbiol. Ges. 4 (1933)
105. *Lenz, Fritz*
Die krankhaften Erbanlagen.
Die Erblichkeit der geistigen Eigenschaften.
In: Baur-Fischer-Lenz: Menschliche Erblehre und
Rassenhygiene, Bd. I,
München 1936
106. *Lesemann, Gustav*
Die heutige Jugendkriminalität unter psychologischem,
pädagogischem und heilpädagogischem Aspekt.
Z. Heilpädag. 9 (1958)
107. *Loeber, Frank*
Das von der Mutter getrennte Kind in der heutigen Sicht
des Kinderarztes.
In: Jb. Jugendpsychiat. (Hrsg. W. Villinger), Bd. II,
Bern 1960
108. *Löwnau, Heinz*
Das triebhafte Kind.
In: Das schwererziehbare Kind,
Düsseldorf 1956
109. *Lüschen – König*
Jugend in der Familie.
Überbl. wiss. Jugendk., Bd. III,
München 1965
110. *Lutz, Jacob*
Kinderpsychiatrie.
Zürich 1961
111. *Mandel, Rudolf*
Die Aggressivität bei Schülern.
Bern 1959
112. *Märtin, Hans*
Der Großstadtjugendliche und das Problem seiner Straffälligkeit.
Eine sozialpsychologische Studie.
Berlin 1951

113. *Meinertz, Friedrich*
Heilpädagogik.
Bad Heilbrunn 1962
114. *Mergen, Armand*
Die Wissenschaft vom Verbrechen.
Eine Einführung in die Kriminologie.
Hamburg 1961
115. *Merian, Doris*
Über freches Verhalten im Kindesalter.
Schweiz. Z. Psychol., Beih. 29,
Bern 1956
116. *Metzger, Wolfgang*
Äußere Ursachen der Schwererziehbarkeit.
In: Das schwererziehbare Kind,
Düsseldorf 1956
117. *Middendorff, Wolf*
Bemerkungen zur sozialen Prognose, insbesondere in bezug auf Jugendliche. Soziologie der Jugendkriminalität.
Kölner Z. Soziol., Sonderh. 2,
Köln 1957
118. *Mierke, Karl*
Begabung, Bildung, Bildsamkeit.
Bern 1963
119. *Ders.*
Bildsamkeit und Bildungsschicksal des Volksschulkindes.
In: Hochschultag 1960 Verein. ehem. Studenten Päd. Hochsch. Kiel,
Kiel 1961
120. *Ders.*
Das Bildungsschicksal des Durchschnittsschülers.
Dt. Schule 50 (1958)
121. *Ders.*
Entwicklungsanomalien als Folgeerscheinungen seelischer Überforderungen.
Prax. Kinderpsychol. 2 (1953)
122. *Ders.*
Jugend und Jugenderziehung in der Krise.
In: Dortmunder Vorträge,
Dortmund 1958

123. *Ders.*
Konzentrationsschwäche, Zeitübel der Schule.
Psychol. Prax. (1959)
124. *Ders.*
Konzentrationsfähigkeit und Konzentrationsschwäche.
Abh. pädag. Psychol., Bd. I,
Bern 1962
125. *Ders.*
Reifephasen und Reifekrisen des Leistungswillens.
Schule u. Psychol. 3 (1956)
126. *Mitscherlich, Alexander*
Aktuelles zum Problem der Verwahrlosung.
Psyche 1 (1947/48)
127. *Morrisson, William Douglas*
Jugendliche Übelthäter
(mit besonderer Berücksichtigung Englands).
Autoris. dt. Ausg., frei bearb. v. Leopold Kutscher,
Leipzig 1899
128. *Mücke, Rudolf*
Untersuchungen zum schulischen Leistungsverhalten
gemeinschaftsschwieriger Kinder.
Recht d. Jugend (1956)
129. *Müller, Karl Valentin*
Begabung und soziale Schichtung in der hochindustrialisierten
Gesellschaft.
SchrReihe Inst. empir. Soziol., Bd. I,
Köln 1956
130. *Müller, Richard G. E.*
Das erziehungsschwierige Schulkind.
München 1962
131. *Ders.*
Schulreife – intellektuelle Überforderung,
Konzentrationsstörungen. Konzentrationsschwache Kinder.
Psychol. Prax. (1959)
132. *Näf, Hans*
Über die Ursachen der Jugendkriminalität.
Psychol. Prax., Beih. 12,
Basel 1953

133. *Nährich, Walter*
Die Kriminalität der unehelich Geborenen.
Kriminol. Unters.,
Bonn 1951
134. *Opitz, Erich*
Verwahrlosung im Kindesalter.
Göttingen 1959
135. *Peters, Karl*
Erscheinungsformen und Ursachen der Jugendverwahrlosung
und Jugendkriminalität.
Caritas u. Recht (1967)
136. *Petrat, Gerhard*
Soziale Herkunft und Schullaufbahn.
Eine Untersuchung, durchgeführt an Schülern in drei Kreisen
des Landes Schleswig-Holstein
(Hrsg. Dt. Inst. Int. Pädag. Forsch.),
Frankfurt a. M. 1964
137. *Pfaffenberger, Hans*
Zur Problematik der öffentlichen Erziehung und der
sogenannten Unerziehbarkeit.
Z. ArbWohlf. Neues Beginnen (1960)
138. *Pfeiffer, Horst*
Erfahrungen mit der Glaubwürdigkeitsbegutachtung
bei schwachsinnigen Zeugen.
In: Jb. Jugendpsychiat. (Hrsg. W. Villinger), Bd. III,
Bern 1962
139. *Philippon, Odette*
Jugendkriminalität, Unterschiede zwischen Knaben und Mädchen.
Soziologie der Jugendkriminalität.
Kölner Z. Soziol., Sonderh. 2,
Köln 1957
140. *Piecha, Walter*
Die Lebensbewährung der als „unerziehbar" entlassenen
Fürsorgezöglinge.
Göttinger rechtswiss. Stud., Bd. XXVII,
Göttingen 1959

141. *Pietrowicz, Bernhard*
Schulunreife und Entwicklungshemmung.
Konzentrationsschwache Kinder.
Psychol. Prax. (1959)

142. *Pongratz – Hübner*
Lebensbewährung nach öffentlicher Erziehung.
Berlin 1959

143. *Pongratz, Lieselotte*
Prostituiertenkinder.
Umwelt und Entwicklung in den ersten acht Lebensjahren.
Sozialwiss. Stud.,
Stuttgart 1964

144. *Prestel, Ursula*
Die Abhängigkeit der Schulleistung und des gesamten Verhaltens des Kindes in der Schule vom sozialen Milieu.
In: Coerper – Hagen – Thomae: Deutsche Nachkriegskinder,
Stuttgart 1955

145. *Rank, Therese*
Schulleistung und Persönlichkeit.
Wiss. Jugendk.,
München 1962

146. *Rehm, Otto*
Das soziale Schicksal psychopathischer Fürsorgezöglinge.
Z. ges. Neurol. Psychiat. 106 (1956)

147. *Rösler, Hans-Dieter*
Leistungshemmende Faktoren in der Umwelt des Kindes.
Vergleichende Untersuchung zum Problem des Schulversagens,
2. Aufl.,
Leipzig 1967

148. *Seelig, Ernst*
Lehrbuch der Kriminologie, 3. Aufl.,
Darmstadt 1963

149. *Specht, Friedrich*
Sozialpsychiatrische Gegenwartsprobleme der Jugendverwahrlosung.
Forum Psychiat.,
Stuttgart 1967

150. *Spitz, René*
Die Entstehung der ersten Objektbeziehungen.
Stuttgart 1967
151. *Schmitz, Georg*
Das aggressive Kind.
In: Das schwererziehbare Kind,
Düsseldorf 1956
152. *Schneider, Friedrich*
Die Bedeutung der Familie im Kampf gegen die Jugendverwahrlosung.
In: Die Jugendverwahrlosung und ihre Bekämpfung
(Hrsg. Friedrich Schneider),
Salzburg 1950
153. *Schorn, Maria*
Erziehungsschwierige Jugendliche zu Beginn der Reifezeit.
In: Ber. 17. u. 18. Kongr. d. Dt. Ges. f. Psychol.,
Göttingen 1953
154. *Schüler-Springorum – Sieverts*
Sozial auffällige Jugendliche.
Überbl. wiss. Jugendk., Bd. V, 2. Aufl.,
München 1965
155. *Schumm, Paul*
Die Jugendkriminalität. Problemstellung und Bericht über die Literatur der Jahre 1945–1955.
Fortschr. Neurol. Psychiat. 24 (1956)
156. *Schweizer, Eugen*
Die Ursachen der Kriminalität und Verwahrlosung bei Kindern und Jugendlichen.
Schwererziehbare und Erziehungsschwierigkeiten.
Pädag. Unters.,
Langensalza 1933
157. *Stern, Erich*
Über Verhaltens- und Charakterstörungen bei Kindern und Jugendlichen.
Zürich 1953

158. *Stockert, F. G. von*
Die Psychopathologie der Erziehungsschwierigkeiten im Lichte der Reifungsphasen.
Z. Kinderforsch. 49 (1943)
159. *Stranz, Günter*
Untersuchung zur Schullaufbahn von Hilfsschulkindern.
Z. Heilpädag. 17 (1966)
160. *Stumpfl, Friedrich*
Erbpsychologie des Charakters.
In: Handb. Erbbiol. d. Menschen (Hrsg. Günther Just), Bd. V/1, Berlin 1939
161. *Ders.*
Kriminalität und Vererbung.
In: Handb. Erbbiol. d. Menschen (Hrsg. Günther Just), Bd. V/2, Berlin 1939
162. *Stutte, Hermann*
Grenzen der Sozialpädagogik. Ergebnisse einer Untersuchung praktisch unerziehbarer Fürsorgezöglinge.
Neue SchrReihe d. allg. Fürsorgeerziehungstages, Marburg 1958
163. *Ders.*
Über die Ehepartner ehemaliger Fürsorgezöglinge.
Unsere Jugend 2 (1950)
164. *Ders.*
Über die Prognose kindlicher Verhaltensauffälligkeiten.
In: Das schwererziehbare Kind, Düsseldorf 1959
165. *Ders.*
Pubertätseinflüsse beim Zustandekommen jugendlicher Gewaltverbrechen.
In: Zur Psychologie der Lebenskrisen, Frankfurt a. M. 1962
166. *Tenbruck, Friedrich H.*
Jugend und Gesellschaft. Soziologie.
SchrReihe zu grundsätzl. u. akt. Fragen, Freiburg 1962

167. *Thies, Gerolf*
Verwahrloste Jugend. Krankengeschichten – Ein Beitrag zur Therapie.
Psyche 4 (1950/51)

168. *Többen, H.*
Beobachtungsergebnisse an Lebenslänglichen.
Mitt. kriminalbiol. Ges. 4 (1933)

169. *Trost – Neises*
Das Heimkind. Seine Erziehung und Lebensbewährung.
Schr. dt. parität. WohlfVerb.,
Frankfurt a. M. 1960

170. *Verschuer, Othmar Frh. von*
Intellektuelle Entwicklung und Vererbung.
In: Vererbung und Erziehung (Hrsg. Günther Just),
Berlin 1930

171. *Villinger, W.*
Erziehung und Erziehbarkeit.
Z. Kinderforsch. 49 (1943)

172. *Wegener, Hermann*
Der Erethismus. Ursachen, Formen und Behandlungsmöglichkeiten der erhöhten Erregbarkeit im Schulalter.
Z. Heilpädag. 7 (1956)

173. *Ders.*
Über die Bedeutung des Bildungsniveaus für die Verhaltensmotivation.
In: Ber. 20. Kongr. d. Dt. Ges. f. Psychol.,
Göttingen 1956

174. *Ders.*
Die Rehabilitation der Schwachbegabten.
SchrReihe Die Rehabilitation der Entwicklungsgehemmten, Beih. 4,
München 1963

175. *Widmer, Konrad*
Schule und Schwererziehbarkeit.
Grenzen, Aufgaben, Möglichkeiten.
Zürich 1953

176. *Wilhelm, Theodor*
Sozialisation und soziale Erziehung.
In: Der Mensch als soziales und personales Wesen, Bd. I
(Hrsg. G. Wurzbacher),
Stuttgart 1963
177. *Würtenberger, Th.*
Jugendliche Tätertypen.
In: Bekämpfung der Jugendkriminalität,
Wiesbaden 1955
178. *Zillig, Maria*
Gefährdete weibliche Jugend unserer Tage.
Paderborn 1951
179. *Zillken – Weingarten*
Gibt es unerziehbare Minderjährige?
Untersuchung über die Lebensschicksale schulentlassener Mädchen.
Neue SchrReihe d. allg. Fürsorgeerziehungstages,
Marburg 1953
180. *Zulliger, Hans*
Schwierige Kinder, 5. Aufl.,
Bern 1963
181. *Zweidler, Hans*
Milieueinflüsse und Schülerleistungen.
Zürich 1954

C) *Namen- und Sachregister mit Fach- und Fremdworterklärungen*